JN251445

日下 力
Kusaka Tsutomu

「平家物語」という
世界文学

笠間書院

まえがき

『平家物語』は、すばらしい文学であると思う。しかしそれは、世界文学のなかに置いてみても、はたしてそう言えるのであろうか。そんな疑問が、いつの頃からか、頭の隅をかすめるようになった。軍記物語に関する私なりの研究成果を世に示し得たのち、その疑問に挑戦してみようという思いが、しだいにつのる。その結果が、諸論稿をまとめた本書である。

有史以来、人間は男女の愛の物語と等しく、戦いの物語を生産し続けている。勝ち負けの話は面白く楽しいからであろうが、現実の戦いが面白いですむはずはない。私の筆致は、虚構の物語世界と戦いの実状との交錯を問題視する方向に傾いてしまう性向を持つが、それも『平家物語』のなせるところなのであろう。

世界には、実に多くのいくさを題材とした言語作品がある。本書で言及した作品数は四十以上、もちろん軍記物語を除いてである。日本の読者にはなじみが薄いと思われるので、各章の冒頭に、その章で扱う作品の簡単な内容紹介を付し、脚注では理解を助ける情報を提供、作品が生まれた国が分かるようにと、主な作品名を書きこんだ世界地図も用意した。読者の方々に、本書を通して少しでも知見を広げてもらえればと思う。

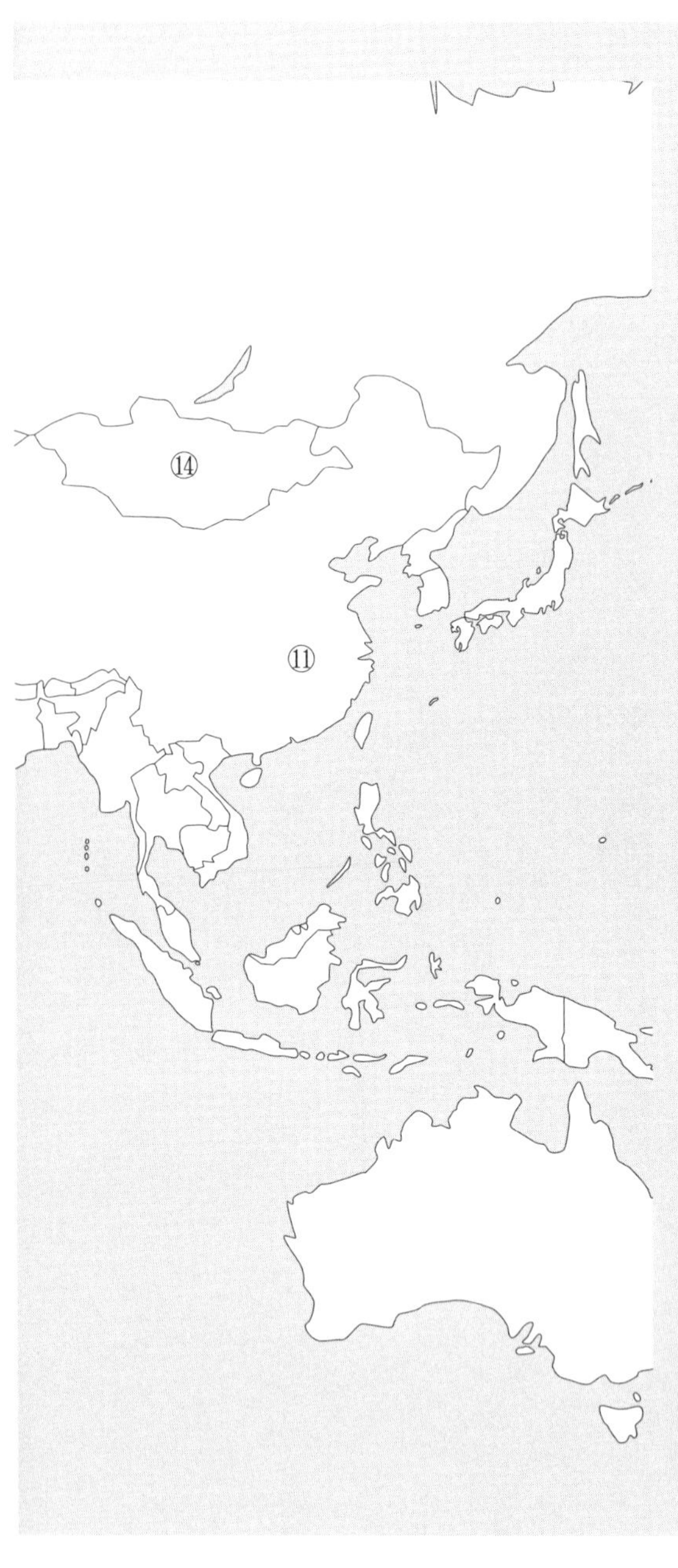

①**メソポタミア**
『ギルガメシュ』BC12
②**ギリシア**
『イリアス』BC8
『オデュッセイア』BC8
ギリシア悲劇、諸作品 BC6～5
『歴史』BC5（ヘロドトス著）
『戦史（歴史）』BC5
（トゥーキュディディース著）
『アナバシス』BC4
『アルゴナウティカ』BC3
③**イタリア**
『ガリア戦記』BC1
『アエネーイス』BC1
『内乱―パルサリア―』AD1
『狂えるオルランド』AD16
『エルサレム解放』AD16
④**インド**
『ラーマーヤナ』AD2
『マハーバーラタ』AD4
⑤**イギリス**
『ベーオウルフ』AD8
『アーサー王物語』AD15採録
『オシアン』AD18採録
⑥**イラン**
『シャー・ナーメ（王書）』AD10～11
⑦**フランス**
『ロランの歌』AD11～12
⑧**ロシア**
『イーゴリ遠征物語』AD12
『ブィリーナ』AD17～18採録
⑨**スペイン**
『エル・シードの歌』AD12～13
⑩**ドイツ**
『ニーベルンゲンの歌』AD13
⑪**中国**
『三国史演義』AD14
⑫**ポルトガル**
『ウズ・ルジアダス』AD16
⑬**フィンランド**
『カレワラ』AD19採録
⑭**モンゴル**
『ゲセル・ハーン物語』AD19採録
⑮**キルギス**
『マナス』AD20採録

本書言及作品の国別一覧

「平家物語」という世界文学

目　次

凡例

一　脚注欄では、作品理解に役立つ基礎的情報を提供した。

二　後注として、本書末尾に、依拠した翻訳テキスト、参考文献、補説等を、章ごとにまとめて記した。

三　引用の作品本文は、理解が容易になるよう、適宜、表記を改めた。

四　全体の統一を図るため、初出稿に種々手を加えた。

プロローグ

戦争と平和と文学と

まずは、第二次世界大戦で、実際に戦場に送り込まれた文学者の言葉を聞いてみよう。

フィリピンのミンドロ島で捕虜となり、レイテ島での収容所生活の体験をもとに『俘虜記(ふりょき)』を書いた大岡昇平[1]（一九〇九〜八八）は、当時、小林秀雄[2]（一九〇二〜八三）との対談のなかで次のように言われたことに関し、古山高麗雄(こまお)[3]（一九二〇〜二〇〇二）から言われたことに関し、古山の場合は、独身で戦地に赴いた。

大岡　僕の場合は、元来妻子を持つ柄じゃなかったかも知れないのですよ。これは小林（秀雄）さんがそう言ったんだけど、隊から棄てられて自殺をはかるところがあるでしょう。そのときも女房、子どものことは出て来ないのです。一体あの小説に女房、子ども一つも出てこないのでひどい小説だ、と小林さんは言った。子どもの写真は内地からずっと持ってましたけど、最後のときに、妻子の顔は出て来なかったのですよ。

古山　その苦しさ極まったときは、同じだと思うんですよ。そこに行くまでが、だいぶ違うんじゃないかと思います。

大岡　そこのところがどうもあなたにわからないらしいな。妻子は口実で、実は自分の命が惜しいのですよ。やっぱりあなたは持っていなかったからわからないんだよ。いくら妻子があったって……むろん、なるべく生きて帰るつも

（1）小説『野火』などの作家。
（2）評論家。『考へるヒント』など。
（3）『プレオー8(ユイット)の夜明け』で芥川賞。

りでいましたけどね、門司を出るとき、もうこうなったら同じことだ、女房子どものことは考えるのはよそうと思った、そう思うことができたというのは、僕が妻子を持つ柄じゃなかったということです。ほんとは同じことなのですよ。

『対談　戦争と文学と』（文春学藝ライブラリー・二〇一五年八月刊）より

大岡が言っているのは、戦場で妻子を思い出して生き延びようとしたとしても、それは「口実」に過ぎず、本当は「自分の命が惜しい」だけ、自殺をはかった自身の場合は、最後に「妻子の顔」も浮かばず、考えるのはおのれのことのみ、愛する対象がいようといまいと「同じこと」で、行きつくところは自分ひとりのエゴの世界だったということ。自己への内省は、「妻子を持つ柄じゃなかった」と二度も言った言葉に表出されている。

この、最後に残るのは「自分の命」への執着の有無だけで、他者は関係なくなるという体験的吐露は、『平家物語』のなかに出てくる、息子を見殺しにして逃げ延びた平知盛（1）が、自身の体験を通して初めて、潜在的にあったおぞましいおのれの命惜しさに気づき、自己嫌悪におちいった心を告白するくだりに通じていよう。しかもその息子は、父を逃がすために自らを犠牲にしたのであった。知盛の告白は、自分のしたことが他人の行為であったなら、どれほどいらつく気持ちにさせられたであろうかと思うのに、「我が身の上になりぬれば、よう命は惜しいもので候ひけり

（1）清盛の四男。物語中では冷静な判断力を持つ知的な人物として描かれる。

と、今こそ思ひ知られて候へ」と語るものであった。

『俘虜記』を女房も子どもも出ないと批判した小林秀雄は、『平家物語』を評する一文のなかで女性を取りあげていた。討死した夫のあとを追い、船中より月明かりの瀬戸内海に身重(みおも)の身を投じた小宰相(こざいしょう)[2]である。彼女は泣き続けるうちに意識が覚醒し、自殺を決意するや、今までの自然が一度も見たことのないような相貌(そうぼう)で眼の前に現れたのだと、物語の文面を読み解く(角川文庫『無常といふ事』一九五四年九月刊所収)。戦いの文学に描かれた女の姿を、小林は看過していなかったのであり、それは『俘虜記』批判と照応する。

その小林の『平家物語』論は、物語作者の根底にあるものを、「叙事詩人の伝統的な魂」ととらえ、表現に含まれている一種の哀調は、「叙事詩としての驚くべき純粋さ」から来ていると見るものであった。しかし彼が、西欧の叙事詩を相応に読み込んでそうした結論に至ったとは、私には思われない。

他方、大岡は、後年書いた『レイテ戦記』をめぐる対談で、『戦争と平和』[3]とか『イリアス』[4]というのは勝った国の人間の書いたもので、負けた国の人間が書くとああはいかないと語りつつ、「叙事詩は勝者のリズムですよ」と言い切っている(前掲書中の古屋健三との対談)。そのことを、『レイテ戦記』を「書きながらあわせ思った」とも言う(同、大西巨人との対談)。叙事詩の理解は、大岡の方が正しい。

西欧の文学に傾倒した大岡は、おそらく『平家物語』を熟読することなどなく、

(2) 一の谷の合戦で討死した平通盛の妻。

(3) ロシアの作家トルストイ(一八二八〜一九一〇)の、ロシアとナポレオン軍との戦争の時代を描いた作品。

(4) トロイア戦争を描いた古代ギリシアの叙事詩。

知盛の告白も知らなかったであろう。小林は、通説となっていた『平家物語』叙事詩論に乗って批評を加えたまでで、叙事詩の何たるやまでは、考えが及ばなかったに違いない。

私はここ十年ほど、日本の軍記物語と、西欧の叙事詩を中心に、戦いを題材とした世界のさまざまな作品との比較を試み、文章化してきた。『平家物語』をはじめとするこの国のいくさの物語を、世界文学的視野からとらえ直す必要性を痛感してきたからである。過去に、日本文学研究者の立場から、幅広くこうした試みを行なった者はいない。才に余るドン・キホーテ的無謀さであったに相違あるまいが、それなりに明らかにしえたものもあろうという密かな自負はある。

大岡昇平の対談集を読み、小林秀雄の評論を読み直してみたのち、改めて今、模索しつつ書き溜めてきたこの論稿集が、わが国の人々の生み出した文学を再認識し、かつ、人間の歴史において戦争とは何であったのかを考える、一つの契機になってくれればと願う心境を新たにしている。

次に掲出する一文は、十四年前（二〇〇三年）の三月、イラク戦争開始直前の時世下、「戦争と平和と文学と」の題で公にしたものである。本書収録の諸論稿の根底にある問題意識に通ずる内容であるところから、プロローグとして示すこととした。

○

今、私の手もとに『皇國文學4・戦記物語研究』(六藝社)なる小冊子がある。太平洋戦争に突入した翌月の、昭和十七年一月の刊である。十名の執筆者による論稿は、容易に想像できるように、その多くが国威発揚を目途して、わが国の武的精神のありようを分析したものとなっている。軍記諸作品に、どのように武人が描かれ、賛美され、道義性がいかに重視されているかを論じていたり、古代いくさ物語に見られる悲劇性の淵源は、英雄の武的克己精神にあり、それが脈々と後代まで継承されていると説いていたりする。従って、戦いのもたらした悲劇そのものの叙述を取りあげる姿勢は、ないに等しい。

その中の一篇、塩田良平[1](一八九九〜一九七一)の「明治・大正の戦争文学」は、昭和十三年に書いた稿に補遺修正を加えたとの説明が添えられているが、検閲の結果なのであろう、もとの稿にあった作品本文の引用箇所等、四ヵ所、ほぼ一頁分が伏字となっている。今日から見れば、どうということもない文面が、戦意をにぶらせる記述として裁断されてしまったのであった。してみれば、敗者への憐憫をさそう表現など、かえりみられるはずのない時代状況だったと容易に分かる。なお、名称からして国粋的な「皇國文學」の叢書は、皇国文学会[2]の同人によって編集刊行されたもので、事務所は塩田宅に置かれていた。その塩田自身のかつての論述すら、文面削除の難をまぬかれなかったわけである。

(1) 近代日本文学の研究者。

(2) 一九四〇年(昭和十五年)以前に設立された国文学者有志による会。

私は、軍記物語研究者の一人として、塩田論文の結論部分で、明治以降の戦争文学と、『平家物語』を主とした軍記文学とに関し、根本的相違の指摘されている点に興味を覚えた。翻訳された外国の戦争文学が戦禍の惨烈を描き、戦争否定主義であったのに対して、わが国では、特に昭和六年の満州事変後、戦争への概念が改まったという認識を示しつつ、軍記物語の文学性は、破滅や没落を終局として語るなかに濃厚に感得されるが、それは滅亡する相手に同情が起きる場合に生ずる表現で、敵愾心がある場合は、敗れ去る敵は快感の対象にしかならないとした上、日露戦争を題材とした作品の一場面――船の中で瀕死の上官を看護しながら漂流してゆくロシア兵に向けて、「ざま見やがれ、ロスケめ」と、ののしる――を紹介する。そして、明治以降の近代戦争文学で、滅亡の悲哀をうたったものは少ないし、敵の滅亡を感慨無量で見送れるのは、「余程余裕のある場合」であると言う。

また、『平家物語』は、壮烈な合戦描写があり、闘いを肯定的にとらえてはいるものの、公達(1)の最期の描写となると、筆調は一転して哀感的無常観をたなびかせるに至るが、多くの近代戦争文学は、そこまで客観的になり切れずに、戦闘の烈しさ、勝利の快感が強調されているとも言う。軍記物語との違いは、「力への積極的支持がある」点で、それは、敵対する相手が不可解な異国人で、かつ強すぎたからであり、戦争を人類愛的な心境で眺められないゆえんがそこにあるとする。更には、「切迫した戦闘を全く客観視する為には、多年の時日を貸すか、よほどの大詩人で

(1) 由緒ある名家の子息をいい、ここは平家一門の子息。

ない限り不可能であったろう」と記す。
塩田の筆は、この後、近代科学戦の残虐性が作品から詩情を失わせている事実に言及しながら、明治・大正の戦争文学は、各種の欠点があり、将来の戦争文学に対しては過渡的存在となり果てるかも知れないが、歴史的存在として印せらるべきものと、結論づける。

私は、ここから幾つかのことを考えさせられる。

一つは、塩田の原稿執筆当時、日本全体が諸外国と戦闘状態にあったため、闘う姿勢を評価する論調におのずとなったのであろうこと、二つには、にもかかわらず、敵味方を越えた視点を保持する『平家物語』の方に文学的優位さを認めていることの重要さ、三つに、その視点を獲得するためには、「余裕」や「多年の時日」を要するであろうと見通している点が、軍記物語の成立の問題と重なってくること、である。

私は、『保元物語』『平治物語』『平家物語』『承久記』の軍記四作品は、いずれも承久の乱[2]（一二二一）後の、一二三〇年前後からほぼ十年くらいの間に、次つぎと生み出されたのであり、それは平和な安定した時代が訪れたからであったと主張している（拙著『平家物語の誕生』岩波書店・二〇〇一年刊）。保元の乱[3]（一一五六）からは七十年余、壇の浦の決戦[4]（一一八五）からも五十年ほどたっていたであろう時点であった。頼朝の生前より死後も続いていた諸勢力の抗争角逐による世情の混乱は、

（2）後鳥羽院と北条氏の率いる鎌倉幕府との戦い。
（3）崇徳院と後白河天皇との兄弟対決となった戦い。
（4）『平家物語』が語る源平の戦いの最後。

承久の乱で一区切りを見せ、各勢力が応分の住み分けをする時代へと入っていく。過去を振り返るだけの精神的ゆとりが徐々に社会に形成され、結果的に軍記物語の誕生につながっていったのであろう。たびたび口にする言葉を使わせてもらうならば、軍記物語は、戦争の文学でありながら、平和の産物だったのである。

　塩田が、明治以降のわが国の戦争文学には「力への積極的支持」が認められ、勝利の快感が強調されるが、客観的・人類愛的視点が欠落していると説くのは、開国以来、延々とくり広げられてきた諸外国との抗争の一環として戦争が位置づけられ、外国人に対する敵愾(てきがい)心を著者も読者も共有する社会環境にあったからにほかなるまい。塩田自身の論評も、そこからまぬかれてはいない。近代の戦争文学は、いわば、外国との精神的戦争状態の継続のなかから生み出されたわけで、戦争の産物と言っても過言ではなく、そこに軍記物語との本質的な差があるように思われる。

　平和の産物の方を塩田が評価したのは、勝者と敗者とを均等に見る客観性が保持されているからであったが、それは幸いにも、当時の戦争が人種や宗教、国家といった、ある種の偏見への固執(こしつ)から発生したものではなく、同じ民族内、国家内の戦いであったところに半ば起因(きいん)しよう。逆に言えば、そうした偏見を越えた、より高次な視座が確立された時にはじめて、塩田の期待する客観性が、近代の戦争文学にも獲得されるはずであった。翻訳された外国の戦争文学に彼が認めた戦争否定主義とて、その高次な視座から導かれた帰結であった。

軍記物語の作者たちは、確かに過去の戦いを活き活きと書いた。しかし、再び混乱の時代が再来することを望んだであろうか。答えは、自ずから否であろう。一二三〇年代、承久の乱の経験者は無論、源平の争乱を体験した世代も、まだ生き残っていた。彼らは、往時の苦闘を、たとえ華やかに口にしたところで、再びそれがくり返されることなぞ望まず、今の安寧にこそ安堵していたに相違ない。それは第二次世界大戦後の精神風土と似ていはしなかったか。

戦前、軍記物語は大和魂を鼓舞し、忠君忠誠を誓う教材とされた。しかし、必ずしも作品の実情に沿ったものとは言えない。たとえば、有名な木曾義仲による倶利迦羅峠の合戦で、谷底に誤って落ちていった平家軍を描くのに、「此谷の底に道のあるにこそとて、親落せば子も落し、兄落せば弟もつゞく、主落せば家子・郎等落しけり」と書く。要するに、主従よりも、親子兄弟関係の結びつきの方を、忠君より肉親の情を、優先しているのである。右の引用文は、室町期に固定化されたテキストたる覚一本[1]の『平家物語』によったが、今日、最も古態を温存させていると考えられている延慶本[2]でも、「父ヲトセバ子モヲトス。子ヲトセバ父モツヾク。主ヲトセバ郎等モヲチカサナル」とあって、実態は変らない。

延慶本で、一の谷の合戦を見てみよう。まず、搦手（背面攻撃軍）の先陣を切って平家陣に攻め込んだのは熊谷直実親子であったし、大手（正面攻撃軍）では梶原

（1） 琵琶法師の覚一が最終的に文面を整えたテキスト。
（2） 鎌倉期の延慶二年（一三〇八）から三年にかけて書写されたテキスト。ただし、現存本は、その後の加筆を含む再書写本。

景時親子と河原太郎・次郎兄弟の活躍が大写しにされる。特に梶原は、息子を救出するために、二度まで敵陣に突入したと語られていた。そうした叙述の流れからすれば、敗れ去る平家の人びとの姿を、親子の単位でとらえることになるのは当然であったろう。すなわち、知盛(1)が子の知章の献身的犠牲によって逃げおおせた話が語られ、続いて、敦盛を組み伏せた熊谷が、同年齢のわが子を思い出して助けようとしたものの果せず、その首を父経盛のもとに届けてやった話となり、今は亡き重盛の末の子師盛の討死、教盛の嫡子通盛、更に末の子業盛の討死と連鎖的に、若者つまり子供たちの死がものがたられていく。それを受けて最後に、知盛が我が子を見殺しにした苦衷を、兄宗盛に向かって、「只一人持タリツル子ノ、父ヲ助ムトテ敵ニ組ヲ見ナガラ、親ノ身ニテ引モ返サヾリ（つる）コソ、命ハヨクヲシキ物ニテ候ケリト、身ナガラモウタテク（自分自身でもうとましく）覚候」と告白して泣き、宗盛も自身の子の方を見て涙ぐむ。これで一の谷合戦の全体は閉じられていた。親子、家族のきずなに目線が合わされ、物語は構成されているのである。

　戦争の日常化は、人を鈍感にさせる。一の谷で討死した通盛の妻小宰相は、翌日の死を予感したような気弱な夫の言葉に、「いくさは、いつもの事なれば」、その不安が理解できぬまま、来世での再会すら約束しなかったのを悔やみ、入水して跡を追ったという（覚一本）。それは、今生の別れ際に生じてしまった夫婦間の心のすきまを、ひたすら埋めるための行為であった。

（1）平氏系図

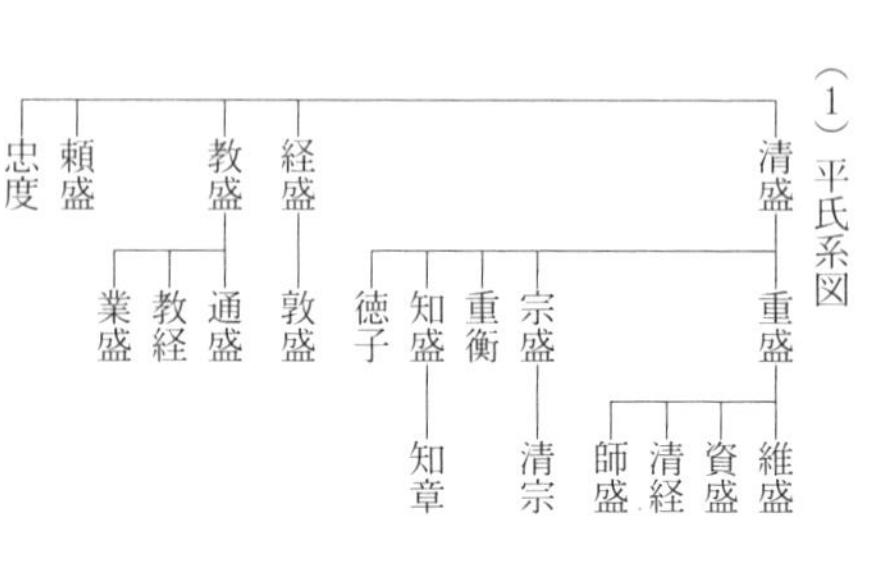

小宰相は夫と戦場を共にできたが、維盛(これもり)北の方の場合は、子らと一緒に都に残され、愛する人の安否に気をもむ日々を過ごす。一の谷で三位中将(さんみちゅうじょう)(2)が生け捕りと聞いて、我が夫のことと思い、人違いと知って討たれた人の首の中にこそ、と思う。戦場は遠く、情報は限られていたから、「いくさといふ時は、たゞ今もや討たれ給(ふ)らむと心を尽(く)す」毎日であったと語られる。悪い方へばかり連想が働く心理は、夫や息子を戦争に取られた女性に共通するものであろう。

こうした作品が、好戦的な読み物であろうはずがない。力への渇望(かつぼう)はいつの世にもあり、勝ち敗けの物語は面白い。が、戦いの結果、肉親を襲う悲劇は、敵味方を問わず、人種や宗教、国家の枠も関係ない。『平家物語』を筆頭とする軍記物語は、その結果の悲しさを、人間社会の忌(いま)まわしくも憂き現実として、まちがいなく写し取っている。それ故、れっきとした反戦の文学であると、私は思う。

戦争の二文字が紙面をにぎわす昨今、日本の国が再び好戦国とならぬよう願うのみである。

(2) 中将の位は、通常四位であるが、位が先行して三位になっている場合の呼称。当時の平家一門中の三位中将は、重衡・維盛・資盛の三人。

第一章

『平家物語』と西欧の叙事詩

——その文学的差異——

従来、『平家物語』は日本の国民的叙事詩として評価されてきたが、西欧の叙事詩と具体的に比較してみれば、意外にも叙事詩には登場人物の年齢記述がなく、その事実が根源的な相違を暗示しているようである。歴史の不条理性がどう表現されているかといった問題を含め、叙事詩と我が国の軍記物語との共通性と異質性を考える。

【本章で取りあげる軍記物語以外の作品】

『イリアス』……前八世紀ころのホメロス作というギリシア叙事詩。十年間にわたったトロイア戦争のうちの数十日間の戦いを描いたもので、主人公は英雄アキレウス。

『オデュッセイア』……同じくホメロス作と伝える叙事詩。トロイア戦争勝利後、ギリシアに帰国するまでのオデュッセウスの十年間の漂泊を語る。

『アエネーイス』……前一世紀成立のイタリアの叙事詩。トロイア戦争で敗れた英雄アエネーアスがイタリアに逃れ、ローマ国家の基礎を築く過程を語る。

『ロランの歌』……十一、二世紀ころ成立したフランスの叙事詩。キリスト教軍がスペインのイスラム教徒を破った戦いを描くもので、主人公は英雄ロラン。

『イーゴリ遠征物語』……十二世紀末成立のロシアの叙事詩。イーゴリ候が遊牧民ポーロヴェッツとの戦いで捕虜となったものの、脱出に成功した物語。

『ニーベルンゲンの歌』……十三世紀初頭成立のドイツの叙事詩。前半の主人公は英雄ジーフリト、後半はジーフリトを殺された妃クリエムヒルトの復讐劇。

日本がヨーロッパの文化的影響下に入った明治以来、『平家物語』は、わが国にもあった叙事詩として、長く位置づけられてきた。[後注1] それゆえ、日本民族の勇武をたたえる国民文学ともされて、他国への戦意をあおる一素材となり、第二次世界大戦の敗戦後は、新しい時代を切り開いていった、かつての新興階級のたくましさに重点を置いた叙事詩論も、展開されたのであった。[後注2]

確かに、語り物として広く享受された歴史的物語という形態は一致する。が、その内実は、ヨーロッパで言うエピックなる作品群に含めてよいか、はなはだ疑わしい。[後注3] 従来、同一範疇にくくろうとする姿勢が、たとえば合戦譚を優先して分析評価するという形で、作品の本質を見誤らせて来はしなかったか。

エピックの原義は、韻文によって話を語ることで、本来、戦いの文学と直結するものではなかった[1]。しかし、近代に至り、一文学ジャンルを表示するものとなってからは、ある歴史的な、民族全体の浮沈にかかわるような伝説的な事件において、英雄的働きをした人物の行動を韻文で語る文学、を意味するようになる。当然、わが国もその概念のもとに叙事詩を受け容れたことになろう。こうした点も踏まえて、考察を進めてみたい。

(1) 第三章71頁参照。

一 叙事詩における年齢の不問

叙事詩と言えば、紀元前八世紀のギリシアでホメロス(1)によって作られたという『イリアス』『オデュッセイア』、同じく前一世紀のイタリアにおけるウェルギリウス(2)(前七〇〜前一九)作の『アエネーイス』、下って十一、二世紀のころ、フランスで成立した『ロランの歌』、十二世紀末にロシアで書かれた『イーゴリ遠征物語』、十三世紀初頭のドイツで出来た『ニーベルンゲンの歌』などが、わが国では一般的に知られている。

これらのうち、『オデュッセイア』は、戦いの物語というより英雄の遍歴譚で、日本の軍記物語と比較するのには必ずしもふさわしくなく、『イーゴリ遠征物語』も、内容はストーリー性に乏しいイーゴリ侯(3)の讃歌とでも言うべきものとなっているため、以後の考察対象からはやや遠のくことになろう。

まず、軍記物語に慣れ親しんだ目で西欧の叙事詩を通読して奇異に感じるのは、登場人物が何歳で死んだかなどの年齢が、いっさい記されていないことである。イーゴリは、一一五一年生まれで、没年は一二〇二年、出征したのは三十四歳の時で、当時の妻の年も十七歳と分かっていながら、作中にはそれが記されない。(後注4) 戦争後、二十年に満たずして成立したとされる作品においてすらそうである。年齢記述の有

(1) 紀元前八世紀ころの伝説的吟遊詩人。

(2) プブリウス・ウェルギリウス・マロ。ローマ初代皇帝オクタウィアヌス(前六三〜後一四)の時代に活躍した詩人。

(3) ロシア南部のキエフ国家の一王侯。遊牧民ポーロヴェツとの戦いで捕虜となるが、脱出に成功。

無は、その人物の実在感を左右しかねない。

たとえば、『ニーベルンゲンの歌』では、年齢を不問に付した結果、大きな表現上の矛盾をきたしている。前篇の主人公は英雄ジーフリトで、ブルゴント国(4)から王妃クリエムヒルトを迎えるまでの武勇譚が語られているが、そのジーフリトは、国王として自国(5)を統治すること十年にして、王妃の国に招かれ、暗殺される。後篇では、未亡人となったクリエムヒルトが、十三年間の貞節を守ったのち、后を失ったフン族(6)の国王のもとに再嫁（さいか）し、夫を殺したブルゴント国の兄弟一族を招待して、王宮でことごとく討ち果たしてしまう経緯が語られていく。後注5 彼女は再婚して七年目に王子をもうけ、十三年目に恨みを晴らす計画を立てたことになっており、ジーフリトと結婚してからは三十六年が経過していた。仮に十四歳で結婚したとすれば、五十歳に達していたはずである。

さて、ジーフリト暗殺の張本人は、ハゲネなるブルゴント国の重臣で、クリエムヒルトから激しい恨みを買い、王宮で繰り広げられた戦いの標的とされながらも、先頭に立って最後まで戦い抜く。その彼は、登場段階から、ジーフリトの武勇の前歴を知っていた年長者に設定されており、この時は当然、五十歳をはるかに越えていたことになろう。ハゲネとともに、一族郎従の死に絶えたのちも剣を振るったのが、クリエムヒルトの兄グンテル(7)。彼もまちがいなく五十歳は越していた。しかし、彼らの獅子奮迅（ししふんじん）の戦いぶりからは、とうてい老齢の人物たることなど、想像できな

(4) ライン川中流域の西方、ヴォルムスを中心とした国。

(5) ニーデルラント国。ライン川下流の左岸、ザンテン（現クサンテン）を中心とした国。

(6) モンゴル・トルコ系の騎馬民族。

(7)
グンテル　ゲールノート　ギーゼルヒル
クリエムヒルト＝ジーフリト

い。際立つのは、クリエムヒルトの弟ギーゼルヘル。彼は作品の初めから登場していながら、三十六年後まで「若武者」として描かれ続ける（第三十歌章）。奇妙な記述と言わざるを得ない。

『イリアス』の主人公アキレウス(1)は、ギリシア軍の総帥（そうすい）アガメムノン(2)と対立して戦闘参加を拒否するのであったが、その年齢はアガメムノンよりはるか下で、九年前に故国をあとにした時には、「まだ年もゆかず」、戦いにも不慣れであったと語られている（第九歌）[後注6]。彼の出征直前に生まれた息子ネオプトレムスは、当時十歳そこそこであったはずであるが、しかし父亡きのちの翌年、敵のトロイア王を殺害した姿が描かれる『アエネーイス』では、りっぱな青年に達している（第二歌）[後注7]。おそらく、アキレウスの参戦と子供の誕生とが深く結びつけられた伝承と、トロイア(3)を滅亡させたネオプトレムスの武功譚とが、別個に年齢を意に介さぬ形で伝わっていたのであろう。

人物の年齢を記さぬことは、軍記物語のように、事の起こった日付を、何年何月何日というふうに記さないことに通ずる。ホメロスやウェルギリウスの語る世界は、人間と神々が相交わるはるか古代の非現実的世界、『ロランの歌』は、西暦七七八年八月十五日の事件を扱ったものながら、作品成立時とは三、四百年前後の差がある。『ニーベルンゲンの歌』は、四三七年の、フン族の攻撃によるブルグント族の滅亡という史実を取り込んでいるものの、それも八百年近く前のことに属する。日

(1) 母が女神テティスで、不死身の身体を得るが、唯一の弱点の足のかかとを射られて死ぬ。

(2) 弟のメネラオスの妻ヘレネがトロイア王子パリスに奪われた為に戦いが始まったゆえ、ギリシア側の総大将に選ばれた。

(3) トルコの地にあった王国で、ギリシア軍の十年間にわたる攻撃を受け、木馬に兵を潜ませる策略にかかって滅亡。

付が書かれないのは、過去との歴史的隔たりが大きいためとも考えられるが、先述したように、事件後まもなくの成立になるらしい『イーゴリ遠征物語』にも、日付はない。どうやら叙事詩にとって、年齢や日付は、たいした問題ではなかったように見える。

一方、軍記文学では、死んだ人の年齢への関心が高い。清盛は六十四、重盛は四十三、俊寛は三十七、などと記される。[4]特に、若くして戦いの犠牲となった少年たちを哀悼(あいとう)する思いは、謡曲の『敦盛(あつもり)』や『朝長(ともなが)』で用いられる面(おもて)が「十六」と命名されているところに暗示されているように、十六歳という年齢に象徴的意味を託するまでに至っていた。

さらに幼い子供たちを表現するのにも、年齢記述は不可欠である。『保元物語』では、命を奪われる源為義(ためよし)[5]の遺児たちが「十三」「十一」「九つ」「七つ」であったと語られ、『平治物語』でも、常葉(ときわ)の三人の子供の「八つ」「六つ」「二歳」という年齢が繰り返される。『平家物語』では、殺された宗盛の愛児が「八歳の童(わらは)」、生け捕られた時の維盛(これもり)息六代(ろくだい)の年が「十二」とあり、『承久記(じょうきゅうき)』は、初陣(ういじん)を飾って死んでいった伊賀光季(みつすえ)[6]の子寿王(じゅおう)を「十四」と語る。

そもそも叙事詩においては、少年や幼児の登場が少ない。その中で、トロイアの英雄ヘクトル[7]が、愛妻アンドロマケとの間にもうけた赤子と最後の別れを惜しむ『イリアス』の場面は、よく知られているが（第六歌）、子供の年を強調する文はな

（4） 以下、平氏人物については12頁の脚注系図参照。

（5）
為義―義朝―朝長
義朝＝常葉：今若、乙若、牛若
為義の子：乙若、亀若、鶴若、天王

（6） 京都守護。乱勃発(ぼっぱつ)時に上皇方に襲撃される。

（7） トロイア王プリアモスの長男。ヘレネをギリシアから奪ったパリスの兄。注（2）参照。

い。『オデュッセイア』で、父の帰還を待つテレマコスは、一人前になる前の軟弱さが描かれるものの年齢不詳、比較的多く少年を登場させる『アエネーイス』でも、将来のローマ帝国建設につながる重要人物アスカニウス[1]すら、同様である。『ニーベルンゲンの歌』では、クリエムヒルトの生んだ王子[2]が戦闘突入の血祭りにあげられるが、六歳だったはずながら、そこに同情的な文言は見出せない（第三十三歌章）。戦いによって苦難をなめさせられ、あるいは犠牲となった若い命への意識が、全体的に希薄と思われるのである。

年齢や日付にこだわるか否かは、歴史的現実を写そうとする姿勢の強弱に関わろう。軍記物語は、毛頭、事実そのものを忠実に語ろうとするものではなかった。とはいえ、戦いのもたらした結果が、どのようなものであったかを伝えようとする思いは強い。歴史的に生き死んでいった人々の実人生に、いわば寄り添うような表現が試みられている。

それに対し叙事詩の場合は、戦いにおける男の勇武と克己（こっき）的精神とを語ること、つまり精神を鼓舞（こぶ）することにこそ主眼があり、実在した人物の生と死をとらえようとする視線が、本来、乏しいのではないか。それが、年齢や日付を不問に付すあり方に、象徴的に示されているのであろう。軍記文学と叙事詩とでは、現実への対応の仕方が違っているのである。

（1）トロイアからイタリアに逃亡して新国家の基礎を築いたアエネーアスの子息。

（2）夫のジーフリトが殺害された後、再婚したフン族のエッツェル王との間にできた王子。

二　不条理性の認識

『平家物語』の重衡（しげひら）は、犯す意思なくして犯した南都炎上[3]の罪を背負わされること、功績の大なる平家が一代のみで滅びることの非を弁じつつ、しかし古代中国でも、正者たる名君が報われなかった例もあると、達観（たっかん）の境地を頼朝の前で披瀝（ひれき）していた（巻十・千手前）。正しい者や力ある者が勝つとは限らぬ不条理な現実が語られていたのであるが、叙事詩の中でその不条理性を、神々の理不尽な思わくに結びつけて強く意識しているのが『イリアス』である。

『イリアス』中の神々の世界は、まるで人間社会の二重写し。泣き笑いがあり、嫉妬（しっと）あり、権力ずくの言動あり、権謀術数（けんぼうじゅっすう）がうずまく。トロイア戦争を過酷なものにさせたのは、アガメムノン[4]の仕打ちに怒って参戦を拒否したアキレウスが、生母たる女神テティス[5]に、味方のギリシア軍が困難な状況におちいるよう、ゼウス[6]への仲介を依頼、ゼウスが彼女の願いを聞き入れたからであったが、そのことを察知した妻のヘレ[7]は、あなたは「悪賢い方」、いつも私に内緒で事を進めると、非難し始める。ゼウスは、私の考えをすべて知ろうなどと思うなとたしなめるが、ギリシア側に肩入れするヘレは、あなたは「したい放題」のことをしてきたが、今回はテティスに丸め込まれた気がすると言い張る。ゼウスは、あまり詮索（せんさく）すれば、私の気

（3）治承四年（一一八〇）十二月、反平家の活動を活発化させた奈良の僧兵勢力を討つべく、清盛息の重衡が派遣され、東大寺・興福寺が焼失、大仏も焼け落ちた。

（4）彼は神アポロンを祭る神官の娘を捕虜とするが、そのたたりで陣中に悪疫が流行、娘の返還を説くアキレウスの進言に従うも、その代りに、アキレウスの捕虜としていた女性を奪う。

（5）海の女神で海底に住む。ゼウスの指示でプティーア国王ペレウスと結婚、アキレウスを生む。

（6）全知全能の神で、父クロノスから支配権を奪う。

（7）ゼウスの正妻で、女神の最高神。クロノスの娘。

持ちがお前から離れていくばかりで、いいことはあるまいと言い、最後はあらゆる神々に勝るおのれの力を誇示して、妻を黙らせる（第一歌）。

神界のことながら、ここには人界の夫婦喧嘩が再現された趣きがあろう。かつ、全能の神ゼウスを非難するヘレの口調は、ゼウスが必ずしも「正」の実行者ではないことを暗示している。実際に彼は、「思いつき」で事を決める。テティスの願いをかなえてやるのに、彼は思案のすえ、アガメムノンに惑わしの夢(1)を見させるのが最上の策と思いついたといい（第二歌）、だまされた当人の恨みを買う(2)（第九歌）。また、アキレウスの身代わりに戦場に出て奮戦する親友のパトロクロスを死なせる手順について、これも思案のすえ、ヘクトル(3)らのトロイア勢を敗走させ、さらに多数の命を奪わせるのが上策と思いついたともいう（第十六歌）。

ゼウスは、誠に恣意的な神であった。テティスの願いは「過分」と表現されるが（第十五歌）、それを受け容れたこと自体、公正な判断とは言えまい。暴力的な力を恐れられながら、決して尊敬されてはいない権力者の姿が、写し取られている観がある。

神と人との違いは、不死なる存在と、死すべき存在との差としてものがたられ、その絶対的な差が、人界を見下す神の超越的な立場を保証している。再三描かれるゼウスがヘレと言い争う一場面では、人間界の「つまらぬ争い」を夫婦の不和の因にさせたくはないと、こともなげに人界の苦闘をさげすむ（第四歌）。実は、その闘

（1）　即刻、戦いを始めれば、神々がギリシア軍を勝利に導くという夢。
（2）　アキレウスの父ペレウスに養育される。味方の窮状を見かねて、アキレウスの武具を借りて出陣、トロイアの城壁まで迫るが、神アポロンにさまたげられ、ヘクトルに討たれる。
（3）　最後は、パトロクロスを討たれて怒り狂うアキレウスに殺される。

争を人間にけしかけるのが神でありながら、彼らはそれぞれの屋敷で「のどかに座って」、高みから見物していたりする（第十一歌）。その上、ゼウスの場合は、神々までが戦闘に加わり激突しているさまを見て大いに喜び、「高笑い」をする（第二十一歌）。世に戦乱が尽きないのは、戦い好きな神（ひいては人そのもの）のせい、とでも言いたげである。

トロイア戦争の淵源は、ヘレ、アテネ[4]、アプロディテ[5]の三女神が美を競いあったことにあったが、戦いの最中に、アテネはギリシア軍の勇士に、アプロディテが戦場に出て来たら切りつけてもよいとそそのかす（第五歌）。ヘレは、トロイア側の優勢に戦況を動かしている夫に業を煮やし、あくまでも自分の思い通りにしようと、夫を色仕掛けで眠らせ、その間に形勢を逆転させようと図る（第十四歌）。しょせんゼウスにかなわぬとはいえ、神々は勝手な意思を持ち[6]、それを人間界に押し付けようとする。

この世の不条理な現実は、そうした、人と同じ性格を持つわがままな神々のなせるわざ、という認識が基本にあるからであろう、ゼウスは意の赴くままに、勇者から簡単に勝利を奪ったり、戦士に勇気を奮いたたせたりするという、類似した表現が三回も出てくる（第十六、十七、二十歌）。アキレウスは、トロイア側に味方するアポロン[7]の神にだまされたのを知って怒り、神は「気楽な気持ち」でそんな卑怯（ひきょう）なことをするが、それはあとで仕返しされる恐れがないからだ、となじり（第二十二歌）、

（4）ゼウスの娘で、戦いの神と同時に技芸の神。

（5）美と愛の女神。ヴィーナス。三女神は、美の審判をトロイア王の息子パリスに求めたが、彼女は、人間界で最も美しいギリシアのメネラオス王の妃ヘレネを与えると内々に約束、勝利を得た。パリスがその約束に従い、ヘレネを奪った為に戦いが始まる。

（6）神々のひいき

ギリシア側	トロイア側
ヘレ	アプロディテ
アテネ	アポロン
ポセイドン	アレス
ヘパイストス	

（7）太陽神で、美術・音楽・詩歌の神。ゼウスの子。

さらに、仇敵ヘクトルの遺体をもらい受けに来たその父のプリアモスに同情の念を示しつつ、神々は人間に苦しみつつ生きるよう仕向けたのに、自身にはなんの憂いもない、と批判している（第二十四歌）。理不尽な神に対する怨念が込められた言葉である。

しかし、神にも悩みがなかったわけではない。軍神アレス(1)は、人間の自分の子が討たれたくやしさに理性を失い、その敵討ちに出かけようとするが、アテネから、そんなことをすれば、ゼウスがわれわれ皆にどんな仕打ちをするかも知れぬし、もともと人間として生まれた子孫を守ってやるのには限界があるのだと説得される（第十五歌）。ゼウス自身、わが子が戦場で討たれようとするのを見て憐れみが増し、ここで救ったものか、死なせたものかと、ヘレに相談する。ヘレは、すでに命運が定まっている者を助けては、他の神々も納得しまいと、それを受け付けない（第十六歌）。アキレウスに追撃されているヘクトルを見た時にも、ゼウスは同じ相談をヘレに持ちかけ、峻拒される（第二十二歌）。

つまり、ゼウスにも思い通りにならないことがあったわけである。彼が「死の運命」を二つ、黄金のはかりに掛ける場面が二度ある。一度目は、トロイア勢とギリシア勢のそれをはかるためで、後者が沈み、前者が浮き上がったことにより、トロイア側に有利になるように自らの力を発揮する（第八歌）。二度目は、アキレウスとヘクトルのそれで、前者が上がり、後者が下がったので、ヘクトルを守っていたア

（1）戦いの神で、ゼウスの子。

ポロンの神も立ち去ったとある（第二十二歌）。はかりに掛ける行為は、自分の関知しない事実を知ろうとする行為を意味する。ゼウスの持つ能力の限界を語ろうとしていたことは、窮地(きゅうち)におちいったギリシア軍のある人物に、たとえゼウスであろうとも、この戦いの流れを変えることはできまい、と言わせているところにもうかがえる（第十四歌）。

結局、神にすらどうにもならぬ世界があることをほのめかしているのが、『イリアス』という作品であった。『平家物語』は、元来、不条理な現実のよって来たるゆえんを問おうとはせず、ただ現状の認定にとどまるが、それへの異議申し立てを強く打ち出す『イリアス』の場合は、神の恣意(しい)的なふるまいを描いて、可能な範囲で、その説明を試みたと言えようか。ともあれ、少なくとも世の不条理性を認識している点で、両作品は一致している。

ところが、『イリアス』より後出の叙事詩になると、それが希薄化していく。同じ紀元前の作品ながら、ローマ帝国全盛期に創られた『アエネーイス』(2)では、神に対する恨みの言葉は聞きがたい。トロイア戦争で敗れたアエネーアスが、イタリアに赴き新しい国づくりに挑むストーリー展開のなかで、主人公たる彼は、基本的に神々に守られ続けているからである。トロイアを滅ぼした神々の無慈悲を、アエネーアスの母たる女神ウェヌス(3)（アプロディテ）や彼自身も口にするとはいえ（第二、三歌）、手きびしく非難しているわけではなく、そんな過去より、建国が約束されて

（2） ヘクトルと並称されるトロイア方の英雄。アンキーセスと女神アプロディテとの間に生まれた子。
（3） ローマ神話におけるアプロディテの呼称。同様に、ヘレはユーノに、ゼウスはユッピテルになる。

いる未来に向け、彼らの意思は傾注させられているのである。

その神によって約束されている建国の実現を、できるだけ遅らせ、執拗に邪魔しようとするのが女神ユーノ[1]（ヘレ）。アエネーアスにとっての不条理な現実は、彼女によってもたらされるのであったが、それへの憤懣を彼が吐露することはない。非情な神に対しては、わずかに作者と、アエネーアスに挑戦するイタリア先住民の貴公子トゥルヌス[2]とが、懐疑的な問いかけを発しているぐらいである。

まず作者は作品冒頭で、りっぱな人格の持ち主たるアエネーアスを、なぜユーノはこれほどの危険な目にあわせたのかと、神の心中をいぶかり（第一歌）、また、彼とトゥルヌスとの戦闘で多くの犠牲者が出たことを、これがあなたの意思であったのかと、神ユッピテル（ゼウス）に問いかけている（第十二歌）。

アエネーアスは、最終的にラティン人[3]の住む地に至り、そこのラティーヌス王の娘と結婚して立国の基盤を築くことになるが、トゥルヌスは、その娘と先に婚約していた男である。女神ユーノは、ラティーヌス王が神の神託を受け、わが娘とアエネーアスとの結婚を決意したのを知り、娘の実母で、トゥルヌスの親族であった王妃アマータと、彼自身とに、アエネーアスに対する反発心を掻きたて、戦いを引き起こさせる。さらにユーノは、戦況不利な状況下でも最後まで彼を戦わせるために、女神の身である彼の妹を派遣、戦いを誘導させる。その妹に対し、トゥルヌスは、いかなる神がお前を遣わして、このような苦難を引き起こさせたのか、と問う（第

（1） ユーノ（ヘレ）は反トロイアの立場であった。

（2） イタリア、ラティウム国の国王の娘の婚約者。

（3） ローマを貫流するテヴェレ川の流域、ラティウムに居住した民族。

十二歌）。しかし、『イリアス』に比べ、不条理な現実をもたらす神と人間との相克という構図は、はるかに後退している。

『ロランの歌』は、異教徒制圧の物語であった[4]。主人公の英雄ロラン[5]は、義父ガヌロンの裏切り[6]により命を落とすが、その遺体は、天下った聖者ガブリエル[7]によって天へ召しあげられる。非業の死を遂げたとはいえ、彼の「正」は報われるのであり、そこに不条理はない。

ロランは、味方のフランス勢のなきがらを前に、「偽り言い給いしことなき神」に、彼らを救ってくれるようにと祈り（第一四一詩節）、自らの死に臨んでも、「かつて虚言言い給わざりしまことの父」に、罪を謝してゆるしを請う（第一七七詩節）[後注8]。キリスト教における神は、疑問を投げかけてよいような対象ではなく、正義そのもの。その正義による統一を世界に実現する聖戦のための献身的な犠牲者は、物語の中で、天国への救済が約束されることにより、初めから不条理を訴える存在ではありえなくなっている。

『イーゴリ遠征物語』と、イーゴリ侯の事績を書きとどめている『イパーチイ年代記』[後注9]でも、キリスト教徒と異教徒とは峻別され、いったん捕虜となった彼は、主なる神の意思によって逃亡を果たしえたと語られる。すなわち、捕らわれの身となったのは、おのれの不信心なかつての行為に、神の正しき裁きが下されたゆえと自ら述懐し、そう懺悔したことによって神の加護に恵まれたかのごとき記述となってお

（4）キリスト教国フランスのシャルル皇帝によるスペインのイスラム教徒制圧。

（5）実在人物ながら詳細不明。

（6）ロランの進言により、和平交渉役として危険な敵陣に送り込まれたことを恨み、ロランを討つ手だてを敵に教える。

（7）神意を伝える天使。マリアにキリストの受胎を告知した。

り、因果の平仄が合わされている。

『ニーベルンゲンの歌』では、キリスト教徒と異教徒との優劣は意識されているものの、惹起された納得しがたい現実の説明に神は無関係で、人間の憎悪の念にその因が求められる。すなわち、フン族の国で殺されることになったブルゴント国王のグンテルと弟のギーゼルヘルは、自分たちになんの咎あって、かくなる目にあうのかという問いを発するが、その答えは、夫を暗殺されたクリエムヒルトの執念深い恨みであった（第三十六歌章）。つまり、現実はすべて説明可能なものとして語られるのが、『ロランの歌』をはじめとするこれらの作品なのであり、世の不条理性は、取り上げられるべき対象たりえていない。

現代の、光り輝くローマ帝国に結びつけて過去を語ろうとする『アエネーイス』では、主人公の度重なる苦難は描かれても、心理的葛藤や苦悩をそれほど深刻に描く必要はなかったであろう。それに対し、トロイア戦争勝利後、他民族の侵攻にさらされて、四世紀にもわたる暗黒時代を経たのちのギリシア復興期[1]に創られた『イリアス』には、現代にまで結びつける意思はなく、独立した世界を保つ。

両作品の相違は、アエネーアスとアキレウスが、それぞれ神に作製してもらい付与された盾[2]の図柄に、象徴的に示されている。前者の盾には、イタリアの未来が、作者の仕えたローマ初代皇帝アウグストゥス[3]の時代につながる戦いの歴史を中心に克明に彫刻され（第八歌）、後者の盾には、空や海、太陽や月などの自然界と、婚礼

（1）各地にポリスと呼ばれる都市国家が成立、繁栄へと向かう。

（2）手に持つ盾は、通常、牛皮を何枚か重ねて作るが、両者の盾は、青銅に他の金属も加えて作ったとある。

（3）オクタウィアヌス（前六三〜後一四）のこと。アウグストゥスは、元老院から贈られた尊号。カエサルの養子。

や戦争、農村や牧場の風景などの人間生活全般が刻まれてあったとあるのである（第十八歌）。一方は、強い国家意識のもとに叙述が統括され、他方は、それほど国家に拘泥せず、それゆえ、動揺する人間の心理を、より濃密に表現しうることになったのであろう。

『平家物語』でも、国家意識は薄い。戦いが国家間や民族間の闘争ではなく、内戦であったからにほかなるまい。限られた視野であったからこそ、逆に現実の不条理に対する認識が深められ、登場人物のそれを告発する言葉に結実したと見てよかろう。他者の否定につながる国家・宗教等々の絶対基準を作中に持たないことが、より広く、かつ深い共鳴をうる文学作品となりうることを、『イリアス』と『平家物語』は示唆しているが、残念ながら叙事詩の歴史は、それと逆方向に進んでいったようである。

三　通底するもの

いくさの物語は、死を覚悟した男たちのいさぎよい生を描くことで、多くの人気を博してきたと言っていい。そうした中で、特に男どうしの死を賭した厚い友情が、人々の感動を呼んできた。『平家物語』では、木曾義仲と今井四郎兼平との関係が[4]よく知られ、高く評価されている。叙事詩の中では、『イリアス』のアキレウスと

（4）二人は主君と乳母子の関係にあり、最後の戦いで互いを気づかう主従愛が描かれる（巻九）。

パトロクロス、『アエネーイス』のニーススとエウリュアルス、(1)『ロランの歌』のロランとオリヴィエ、(2)といった例が代表的なものであろう。これらを読めば、確かに共通する側面のあることは否めない。

パトロクロスは、戦争参加を拒否しているアキレウスの身代わりとして戦場に出、奮戦のすえにあえなく命を落とすのであったが、それを知ったアキレウスは、激しい悲しみの懊悩（おうのう）に襲われ、心配して現れた母神テティスを前に死への願望を口にし、神界からも人の世からも争いがなくなればよいと言いつつ、その争いを生み、自らの分別（ふんべつ）をも狂わせてしまった「怒り」という感情もなくなるよう願う（第十八歌）。にもかかわらず、以後、彼は狂気のごとき怒りにまかせて、親友の仇（かたき）を討つべく敵陣に襲いかかり、あまたの命を奪う。命乞いする相手には、パトロクロスが死んだからにはひとりも許さぬと宣告して、非情の剣を振るう（第二十一歌）。それは、遠からぬ自らの死も、運命として母から知らされていたからでもあった。

彼の目ざす相手は、パトロクロスに止（とど）めを刺したヘクトル。そのヘクトルを討ち果たすや、亡き友を思い出し、遺体を戦車にしばりつけて引きずるという暴挙に出る（第二十二歌）。盛大なパトロクロスの葬儀ののちもなお、彼の悲しみはいやされず、眠れぬ夜をすごした朝には、また遺体を戦車に結びつけ、友の墓のまわりを三度まで、引きずり回す。

ついに見かねたゼウスが、母テティスにわが子を説得させ、ヘクトルの遺体を、

（1）アエネーアス軍の青年と少年。敵に包囲された自軍の窮地を伝える使者となり、共に討たれる。

（2）二人は親友で、オリヴィエの妹とロランは婚約していたが、最後の戦いで共に討たれる。

その父プリアモスに返させる算段をつけるが、息子の遺体を請い受けに来た父親の哀願の言葉に接したアキレウスは、国に残してきた自身の父[3]を思い起こさせられ、お互いの不幸を思って共に声をあげて泣く。人間に「苦しみつつ生きるように運命の糸を紡(つむ)」いだ「なんの憂いもない」神を、半ば呪いつつ（第二十四歌）。いわば、不幸を共有する人間という存在に想念が及んだ時、ようやく彼の怒りは収束したのであった。前述した、不条理なる現実を意識した表現である。

ニーススとエウリュアルスは、アエネーアスに仕えていた青年と、まだ十代半ばと想定される美少年である。アエネーアスが協力を求めて隣国[4]へ赴いている間に、トゥルヌス軍に包囲されて籠城を決め込んだトロイア軍の中にあって、ふたりは主君に急を知らせるべく包囲網を破っての脱出を試みる。当初、ニーススは、与えられるべき報酬をすべてエウリュアルスのために約束させ、ひとりだけで決行するつもりであった。が、相手から強く同行を求められ、なお、将来のある身は生き残ってほしいし、万一の場合は自分の葬儀も営んでほしい、ましてここまで同行してきている母親がお前にはいる、と説得したにもかかわらず、少年の決意は変わらず、ふたりでの行動となったのである。

夜陰にまぎれて、ニーススは泥酔(でいすい)して眠っている敵を次々に討つが、新たに到着した部隊に発見される。自身は逃げ延びたものの、エウリュアルスのいないのに気づき、取って返そうとした耳に聞こえてきたのは、生け捕られた愛する少年の叫ぶ

（3）ペレウス。プリアモスと同じ老齢の父。

（4）ローマのパラーティウム丘に居住するアルカディア人の国。

声。彼は二本の槍を放ちふたりを倒すが、どこからとも分からぬ槍にたけり狂った敵の隊長は、エウリュアルスを襲い、剣を突きたてようとする。我を忘れて飛び出したニーススは、悪いのは自分、その男は何もしていない、ただこの私に忠義立てをしたのが間違っていた、と叫ぶが、時すでに遅く、刃は少年の身体を貫く。彼は敵陣の真ん中に突進して隊長を討ち倒し、自らも少年の上に折り重なるようにして命絶える。こののち、事の次第を知った母親の、わが命を奪えと泣き叫ぶ半狂乱の姿が語られていくが、このふたりは、お互いに心が通じ合っていたがゆえに起きた悲劇として、ものがたられている（第九歌）。

　ロランとオリヴィエの場合は、最後まで共に戦い抜いた戦友。義父のわなにはまり、帰国するフランス軍のしんがりを務めることになったロランは、国境の峠越え(1)の難所でスペイン勢の大軍に急襲される。オリヴィエは、丘の上から数知れぬ敵の部隊を目撃し、先行する本隊に知らせるべく、角笛（つのぶえ）を吹くよう、三度にわたりロランに求めるが、恥を重んずるロランは、それを頑強（がんきょう）に断る。「ロランは勇ましく、オリヴィエは賢し」の一句が、ふたりの対照的性格を示す（第八八詩節）。友のかたくなな態度に、ついにあきらめたオリヴィエは、決死の覚悟で勇士らを励まし、戦場へと向かう。

　度重なる激戦のすえ、味方六十人を残すのみとなった段階で、ロランは角笛を吹こうとし、オリヴィエにその是非（ぜひ）を問う。オリヴィエは、自分のすすめに従わずし

（1）ピレネー山脈の西方、フランスとスペインの国境ロンスヴォー峠。この戦いは、七七八年八月十五日のこと。先年、同地を訪れたが、オリヴィエの目にしたという二万騎の兵が展開できるほどの平地はない。虚構であることは疑いない。

て今の事態を生んだからには、更なる恥の上塗りには及ぶまいと強く反対し、相手をなじる。一方では、友の血だらけとなった両腕を気にしつつ（第一三〇詩節）。

ふたりの口論をとりなしたのは共に戦っていた大司教[2]、その言葉にうながされてロランは角笛を唇に当て、弱った身体で口から血を流し、頭のこめかみが破れるまで吹き続ける（第一三五詩節）。それを聞いたシャルル王[3]は、急遽、本隊を引き返させるが、それはすでに遅きに失していた。

再開された戦闘の中で、オリヴィエは重傷を負う。それでも戦い続け、ロランの名を呼び、最後の別れを告げようとする。瀕死の友のありさまを目にした彼は、激しく動揺して馬上で失神、視力を失っていたオリヴィエは、近づいた相手をそれとも知らず、切りつける。兜を割られ、我に返ったロランは、やさしく自分であることを告げ、その行為をゆるす（第一五〇詩節）。相互の深い愛情を確認したのち、オリヴィエは神に祈りつつ息をひきとるが、あとに残されたロランは、哀悼の言葉を手向けながら、再び意識を失う（第一五二詩節）。シャルル本隊の反撃を知ってスペイン軍が逃げ去ったあとでも、友の遺体を見出した彼は、悲しみに耐えられず、三たび気絶する（一六五詩節）。ふたりの間の衝突と、心の真の交流とが、みごとな起伏をなして織り成されているのである。

戦争が男のもので、しかも生死をかけたものであってみれば、戦場に散った男たちを無垢な姿に描きあげようとする志向性は、戦いの文学において洋の東西を問わ

（2） 教会の儀式、典礼をつかさどる司祭の上の聖職で、司教区の首長。名はチュルパン。オリヴィエの死後もロランと共に戦い続けて死ぬ。

（3） シャルルマーニュ（七四二〜八一四）。五〜九世紀に西ヨーロッパのほぼ全域を支配したフランク王国の皇帝。カール一世とも。その死後、王国は分裂し、フランス国の誕生につながる。

ぬものであったと理解できよう。

四　異質性とその根源

通底するものを持ちながら、叙事詩と軍記物語とでは、現実によってもたらされた苦悩をどれほど語ろうとしているかに相違がある。同じ親子の情に目を向けてみても、わが子に殺される『保元物語』の為義（ためよし）[1]や、娘婿（むこ）の助命嘆願を通して、子ゆえに悩まねばならぬ親の立場を口にする『平家物語』の教盛（のりもり）[2]に通ずるような、複雑に揺れ動く子への思いは、叙事詩に見出しがたい。たとえば『ニーベルンゲンの歌』で、クリエムヘルトが先夫ジーフリトとの間に生まれた王子との再会を望みもせず、新たにフン族の王との間にできた王子が戦いの血祭りにあげられても、その悲嘆が全く描かれないのは、軍記物語では考えられないことで、そこに明らかな異質性がうかがえよう。

そうした中で、『アエネーイス』は、親子の縦の系譜が意識され、作品の重要な要素となっている点、源氏政権誕生への流れを念頭に置く改作後の『平治物語』[3]に、一脈、通じはする。

『アエネーイス』では、アンキーセス、アエネーアス、アスカニウスの親子三代が語られる。もちろん、中心はアエネーアスで、老父アンキーセスは、イタリアへ

（1）　わが子の義朝に処刑されるが、死に臨み、そのわが子の将来を案ずる。38頁注（1）参照。

（2）　平家転覆をはかった人物の子息を婿としており、わが娘を思うゆえに、兄清盛にその命乞いをする。38頁注（2）参照。

（3）　暗殺される義朝の、わが子頼朝への愛情が、異常なまでに描かれる。

赴く途中で落命、まだ少年であったアスカニウスに将来の夢が託されるが、この作品の特異性は、未来に対する予言が、実に二十近くも散りばめられていることである。最初はユッピテル（ゼウス）によるもので、アスカニウスが国王となり、その三百年後の子孫ロームルス(4)がローマ帝国を建設し、さらにアウグストゥス帝が世界に君臨している現代までを見通して語る。アエネーアスを迎え、いったんは戦いを余儀なくさせられるものの、その後、手を結ぶことになる現地人のラティーヌス王にも、神託として予言が示され、最後はまたユッピテルが、両民族の結合により新たな一民族が誕生するであろうと予告する。展望される未来は、あくまでも明るい。そのせいか、親子の情も、『平治物語』の義朝に描き込まれた、頼朝への悲壮な愛とはほど遠く、比喩的に言えば、自然な陽光のもとに描き取られている。

『平家物語』の知盛は、わが子の知章（ともあきら）の犠牲によって生き延び、自身の命への執着を深く恥じつつ、命は惜しきものという人間共有の心の裏面に思い至るのであったが、『アエネーイス』でも、わが子に助けられた男がいた。悪逆無道な行いによって自国の王位を奪われ、トゥルヌスのもとに逃げ込んでいたメゼンティウスなる人物である。アエネーアスが、槍で負傷させた彼に切りかかろうとした時、子のラウススが命を投げ出してまつわりつき、父を逃がしたのであった。執拗（しつよう）な抵抗に耐えかねたアエネーアスは、ついにラウススに剣を突き通すが、その孝心を愛（め）で、かつ憐れむ。

（4）伝説的人物で、狼の乳で育てられたという双子（ふたご）の兄弟の一人。母は王家の血を引く巫女（みこ）で、政敵によって兄弟はテヴェレ川に流されるが、狼に拾われる。

逃げ延びたメゼンティウスは、わが子が自分の身代わりになろうとしていた時、おのれは命惜しさに心が占められていたのかと我を振り返り、人々から憎まれている我こそ死ぬべきであったと自らを責めるが、やがて死を覚悟し、傷を負った身でアエネーアスに戦いを挑み、討たれていく。死に臨みアエネーアスに頼んだことは、憎悪されているこの身を土で隠して人々の怒りから守り、わが子の墓に共に埋めて欲しいというものであった（第十歌）。創りあげられた彼の否定的性格ゆえであろうか、ここには、知盛の告白に見られたような、人間のありようの根源にまで連想が及ぶ、深い苦悩はない。

『平家物語』は戦乱終結から五十年ほど、間近にあった承久の乱からは十数年にして形を成し始める。戦争体験者たちが生き残っている時代であった。知盛の告白には、そうした人々の共通した思いが凝縮されて表現されていると考えられるが、子に裏切られてもなお子の将来を案ずる為義や[1]、子供の有り無しが良いか悪いかを心中で問い直す教盛[2]、また、子らのために一身を投げ出す常葉の造型にしても、人々の身近な悩みと無縁ではなかったであろう。戦場における男どうしの心の強固な結びつきを感動的に語る点において、軍記物語と叙事詩は軌を一にしながら、この世に生きることの煩悶にどれほどの視線を及ぼしているかに関しては、明瞭な差があるのである。

勝者も心の傷を負うのが戦争の現実であり、それをものがたっているのが、『平

（1）　処刑される直前の言葉に、「親は子を思ひ、子は父を思はぬならひ（世の常のこと）なれば、命をば殺さるれども、我が子をば憎しとはは（ママ）ぬぞ。ただ今、人の口に落つべきこと（人のうわさになり、おとしめられること）の、かねて（前もって）思ひやらるるぞとよ」（半井本『保元物語』）とある。

（2）　身重の娘を案じ、娘婿の命乞いをした時には、「子をば持つまじけるものかな」と思い、助けた婿が自分よりも父のことを心配する姿を見て、「子をば人の持つべかりけるものかな」（覚一本『平家物語』）と思ったという。

家物語』の、敦盛を殺した熊谷直実[3]の話であった。殺したくもない相手を殺さざるを得ない、そのような現実を、はたして叙事詩は語っているのであろうか。アキレウスは、命乞いする相手を、いっさい容赦（ようしゃ）しなかった[4]。パトロクロスの復讐に燃え、敵への憎しみは尽きない。『イリアス』の場合、したくもない戦争をし、殺すこともない相手を殺させるのは神の仕業（しわざ）、とする視点が用意されており、それが、自責の念に駆られる熊谷的人物を登場させないですんでいる一因のように見える。

　他の叙事詩の中では、『ニーベルンゲンの歌』が、殺したくもない相手と対決を強いられた人物の苦悶を、次のように取りあげてはいる。

　ブルゴント国の国王一族は、フン族の国王と再婚したクリエムヒルトに招かれ、その地で全員殺されるのであったが、フン族の国への案内役を務めて彼らに礼儀を尽くし、かつ、自分の娘を国王[5]の末弟[6]に嫁がせる約束を交わしていたのが、リュエデゲールなる人物。かつて、クリエムヒルトを迎えるためにブルゴント国へ出向き、彼女に生涯の忠誠を誓った身でもあった。頑強に抵抗する国王たちを討つようクリエムヒルトから求められた彼は、二律背反（にりつはいはん）に苦しむ。誠実な性格ゆえに相手側からも信頼されていた彼は、その要請を拒みきれずに戦場へ赴き、国王一族の母国への無事帰還を念じつつ、壮絶な戦いのすえに、自らが贈り物として与えた剣の先にかかり、国王の次弟[7]と相打ちして果てる（第三十七歌章）。

　熊谷との違いは、武家に生まれなければ、こんなつらい思いをしないですんだも

（3）直実は、わが子と同年齢の敦盛の首を取るにしのびなかったが助けられず、それゆえ出家したと伝える。
（4）トロイア王の息子の一人リュカオンに対して（第二十一歌）等。
（5）クリエムヒルトの兄、グンテル。
（6）ギーゼルヘル。
（7）ゲールノート。

のを、という、自らの出自に対する否定的懐疑を抱くに至ったか否かの一点に尽きよう。リュエデゲールには、人の命を奪うことへの道義的罪悪感がなく、おのれを責める思いもない。作者は、高潔な勇士が、他者に誠実であるがゆえに不幸な状況に追い込まれ、それでもりりしく戦って死んでいく、その悲劇性を語れば充分であったのだろう。

　叙事詩に熊谷的人物が登場しないことの意味するところは、大きい。心情の世界に、現実の戦争体験が懐疑的な形で投影されているかどうかに関わるからである。結局、叙事詩は、男の勇武と逆境の中で戦いぬく克己的精神とをたたえる韻律のポエムであったから、戦争の現実がもたらす心理的煩悶や懐疑などは歌う対象となりえなかったのであろう。武勇中心主義は、笑いをも乏しくさせている。女性の描き方にしても、戦争被害者としての側面を強く意識している軍記物語との落差は甚だしい。

　かく全体を見わたせば、『平家物語』を筆頭とする日本の軍記物語は、叙事詩と一線を画する文学作品と考えざるを得なく思われてくる。無理に文学ジャンルの一範疇に加えるより、純粋にいくさの物語として読む方が、作品の伝えたいところを真に受け止めることができるに違いない。

　日本は、異民族や異宗教の人々と戦ったことがほとんどないという、幸運すぎる環境のなかで文化も文学も養われてきた。『イリアス』の語るトロイア勢中にすら、言語の違う異民族の存在が見え、[1]『アエネーイス』で冥界の幸福の野に生を受けえたのは、ローマ帝国建設に結びつく人々のみ、[2]他者は排除される。ほかの叙事詩でも、異民族・異宗教への意識が根底にあることは明白で、戦争がそれらの対立のなかで繰り返されてきた不幸な歴史を反映する。それゆえ、自らの属する集団を鼓舞（こぶ）する性格を、叙事詩は保持し続けたのであった。

鎌倉期に実を結んだこの国の軍記物語には、その意識がない。それが幸いして、多様な人間の姿態、世の実態を簡明直截（ちょくさい）に描く文学になったと言えよう。いわば体験世界の狭隘（きょうあい）さと引き換えに、文学的深さを獲得したのである。日本のいくさの物語は、世界の戦争文学という、より広い視野のなかで再評価されなければなるまい。

（1）全軍の兵士らの呼び合い語り合う言葉は、一つではなかったとある（第四歌）。

（2）冥界に導かれたアエネーアスが、亡き父アンキーセスから、そこにいる霊たちの一々について説明を受ける（第六歌）。

第二章

体験としての『平家物語』

『平家物語』誕生の基底には、実際に戦争の時代を生きた人々の体験談があったことが物語の記述から透かし見える。それを伝えた人々の思いは、物語の後代における改変を通しても受け継がれ、西欧の叙事詩とは異なる文学的性格を帯びる要因になっているように思われる。

【本章で新たに取りあげる作品】

『エル・シードの歌』……十二世紀中期から十三世紀初頭にかけて成立したスペインの叙事詩。イスラム教の支配下にあった国土を回復する運動（レコンキスタ）に貢献したシードことロドリーゴ・ディーアス・デ・ビバールの活躍を描く。

誇らしく自慢できる体験はすぐ口にできるにしても、つらくみじめだったそれは、軽々しくは話せない。戦争の体験のほとんどは、こちらに属するであろう。人に話すには、そこに至るまで、それ相応の時間の積み重ねが必要でもあるに違いない。そうした話から派生した種々の逸話の類は、『平家物語』の表現の基底に内在している。過去の歴史的現実を語ろうとする作者にとっては、欠かせない貴重な素材であったろう。

『平家物語』の誕生は、一二三〇年代から四〇年代にかけてのころと考えられた。今日、作品としての存在が歴史資料のなかで最初に確認できるのは、藤原定家(ていか)[1]（一一六二～一二四一）が書写した日記『兵範記(ひょうはんき)』[2]の料紙に用いられた手紙の一節に、「治承物語六巻 号平家 此間書写候也」とあるもので、延応(えんおう)二年（一二四〇）七月一日の執筆と判断されている。そこから、物語誕生の年代が類推されるのであった。

その定家はこの翌年に亡くなるが、源頼朝が挙兵した治承四年（一一八〇）には数え年十九歳、まさに戦争を体験した世代である。平家が壇の浦で滅んだのは元暦二年（一一八五）で、それからほぼ五〇年後、彼のごとき戦争体験者たちの生存している時代に、物語ははぐくまれていったことになる。

多くの『平家物語』諸本のうち最も古態を温存させているとされるのが延慶本(えんぎょう)という、鎌倉末期の延慶二年（一三〇九）から三年にかけて書写され、さらに百十年後に再転写されたテキストである。そこには、自らの体験を語った生(なま)の声に近い文

（1）『新古今和歌集』『新勅撰和歌集』の撰者。
（2）兵部卿平信範の日記で、一一三二～七一年まで現存。保元の乱に関して詳しい。

面を見出すことができる。たとえば、平家転覆を果たせず戦死した以仁王(1)（一一五一〜八〇）の乳母子が、奈良への逃避行から落伍して池にひそみ、主君の遺体が運ばれるのを目撃したくだりは次のようにある。後注1

彼は乗っていた馬が弱く、敵に追い立てられて致し方なく馬を捨てて池に逃げ込む。草に隠れて「ワナナキ」つつ伏せていると、敵の一隊が先を争うように馳せて行く。その「オソロシサ」は、並大抵ではなかったが、それでも今は宮様も奈良に着くころと思っていた時に、白い浄衣姿(2)の死体を板に乗せて武士たちが帰ってくる。見れば「宮ノ御ムクロ」、大切にしていた「御笛」が腰に差されたまま。池から這い出して抱きつきたいとは思ったものの、「サスガニ走リモ出デラレズ。命ハ能惜シキ者哉トゾ覚エケル」と文面は続く。実感を伴った本人の述懐が記されているのであり、加えて、その笛は、自分が死んだ時には「必ズ棺ニ入レヨ」とまでおっしゃっていたものだったと、彼は「後ニ人ニ語リケル」と綴られている（巻四）。

彼の名は藤原宗信。以仁王の乳母だった母は中宮亮藤原仲実（堀河朝の歌人）の娘で、父は右衛門佐・皇太后宮権大進・従四位下藤原宗保。後注2 延慶本は、その後、正治元年（一一九九）に宗信を邦輔と改名して伊賀守になったと記すが、それに関しては、以仁王の息でのちに天台座主(3)を務めた真性(4)（一一六七〜一二三〇）の弟子最成を、「伊賀前司邦輔子」と注記した文書の存在が報告されており、正しかろうと考えられる。後注3 いつまで彼が生存していたかは不明ながら、思いのままには身体が動

（1）後白河院の第二皇子。平滋子の子の高倉帝より十歳年上であった。

（2）上下とも白一色の服装。

（3）延暦寺の長官。

（4）第六七代座主。一二〇三より二年間在職。

かなかった実体験を通して、おぞましいわが身の命惜しさを知ったという苦衷を、宮の遺言とともに「後ニ人ニ語」ったのは、間違いのない事実だったのではあるまいか。本人のその時々の心の動揺が、右の文面にはおのずから顔を出しているからである。この話は、何らかのルートで『平家物語』作者のもとに届き、文字化されたのであったろう。物語世界へ、現実はこのようにして吸収されていったのであった。似たような例をたどっていくことにしたい。

一　手柄話の種々相

蹴鞠を家芸とする難波家(5)の祖、藤原宗長（一一六四〜一二二五）は、木曽義仲が後白河法皇の御所を襲った法住寺合戦(6)の際、輿に乗ったまま放置されるに至った法皇のそばに近侍していた。「公卿・殿上人モ皆、立チ隔テラレテ」「御共仕ル人、無」きなか、「豊後少将宗長計ゾ」伺候していたという。「宗長ハ元ヨリシタタカナル人ニテ、法皇ニ少シモ不レ奉レ離ケリ」ともある。追い迫ってきた武士に彼は立ち向かい、ここにおられるのは法皇、誤ったことをするなと言うと、相手はかしこまり、姓名を名乗って法皇を護衛し、無事、五条の内裏へ送り届けたのであった。話末は、「宗長計ゾ御共ニハ候ワレケル。其外人ハ不レ見二一人一モ」と結ぶ（巻八）。「宗長計」の語が二度も使われていることから明らかなように、彼の姿のみが強

(5) 蹴鞠に熟達していた刑部卿藤原頼輔の孫宗長に始まる家系。南北朝期まで継続。
(6) 一一八三年十一月十九日の戦い。法住寺は、今日の三十三間堂のあたりにあった院の御所。

調されている。が、当時の日記『吉記』(1)のその日、寿永二年（一一八三）十一月十九日条によれば、法皇のお供には、「公卿修理大夫親信卿、殿上人四五輩」がいたのである。宗長は四五人いた殿上人(2)の一人にすぎなかったはずであった。右に公卿とある親信は後白河院の近臣で、一の谷合戦の時には強硬な主戦派だったことで知られるが、建久八年（一一九七）には没する。他方、宗長は、事件当時二十歳で、後世、後鳥羽院時代(3)に盛んに催された鞠会の常連として活躍、公卿への昇進を果たし、暗殺された源実朝の鎌倉における右大臣拝賀の儀式(4)にも参列、承久の乱後の嘉禄元年（一二二五）まで生きていた。年老いてから、同僚にか、わが子にか、彼の語った昔の手柄話が記事のもとになっていることを想像させよう。

　それがより明瞭に推察されるのが、頼朝の叔父源行家を捕らえ、殺害した常陸坊昌明(5)の場合であった。平家滅亡後、行家は頼朝と対立して和泉国に潜伏していたが、頼朝の命により刺客が差し向けられる。『吾妻鏡』文治二年（一一八六）五月二十五日条には、北条時政の甥時定と昌明とが現地に向かい、行家の籠った民家を「時定、襲㆓寄於後㆒、昌明、競㆓進於前㆒」み、防ぎ戦った相手の郎等を「昌明、搦㆓取之㆒。時定、相加、其所梟首畢」とある。行家の首を鎌倉に持参した飛脚の報告談である。それと軌を一にするのが日記『玉葉』(6)の同月十五日条で、「北条時政代官平六傔杖(7)時貞（定）、相親者国人、相共捕㆑之也」と記す。「相親者国人」が昌明を意味していよう。要するに、二人の働きで行家捕縛に至ったのである。

(1) 大納言吉田経房（一一四三～一二〇〇）の日記。一一六六～九三年まで現存。

(2) 公卿は、位階三位以上、官職参議以上の人々、殿上人は、位階五位以上に六位の蔵人を含めた人々。

(3) 在位中の一一九七年ころより鞠への関心を深める。

(4) 一二一九年一月二十七日。この日に実朝は暗殺される。

(5) 系譜未詳。その子孫は太田氏を称し、但馬国守護を継承する。

(6) 摂関九条兼実の日記。一一六四～一二〇〇年まで現存。

(7) 辺境の官人につけた護衛の武官の称。

それを『平家物語』は、現地に派遣されたのは昌明だけで、ほかには役にも立たぬ雑色(ぞうしき)[8]程度の者だったとし、彼は行家と一対一の戦いとなって一進一退の苦戦を強いられ、傷を負ったものの、生け捕ることに成功したと語る（巻十二）。昌明一人の功績としているわけである。特に延慶本では、常に彼が戦いの主導権を握っていた表現となっており、そこに自己宣伝の影が透かし見える。後注4

時定と昌明とは親密な関係にあったと見え、最勝寺領たる越前国の大蔵庄(おおくら)を二人して押領(おうりょう)[9]しようとしたため、その行為をとがめる院宣(いんぜん)[10]が下され、頼朝からは「新儀之無道」の停止を命じられている（『吾妻鏡』同年九月十三日条）。当時、時定は都にあって所在不明となった義経の探索に奔走(ほんそう)しており、現地の越前で「無道」を働いたのは、昌明の方だったに違いない。『平家物語』は、彼は頼朝からいったん流罪(るざい)にされたとし、その理由を、下臈(げろう)の身で源氏の大将を討ったゆえ冥加(みょうが)が尽きるかもしれぬと考えたからだとするが、実際は「無道」の所業(しょぎょう)を問われた結果の流罪で、『平家』のその話は、後世、自分で都合よく作った話であったろう。

延暦寺の僧であった昌明は、行家を誅殺(ちゅうさつ)して以降、武勇が知れ渡り、鎌倉に下って頼朝に仕えるが、領地の訴訟のために上京する際に頼朝と交わしたやり取りが記録に残り、彼の性格を伝えている（『吾妻鏡』文治四年〈一一八八〉六月十七日条）。それは、自ら願い出た在京の御家人(ごけにん)[11]あての書状の内容が、旅中の食糧の便宜(べんぎ)を図るよう求めたものであったために怒った彼は、ただ「有㆓勇敢誉(ようかんのほまれ)㆒之由」を書いてほしかっ

（8）雑役・走り使いに従事する人物。

（9）力づくで奪い取ること。

（10）後白河院の発令した命令書。

（11）幕府伺候(しこう)の武士。家人は代々主家に仕える家来。

ただけだと抗議、頼朝は喜んで書き改めさせたというもの。自分の武勇を吹聴したいタイプだったのである。

行家捕縛の一件を自分一人の手柄にしたかった彼にとって幸運だったのは、時定が事件の七年後に早世したことであった（同書・建久四年〈一一九三〉二月二十五日条）。しかも承久の乱に際しても、但馬国に領地を得ていた彼は、鎌倉のために働いて北条政子を感動させ、流罪となった後鳥羽院の皇子の雅成親王の身柄を預かり、但馬国の守護となる[1]（同書・承久三年〈一二二一〉七月二十四日、八月十日条）。彼の生存が確認できる最後の資料は、安貞二年（一二二八）六月四日付の昌明請文（『鎌倉遺文』三七五四）。守護たる昌明の不当を弾劾する延暦寺の令旨[2]に対し、自らの正当性を臆面もなく主張する返答の書で、そこにも彼の性格が表れている。

『平家物語』の形成時点に近いころまで生きていた昌明の、先の宗長の場合より一層ねつ造された色彩の濃い体験談は、信じられて物語世界へ入ってきたのであった。続く次の例は、物語成立後もなお長命を保っていた人物が、話柄の発生源と考えられるものである。

高倉天皇[3]（一一六一～八一）に愛された小督が、娘の徳子を天皇に嫁がせていた清盛の怒りを買い、御所を出奔して嵯峨の地に身を隠し、仲国なる人物に探し出されて宮中に帰った話はよく知られている。その仲国は、かつて源仲国と考えられていたが、高階姓であることが明らかになっている。[後注5] のみならず、寛元五年（一二四七）

（1）鎌倉幕府が国ごとに任命した軍事・警察権をになう職。

（2）命令を伝える書。

（3）後白河院と建春門院平滋子との間に生まれた帝。小督は、中納言藤原成範の娘で、範子内親王の母。

正月までの活動をたどることができる（『葉黄記』(4)同月二十五日条等）。おそらく九十歳前後に達していたろう。物語の存在を歴史資料に初めて見出しえた時点からは、七年後に当たる。小督の出奔事件の時、彼は二十代前半であったろうか。

高階仲国は、高倉朝の六位蔵人を勤め、晩年に四位に進んで弾正大弼(5)になる（『平戸記』(6)延応二年〈一二四〇〉七月十五日条等）。宮中の楽所(7)に勤務した地下の楽人(8)で、演奏の記録も残る。延慶本では役職を蔵人とし、他の多くの諸本は、晩年の弾正大弼、あるいは少弼の職名を用いる。小督の琴の音を聞き分けて探し出すことに成功したとするのも、音楽のたしなみがあったからで、この人物が一話の主役を演ずる仲国であることは動かしがたい。摂関家の藤原基通・家実・兼経の近衛家三代に仕えた身であった。

あらためて小督のストーリーを振り返ってみれば、ことごとく仲国の判断や言動が功を奏して、事態を解決に導いた展開になっていることに気づこう。天皇から、小督の在所は分からぬものの尋ねだしてもらえぬかと頼まれ、いったんは無理と答えながら、思案の末に、小督様は琴の名手、今宵の名月に誘われて琴を弾いておられれば聞き出せるはずと思いつく。更に、疑われてはいけないからと考え、天皇直筆の手紙を頂戴して出かける。探しあぐねて安請け合いしたことを後悔しつつも、月の名所、法輪寺はすぐ近いと思いだし、そちらに向かう途中で琴の音を耳にしたのであった。宮中よりの使者と伝えたが、戸を閉められそうになり、強引に中に押

(4) 葉室家の中納言藤原定嗣の日記。一二四六〜四八年まで現存。
(5) 非法をただし、官人の綱紀粛正をつかさどる弾正台の次官。
(6) 民部卿平経高の日記。一一九六〜一二四六年まで現存。
(7) 雅楽をつかさどった役所。
(8) 宮中への昇殿が許されていない雅楽の演奏者。

し入って疑いを晴らすべく帝の書状を渡す。返書も預かり帰る段階になって、かつて琴に合わせる笛の役に召されたこともあることゆえ、直(じか)のお言葉を承りたいと申し出て、その返事から明日にも出家する意向と知る。急ぎ舞い戻って事の次第を報告、小督を迎える牛車(ぎっしゃ)が即座に用意され、一件は落着する(巻六)。

昌明の場合とは対照的な、知的教養がことを成就させた手柄話と言えよう。その場その場に応じた判断がみごとに的中したという話は、本人が語りだしたものであったに相違ない。若き日の、誰も知らぬ秘密の思い出として胸中を温めていたものでもあったろう。

もう一つ、未詳とされてきた人物の口から派生したと思われるケースを紹介しておきたい。平家の都落ちに際して、清盛の娘を妻としていた摂政の藤原基通は、途中まで同道しながら引き返してしまう。その時に一役(ひとやく)買ったのが、延慶本によれば、お供をしていた進藤高範(しんどうたかのり)(1)なる人物であった。彼は、都に留まるべきか否か逡巡している主君に対し、後白河院も同道せず、平家の人々も多く残っているからにはと、残留を勧める。それでもなお、平家の思わくを考え、答えを渋っている主君のようすを見た高範は、そ知らぬふりをして牛飼い童に目配(めくば)せし、牛車を反転させて疾駆(しっく)させる。平家の郎等がそれと気づき、矢をつがえて追いかけてきたのを、彼が返し合わせて防いだという(巻七)。

高範は、後出の諸本では「高直」とあるため未詳人物とされてきたが、『尊卑分(そんぴぶん)

(1) 父は右衛門尉為範、母は右衛門尉豊原泰時の娘。法名禅雪。

脈』や『系図纂要』といった系図類に、「範高」「高範」、両様の表記で掲出され、その注記に「内舎人(2)・右（左）衛門尉」とあり、息子の利範には「近衛殿下内舎人」、弟の安範にも「内舎人随身・近衛殿」とあるから、基通の近衛家に仕える一族だったことになる。加えて、『華頂要略』という、江戸期に彼の子孫に当たる進藤為善(3)が編纂した青蓮院(4)の寺誌に付載されている進藤家の系図には、命日が承久三年七月二十日と記入されている。子の利範の没したのは嘉禎三年（一二三七）七月七日、孫の長範は建治元年（一二七五）八月三日だったという。なお、名は「範高」とあり、改名したものと考えられる。そして、機転をきかせ、近衛家の危機を救った彼の行為は、名誉譚として一族のなかで語り伝えられ、『平家物語』の一素材ともなっていったのであろう。後注6

　ここで世界の文学を一瞥してみれば、『イリアス』に数多くある過去語りのなかで、老将ネストルがアキレウスの戦友パトロクロスの前で、若かりしころ、民族間の争いで自分が奮戦したさまを長々と語るのなど、手柄話の典型的なものであろう（第十一歌）。が、その手柄話は、伝承譚であるがゆえに、現実感に乏しい。昔より言い伝えられてきた戦いの物語には、こうした手柄話が半ば必然的に付随すると見てよかろうが、家族がことごとくアキレウスに殺された過去を語るヘクトルの妻アンドロマケの話(5)（第六歌）のように、悲劇的話柄も当然に伴う。『平家物語』の場合、そうした話柄にも現実の影が宿っている。次に、それを見ていこう。

（2）重臣に随身として仕える存在。

（3）青蓮院の事務を担当する坊官（家司）。尊真入道親王の命により『華頂要略』を一八〇三年から編纂。

（4）関白藤原師実の子行玄の時（一一五〇年）より、皇族の入寺する門跡寺院となる。

（5）独り身となってしまう自分と幼子とを残して戦場に出ないでほしいと懇願する場面で、悲しい過去を語る。

二　死にまつわる実話の類

手柄話が明の体験談とすれば、暗の体験談は冷酷な現実を語るもの、冒頭に紹介した以仁王の乳母子宗信の話は、その一つであった。そこには、死んでいった者に対する複雑な思いが伏在している。実体験の重さであろう。

戦乱のさなか、後白河院の身を守りとおしたのは宗長ただ一人だったと語られていた法住寺合戦は、身近な戦いであったがゆえに、都人に様々な逸話を残すことになったと思われる。宗長の祖父にあたる刑部卿三位頼輔が戦場から逃げる途中、盗賊に身ぐるみはがれて丸裸になってしまった時のようすを、ある中間法師(1)がのちに人に語ったという一話も、それであろう。その中間法師は頼輔の兄の僧に仕えていたが、刑部卿の裸姿を見てかわいそうに思い、自分の衣を脱いで着せ、主の宿坊に同道したところ、僧衣を頭からかぶった姿を周りから奇異の目で見られているにもかかわらず、本人は急いで歩きもせず、道すがら私にあれこれ問いかけてきて、何とも「ワビシ」く感じられたことであったと、「後ニ人ニ語リケルトカヤ」と結ばれる（巻八）。

この話の直前には、主君が死んだと勘違いした一郎等が、忠誠を尽くすべく敵陣に突入して討死してしまった話がある。後白河院の近侍者であった源仲兼(2)とその

(1)　雑用をこなす身分の低い僧。

(2)　宇多源氏、源光遠の子。後白河院御所の法住寺殿の造作に奉仕。左大臣藤原実房の養子。焼失した比叡山延暦寺大講堂の再建に尽力。

家子たる信乃二郎頼成[3]のことである。仲兼は、法住寺御所から河内を目ざして落ちたが、その途中で部下の加賀房源秀という者が、自分の乗っている馬は威勢が良すぎて御しがたいと言い出す。そこで仲兼は、下尾の白い自分の馬と取り換えてやった。その後、主従八騎で三十騎ほどの敵中に討ち入り、仲兼は突破したものの、源秀をはじめ五騎まで討たれてしまう。乗り手のいない下尾の白い馬が走り出てきたのを運悪く目にしたのが、別行動を取っていた頼成、そばにいた舎人男[4]に主君の馬に間違いないことを確かめ、主の戦った敵陣に駆け入り討死を遂げたのであった。馬の交換が皮肉な結果を生んだのである。

　一方、仲兼は、木幡山まで落ち延びたところで、同じく都をあとにしてきた摂政基通の車に追いつく。「アレハ仲兼カ」と声を掛けられ、「人モ無キニ、近ク参レ」と同道を求められたため、別荘のある宇治までお供をし、それから河内へと落ちたという。

　不幸な頼成の死は、舎人男から主君に報告されたものでもあったろうか。仲兼は「源蔵人」の呼称で記されており、当時はそう呼ばれる立場にあったと思われるが、はるか後年、鎌倉三代将軍の源実朝が都から迎えた妻室、坊門信清の娘に供奉して鎌倉に下り、将軍の側近として仕えることになる。承久の乱では鎌倉方につき、乱後の都では、皇室の新体制のもとで二人の息子[5]が六位蔵人[6]に抜擢されて活躍、鎌倉ではもう一人の息子と彼とが相応の立場を得ていたものと考えられる。嘉禄二年

（3）宇多源氏、名は仲頼とも。

（4）馬の口取りをする男。

（5）仲業（一二七一年生存）と仲遠（一二二六年没）。

（6）蔵人所は、蔵人の頭（二人）と五位の蔵人、六位の蔵人で構成され、天皇に近侍し、雑事をこなす。

（一二二六）正月、従四位上に叙され（『明月記』同月六日条）、それが生存確認できる最後の年となるが、『吾妻鏡』の寛喜二年（一二三〇）正月五日条に、鎌倉在住の息子遠兼に「亡父」の「遺領」の地頭職の継承が認められた記事があり、そのころに亡くなったものと思われる。

　彼に同道を求めた摂政の基通の方は、七十四歳の天福元年（一二三三）五月まで長命を保つ。前述したように、その都落ちを引き留めたのは私だったと、進藤高範は主張していたらしいのでもあった。出家後は普賢寺殿と称されて、なお社会的存在感を示している人、基通との、若き日の混乱のなかでの出会いは、仲兼にとって思い出として語られるべき話材であったに違いない。

　仲兼一族は、『平家物語』の形成期はもちろん、その後も活躍し続ける。[後注7] 運命のいたずらのごとき頼成の死の、決して華やかではなく、ことさら嘆くでもない地味な語り口は、実話として仲兼周辺から伝えられたものであろうことを想像させるものがあり、基通との遭遇話ともリンクされて、物語中の実際にあった戦場譚の一つとなったのであろう。

　平知盛（清盛の四男）の妻で、かつて治部卿局と称し、新たに四条局の名で知られるようになっていた女性は、寛喜三年（一二三一）九月十一日、八十歳で亡くなるまで生きていた（『明月記』同日条）。彼女は、安徳天皇誕生の翌年に七条院藤原殖子(1)（一一五七〜一二二八）の産んだ守貞親王(2)を、生後ただちに自邸に引き取り乳母

（1）藤原信隆の娘。中宮の平徳子に仕える女房であったが、高倉天皇に愛され、二人の皇子を産む。

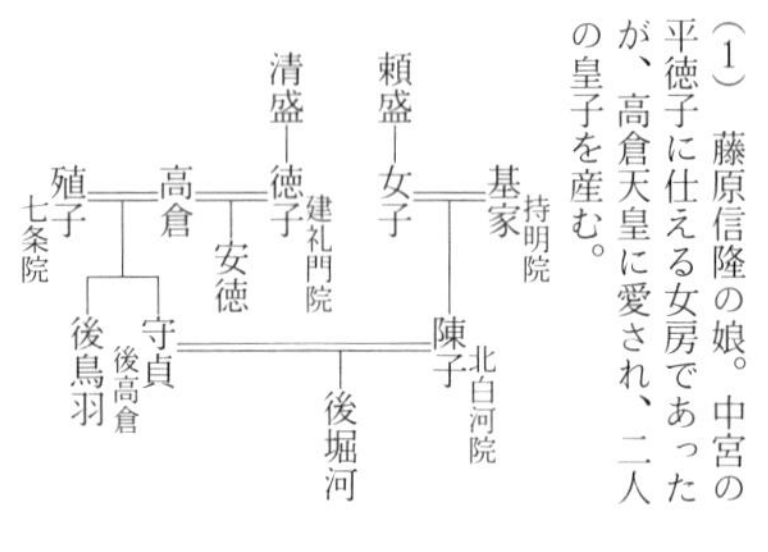

として養育、都落ちに親王を伴い、壇の浦まで行く。夫は戦死したものの、彼女には七歳の親王を都に連れて帰らねばならぬ任務があった。都に帰還後は、もう一人の乳母であった平頼盛（清盛の異母弟）の娘の嫁ぎ先、持明院藤原基家邸で共に生活をすることになる。成長した親王は、乳母の娘、すなわち頼盛の孫娘と結婚して子供をもうけ、その末の皇子が十歳で承久の乱後に新帝として即位、自らは上皇となった。後堀河天皇と後高倉上皇である。その上皇のもとで、四条局は再び「執権」(3)と言われる立場になる（同書・寛喜二年五月十三日条）。庶務管掌をゆだねられたのであろう。

壇の浦で敗戦が決定的となった時のこと、知盛が「少シモ周章タル気色モ」なく、建礼門院徳子(4)やその妹の基通の北の方らの乗る船にやって来る。女房たちが「音音ニ、イカニイカニト、アワテフタメキ問」うたところ、彼は、いくさは今はこれまで、「只今、東ノメヅラシキ男共、御覧候ワンズルコソ、浦山敷候へ」、見苦しいものは捨てられよと言って「打チ笑」った、そこで女たちは、これほどの事態に、どうして「ノドカゲナル気色ニテ、何条ノ戯レ事ヲ宣フゾ」と、声をそろえて「ヲメキ叫」んだという。知盛の達観したような、冗談交じりの言動と、それに反発してヒステリックになった女性陣のようすが、よく分かる（巻十一）。

その時のことを、生け捕られて都へ帰る途次の女房たちが明石の浦で思い出す、他本にはない一節が、延慶本にはある。知盛が「今ワノ時、タワブレテ宣ヒシ事サ

（2）親王は、天皇の子で、正式に皇族男子と認められた場合の称号。

（3）院中のさまざまな庶務を統括する役職。

（4）清盛の娘で、安徳天皇の母。

へ思ヒ出デラレテ、悲シカラズト云フ事ナシ」というものである（巻十一）。知盛の今生（こんじょう）における最後の言動は、彼女らにはいつまでも忘れ難いものになっていたのではなかろうか、特に四条局にとっては。あるいは、知盛入水（じゅすい）前の言葉としてよく知られた「見ルベキ程ノ事ハミツ」の一言も、そうではなかったか。味方の裏切り(1)をただ一人見抜いていたことも含め、壇の浦における彼の振る舞いが、妻の口を経て人の知るところとなった蓋然性（がいぜんせい）は否定できまい。

　四条局の晩年の世話をしたのは、都落ちの年に生まれ、母の死亡時には四十九歳になっていた娘であった（『明月記』前掲日条）。後鳥羽院の側近の藤原範茂（のりもち）(2)と結婚し、父の官職から中納言局の呼称を得て宮中に出仕、承久の乱で夫は鎌倉に護送される途次、自ら死を望んで命を絶たれたものの、後高倉院時代となり母が復帰した恩恵をこうむってか、権勢のある存在であった。後注8 その娘は、当然、父のことを知らない。四条局が亡き夫の思い出をまず話して聞かせたかった対象は、彼女であったに相違ない。

　知盛に関して看過（かんか）しがたいのは、わが子を見殺しにして逃げた自らの行為を悔いる記述があることである。一の谷で敗走するなか、子の知章（ともあきら）と腹心の郎等（ろうどう）とが彼を逃がすために命を捨てたのであった。まず知章が父に追いすがる敵との間に割って入り、馬上から相手を組み落として首を掻いたものの、敵の童（わらわ）に刺されてしまう。それを見た郎等が馬から飛び降りて童を討ちはしたが、彼もまた矢に射られて腹を

(1) 息子を生け捕られた阿波民部重能（しげよし）が、最後の段階で裏切ったという。

(2) 木工頭（もくのかみ）範季の二男。母は平教盛の娘の教子で、順徳帝の母の修明（しゅめい）門院重子は姉。

切る。その間に、知盛は逃げ延び、馬を泳がせて味方の船にたどり着くことができたという。

船には兄の宗盛がいた。その兄に向い、苦しい心中を吐露する。知章に先立たれてしまった、腹心の部下も討たれた、今は心細く感じると言いつつ、「只一人持チタリツル子ノ、父ヲ助ケムトテ敵（かたき）ニ組ムヲ見ナガラ、親ノ身ニテ引キモ返サザリツルコソ、命ハヨクヲシキ物ニテ候ヒケリト、身ナガラモ（自分自身でも）、ウタテク（自らをうとましく）覚エ候。人ノイカニ思フラム（他人がどう思うであろうか）」と自らを恥じ、落涙したとある。そして、宗盛も甥（おい）の死を悼（いた）み惜しんで、わが子と同じ十七歳であったなと言って涙ぐんだと続けている（巻九）。

知盛が知ったのは、わが子を犠牲にしてまで逃げてきてしまった行為に潜（ひそ）んでいた自分自身の命への執着。それは「ウタテク」思われ、人に顔向けできそうもないほどに、自己嫌悪（けんお）におちいらせるもの以外ではなかった。苦しい体験を通してのみ知りえた「命ハヨクヲシキ物」という思いは、以仁王の乳母子が、主君の遺体を目にしながら、隠れていた池の中から出ていけなかった時に味わったそれと同じであった。彼らの体験的告白は、戦渦（せんか）を生き延びた多くの人々の共感を得るところであったろう。身につまされるこの知盛の告白も、妻の四条局が伝えたものではなかったか。

四条局の娘の中納言局は、定家をして「権勢之女」と言わせているが（『明月記』

嘉禄元年〈一二二五〉五月十三日条）、同様に「権女」と彼に評されている女性に、後堀河帝の乳母だった藤原成親の娘の成子がいる[1]（同書・寛喜三年〈一二三一〉正月二十七日条）。父の成親はかつて平家追討を図った鹿の谷事件[2]の首謀者であったが、もともと平氏一門との姻戚関係が深く、中納言局と成子の女性二人は連携して、男性の人事にまで介入していたらしい。[後注9]その成子のもとには、姉の娘に当たる平維盛（清盛の嫡男重盛の子）の娘が同居していた（同書・嘉禄二年六月三日条、寛喜三年九月十二日条）。ともに尼となっていたが、維盛の娘は、父の都落ちの時に八歳と『平家物語』に記されており、それに従えば五十代に達していたことになる。成子の方は、同じ時点で内侍典侍[3]になっていたから、おそらく六十代であったろう。

維盛は都に残してきた妻と二人の子のことが忘れられず、屋島から離脱して高野山と熊野をめぐり、最後は那智の沖で入水自殺を遂げたと語られる悲劇の人物であった。その高野山から熊野に向かう維盛に遭遇した武士がいた。紀伊国の湯浅宗光[4]である。

維盛が高野山で出家し、供人数人とともに熊野に向かう途中の岩代王子[5]の前でのこと、狩り装束をした武士、七、八騎に行き合う。捕らえられるものと覚悟し、刀に手をかけて待っていると、意外にも相手は馬より飛び降り、深く頭を下げて通り過ぎた。維盛には誰か分からなかったが、それが宗光。彼の郎等たちが、今の方はいったいどなたかと尋ねると、小松内大臣重盛の御子、三位中将維盛殿と答えて、

（1）母は藤原俊成の娘で、定家にとっては姪に当たる。
（2）一一七七年六月に発覚した事件。東山の鹿の谷で謀議が行なわれていた為の称。
（3）皇后などの住む後宮の役所、内侍司の次官。
（4）和歌山県有田郡湯浅町を本拠とした在地武士。
（5）和歌山県日高郡みなべ町にある熊野神社の末社。熊野参詣路にあった九十九王子の一つ。

「近ク参ッテ見参ニモ入リ進ラセタク存ジツレドモ、憚リモゾ思召ストテ（迷惑ともお思いになるかと考え）罷リ過ギヌ。穴、浅猿ノ御有様ヤ。カク見成シ奉ルベシトコソ覚エネ（このようになるのを見申しあげることになろうとは思ってもみなかった）」と言い、「サメザメト泣」き、郎等たちも袖を濡らしたとある（巻十）。

湯浅氏は、かつて平治の乱勃発に際し熊野路にあった清盛一行のために、宗光の父宗重が兵士と武具を提供、それ以来、平氏に仕えていた（『愚管抄』[6]巻五）。ところが一の谷の合戦前に、宗光の兄弟、上覚坊行慈が頼朝と昵懇の関係にあった文覚[7]の高弟だったことから、源氏に与する立場に変わっていた（『平安遺文』四一六一）。維盛の顔を見知っていた宗光は、捕らえれば恩賞にあずかれたはずであったが、そうするに忍びなかったのであろう。

彼は後日出家して浄心と名のり、鎌倉幕府が京の辻辻に設けた夜警の篝屋の結番衆[8]の一人として、嘉禎四年（一二三八）十月の記録に残る（『鎌倉遺文』五三一八）。妻も出家して住心と称し、京の押小路堀河に光堂なる御堂を有して、一時、後鳥羽院の皇子の覚仁法親王が御壇所[9]を立てる目的でその敷地を借り受けた関係から、荘園の預所職[10]まで下賜されていた（同・四八七八、四八七九、一〇四一〇）。それを証する一連の文書から、彼女も嘉禎元年十二月には生存していたことが確認できる。後注10 彼らもまた、『平家物語』形成期に都の近辺で生きていたのであった。維盛の不幸な死をのちに知った宗光は、生前にたまたま出会って複雑な思いを抱いたその時の体

（6）慈円（一一五五〜一二二五）著の歴史評論書。

（7）荒廃していた京都の神護寺を復興。『平家物語』は彼が頼朝に挙兵をすすめたと伝える。

（8）順番を決め、交代で勤務に当たる人々。

（9）僧侶の修学する所。

（10）領主の代理人として荘園を管理する職。

験を、妻や親しい人々に語ったことであろう。

　維盛の娘は、最初の夫に離縁されたのち、同族の平親国(ちかくに)と再婚するが、宮中に出仕する約束を反古(ほご)にして再婚したため、知行(ちぎょう)していた後鳥羽院領を召し上げられた(『三長記』[1] 建永元年〈一二〇六〉八月九日条)。『明月記』の寛喜三年(一二三一)九月十二日条に定家と話をした記事があることによって、当時の生存が確かな彼女のところにも、宗光の話は伝わったであろうし、『平家』作者のもとにも届き、右のような文面になったものと思われる。なお、叔母の成子については、宝治二年(一二四八)十月まで生きていた痕跡をたどることができる。

(1) 三条中納言藤原長兼の日記。一一九五〜一二一一年まで現存。

三　記憶のなかで

　承久四年(一二二二)三月に成立した『閑居の友』[2]には、よく知られているように、『平家物語』中の話と同根と考えられる、後白河院が大原(おおはら)の庵(いおり)に住まう建礼門院を訪ね、会話を交わした一話が載る。それ以外に、平家の血筋を引くゆえに極貧となり、「ただ命の生けるばかりを」ありがたいことと思って世を渡っていた女性の話がある(下巻)。

　その女性は養女の身で、養い親に先立って死んでしまうが、やがてその親も亡くなる。死後の追善供養(ついぜんくよう)の日に養い親の娘のもとに現れた養女の夫は、誦経(ずきょう)の礼に差

(2) 慶政著の説話集。

し出すものを一つと思ったものの、それもかなわず、と言いつつ、紙に包んだ物を取り出してさめざめと泣く。不審に思って包みを開けてみると、かの女性が今わの時に剃り下ろした髪であった。それを見て悲しみに耐えられず、二人して涙を流すよりほかなく、目にするにつけても甲斐のないことゆえ隠してほしいと頼んで、なお顔を伏せて泣いていたという。動乱の世の犠牲となった人々にとって、現実は過酷なものであったろう。実話に違いないこの話も、それをものがたっている。

『明月記』の嘉禄三年（一二二七）四月二十七日条には、定家がたまたま借りえた「保元元年七月旧記」[3]を急いで書写した記事がある。その年のその月に勃発したのが、保元の乱であった。「旧記」には戦乱の経緯が記されていたに相違なく、それゆえ定家も強い関心を抱き、筆を馳せたものと思われる。また、寛喜元年（一二二九）六月三日条には、ある聖法師の説法に聴聞の衆が群がっており、その上人はもと関東武士で承久の乱に参戦し、流罪となった順徳上皇の供をして佐渡まで赴き、その後、発心出家して帰洛、天王寺に参り、勧進[4]のための説法をこのようにしているとある。上人の説法には、当然、自身の戦争体験が含まれていたことであろう。戦いは、過去のものになりつつあった。

承久の乱を経て、社会は安定期を迎えていた。少し詳しい年表をひもといてみれば、権力闘争にかかわる事件が影をひそめていった状況が一目瞭然である。寛元四年（一二四六）七月、都から下った藤原将軍たる頼経[5]が職を追われて送り帰された

（3）筆者不明。

（4）仏道のための喜捨を乞う行為。

（5）三代将軍源実朝の死後、頼朝の遠縁に当たるところから、三歳の時に将軍として迎えられたが、成長するに及んで北条氏に排斥される。

時に、父の摂政道家（一一九三〜一二五二）が春日神社に納めた願文[1]には、「二十余年、国土をさまり（治）、世たえらぎて（平）、ほとど武士も弓馬の道をわすれたるがごとし」という一節がある（『鎌倉遺文』六七二三）。二十余年このかたとは、承久以後のこと。今は、武力を必要としない時代になっているというのである。軍記物語は、そうした社会的環境のもとに、はぐくまれていったのであった。

承久の乱後に十歳で即位し、十九歳になっていた後堀河天皇について、定家は『明月記』の寛喜二年五月十五日条で、日常生活における賢王ぶりをなぞり、「聞二聖明之徳化一、先拭二感涙一（すぐれた天子の徳行が人々を感化しているのを聞くと、まず感涙を拭ってしまう）」としたためている。世の安寧が、天皇の評価をも高からしめていたのであろう。

この年の八月、かつて平氏の家人であった平貞能[2]の息子の定阿弥陀仏なる僧が、三十一年前に伊勢神宮の末社である小朝熊社の御神体たる鏡を盗んで隠匿した事実を告白、宿願[3]があって隠したが、「明王名臣」が出てくれば鏡は「出現」するはずと考えていたところ、「我君」がまさにそうなので、申し出たのだと語ったという（『皇帝紀抄』同月十日条）。盗んだのは頼朝が没した二か月後のことで、彼の行為は平家再興を願ってのものだった可能性が高い。宮中では、平家の血を引く天皇のもと、平頼盛の孫に当たる母の北白河院陳子や乳母の成子を軸に平氏人脈が復活していた。宿願がかなったと思ったのではあるまいか。彼の罪科は、伊勢神宮の訴えにもかか

（1）祈願の文書。
（2）桓武平氏の血を引き、父の家貞が清盛の父忠盛に仕えて以降、一族は主家の腹心の部下となる。
（3）長年の願いごと。

わらず、六年間も不問に付される。[後注11]

壇の浦の合戦の二年後の文治三年（一一八七）に藤原俊成（一一一四〜一二〇四）の撰で成った『千載和歌集』では、朝敵として討たれた平家一門の歌人たちの歌は、「詠み人知らず」としてしか採られなかったが、文暦二年（一二三五）三月に俊成の子の定家の手で成った『新勅撰和歌集』では、平家歌人五人五首の歌が実名を伴って採られている。その内、平行盛の歌は、詞書に、都落ちした寿永二年（一一八三）の、世が騒乱状態のころ、詠みおいてあった歌を定家のもとに送ろうとして、包み紙に書きつけたとあり、「ながれての名だにもとまれ行く水の　あはれはかなき身は消えぬとも（世の中に流れて名だけでも止まってほしいもの、流れ行く水に、ああ、はかない身は消えてしまうにしても）」というものである（一一九四番歌）。

延慶本には、このいきさつが書き込まれている。平忠度が俊成に歌を託して都落ちした周知の一話に続けて、行盛も幼少から歌の道を好み、定家邸へいつも出入りしていたが、都を落ちる時に名残を惜しんで、詠みおいてあった歌を取りまとめて送る際、細かにしたためた文の余白に、右の歌を書いたとする。それを見て感涙を流した定家は、父が忠度の歌を「詠み人知らず」として『千載集』に入れたことを残念に思い、後堀河院の時に撰集の命が下った『新勅撰集』では、朝敵たる人の名を公にすること、天皇三代の間は憚りあるとしても、「今ハ三代スギ給ヒヌレバ」と考え、名を明らかにして入れたと記す（巻七）。当時の宮廷における親平家的な

（4）家集『長秋詠藻』、歌学書『古来風体抄』を残した歌人。
（5）資盛・経盛・経正・忠度・行盛の五人。
（6）歌を詠んだ経緯を記した前書き。

雰囲気を考えれば、「三代」うんぬんの理由づけは無用で、むしろ当然な選択であったのだろう。この時、承久の乱で配流（はいる）された三上皇[1]の歌が、最終段階で摂関家の意向により削除されていったのとは、対照的なことであった。

『新勅撰集』の編纂に当たり、定家は建礼門院右京大夫（うきょうのだいぶ）[2]に声を掛けた。彼女は高倉天皇時代に建礼門院に仕え、平氏の華やかなりしころを身近に知っていた。しかも恋人として、清盛の孫、平資盛（すけもり）と交際していた過去を持つ。その歌集が『建礼門院右京大夫集』であるが、最後の跋文（ばつぶん）[3]で、「憂きよりほかの思ひ出でなき身ながら」、年をむなしく重ねているうちに、「思ひ出でらるる事どもを、少しづつ書きつけた」のがこれで、見たいと求められた時には、「思ふままのこと」が気恥ずかしく、少しばかり抜き書きして渡したものの、「これはただ、わが目ひとつに見んとて」したためたもの、のちに自ら見て、「くだきける思ひのほどの悲しさも　かき集めてぞさらに知らるる」と詠む。歌集の後半は故人となった資盛への思いで貫かれている。いや増しになる悲しみの源泉は、それであったろう。

彼女の右京大夫[4]という女房名は、建礼門院のもとに出仕した時のものであるが、その後、後鳥羽院の宮中に再出仕しており、別の名で呼ばれていたと考えられる。跋文では、更に続けて、「老ひののち」、定家から書いたものはと尋ねられてありがたく思ったのに加え、作者名は「いづれの名を」と問われたことに思いやりが深く感じられて、「なほただ、へだてはてにし昔のことの忘られがたければ、その世の

（1）後鳥羽・土御門・順徳の三上皇。

（2）書道の家である世尊寺家の藤原伊行の娘。生没年未詳。

（3）書物の末尾に記す文。あとがき。

（4）都の右京職（しき）の長官をいうが、彼女がそれを女房名とした理由は不明。

ままに」と答えたとある。そして、彼女の方から、もし歌が後世に残るのなら、「昔の名こそ」とどめたいという歌を送ったのに対し、定家が、どうせ同じことなら「心とめけるいにしへの　その名をさらに」残してほしいものと応じてきたのが「うれしく」思われたとして、全体が閉じられる。

『新勅撰集』には、彼女の希望どおり「昔の名」の建礼門院右京大夫の名で、二首、採られている。一首は、南都焼き討ちの責めを負って処刑された平重衡（しげひら）とのたわいない親交のなかで生まれたもの（八四二番歌）、もう一首は、高倉天皇治世（ちせい）下における女房どうしの雅（みやび）な交流をものがたるものである（一〇九八番歌）。そうした過去が、憂き戦乱の思い出とともに、前向きに受け入れられる社会へと、歴史は更新されていたのであった。そのなかで、物語はつむぎだされていく。

動乱の時代に味わった喜怒哀楽のさまざまな思いは、記憶となって個々人の心中にたまっていたことであろう。一つ一つの記憶が純度を増すのにふさわしいほどの時間の経過を経て、そのいくつもが文字化されて物語世界に流れ込んでいる。物語の創り手は、誇らしい手柄話なり、悲しい実話なり、それを伝えた人々の心を忖度（そんたく）しながら、言葉を選んでいったはずであった。物語作者という第三者の手により、記憶のなかで凝縮された体験は、反芻（はんすう）されつつ昇華（しょうか）されていく運命をたどることになったと言えようか。その昇華への道は延慶本以降も続き、洗練された言葉の世界を達成するに至る。

最後に、西欧の叙事詩との差異について一言すれば、先に言及した『イリアス』の場合、伝承譚における現実感の希薄さは否定できない。事件直後の、まだ関係者が生きている時点で成立したロシアの『イーゴリ遠征物語』(1)は、異教徒と戦う勇士をたたえ言(こと)ほぐことが主眼で、戦うことへの懐疑を抱かせるような、たとえば知盛の味わったごとき体験に耳を傾ける姿勢は皆無(かいむ)である。主人公の死から半世紀、あるいは一世紀後、その血筋を引く子孫が諸国の王室で活躍しているころに成立したスペインの『エル・シードの歌』(2)(後注12)でも、事情はまったく変わらない。幸運にも、異教徒や異民族、ひいては国家といった絶対的な敵対者との壁を持たぬ空間で、非日常的な戦争体験の現実を受け止める地平から語りだされた『平家物語』は、いくさの物語として、たぐいまれな存在たりえているのである。

(1) 第一章、18、29頁参照。

(2) スペインの国土回復運動(レコンキスタ)の時代の英雄、ロドリーゴ・ディーアス・デ・ビバール(一〇四三?〜九九)をたたえる叙事詩。

第三章

スコットランド叙事詩『オシアン』との共通性・異質性

――『平家物語』の世界的位置――

いくさを主題とした世界の前近代の物語群の中で、『平家物語』と通ずる性格を持つスコットランド叙事詩の『オシアン』に焦点を当てる。一般の叙事詩が異国家・異宗教・異民族に非寛容であるのに対し、この作品は、敵を赦(ゆる)し、敵と融和することを理想として語る点、『平家物語』と似通うが、戦乱体験を基盤とする『平家』の方に文学的深さがある。

【本章で新たに取りあげる作品】

『ギルガメシュ』……前十二世紀ころ、メソポタミアの地で、粘土板に楔型(くさびがた)文字で記されていた叙事詩。英雄ギルガメシュと親友エンキドゥとの戦いと冒険を語る。

『アルゴナウティカ』……前三世紀成立のギリシアの叙事詩。金の羊の毛皮を取り戻す航海に出たイアソンが、相手国の王女メディアの裏切りに助けられ、目的を果たして帰る。

『ラーマーヤナ』……二世紀には成立していたインドの叙事詩。ラーマ王子が魔王に奪われた妃のシーター姫を、猿の軍団の助けを借りて救い出す。

『マハーバーラタ』……四世紀ころ成立のインドの叙事詩。血のつながる両家の長い戦闘を語る。ヒンドゥー教の聖典という「バガヴァッド・ギーター」を中に含む。

『ベーオウルフ』……八世紀ころ成立のイギリスの叙事詩。スウェーデンとデンマークを舞台とし、英雄ベーオウルフが怪物を退治する。

『シャー・ナーメ(王書)』……十世紀から十一世紀にかけて書かれたペルシアの叙事詩。イランの伝説的英雄ロスタムの活躍を中心に語る。

『三国志演義』……十四世紀に中国で創られた歴史物語。魏・呉・蜀の三国の戦いの歴史を、史実によりながら大きく膨らませた物語。

『ウズ・ルジアダス』……十六世紀後半に書かれたポルトガルの叙事詩。ヴァスコ・ダ・ガマによるアフリカ沿岸経由のインド航路開拓に至る経緯を語る。

『オシアン』……スコットランドのケルト民族の間で歌い伝えられていたフィン王一族に関する英雄詩を、十八世紀中期に採録したというもの。

『カレワラ』……フィンランドの各地で吟唱されていた空想的な民話や英雄詩を、十九世紀中期に収集し編纂したもの。

『虎杖丸(いたどりまる)』……日本のアイヌ叙事詩ユカラで、一九三六年に出版されたもの。名剣の「虎杖丸」を持つ少年ポイヤウンペが活躍する。

『平家物語』が西欧の叙事詩に相応する作品という評価を得てから一世紀、今日、ようやくそのことへの懐疑と批判が公にされるに至っている。[後注1] そもそも叙事詩すなわちエピックの原義は、韻文によって筋のある話を語ることであり、アリストテレース[(1)]（前三八四～前三二二）の『詩学』では、必ずしも戦いの文学と直結されているわけではなく、叙事詩にふさわしいのは「英雄詩の韻律」で、かつ「歴史の場合とは異なった」「出来事の組み立て」によって人々の感興を呼ぶ必要があると説いているに過ぎない。[後注2] 叙事詩が、自らの属する国家・民族・宗教の優秀さをうたい、戦いを伴う歴史的事件における献身的英雄の行動を韻文で語る文学として規定されるに至ったのは、国家観念が膨張し、相互に自己主張を強めていく、近代にまで及ぶ大きな時代の世界的潮流を背景としたものであったろう。明治期の日本が、『平家物語』を叙事詩と認定しようとした動機は明らかであった。

今、自集団を鼓舞する色合いに染まった叙事詩というジャンル概念からいったん離れ、いくさを題材とした物語という、より広い視点から、『平家物語』が近代以前の世界文学の中でどのような位置を占めることになるのか、探ってみることにしたい。その際、比較の対象とする作品群の要件を、ひとまず、（1）いくさの伝承を基盤に持つこと、（2）口頭芸を介して民衆に享受されたこと、（3）歴史と何がしかの接点があること、の三点とする。世界的に見れば、こうした要件に当てはまる作品は多数に上ると予想されるが、以下では、管見に及んだ古代からの代表的な

（1）古代ギリシアの哲学者。『詩学』は、悲劇・喜劇・叙事詩などを考察した一種の文学論で、原題は「詩作の技術について」。

十七作品を、まずは順次概観したうえ、『平家物語』と通底する要素を秘めているかに見えるスコットランドの叙事詩『オシアン』を取り上げ、右の課題を考えてみようと思う。

一　世界のいくさ物語、概観

いくさの物語を歴史的にさかのぼれば、紀元前十二世紀に、メソポタミアの地で『ギルガメシュ』が、そして同八世紀にギリシアでは『イリアス』『オデュッセイア』が文字化されていた。戦いが枢要な要素ではない『オデュッセイア』はとりあえず措くとして、『ギルガメシュ』『イリアス』両作品では、人と人との戦いと同時に、人と神との争いも無視できぬウェイトを占めている。

断片的に残されている諸種の文字資料(1)から類推されている前者のストーリーは、主人公ギルガメシュが、暴政を戒めるために神から派遣されたエンキドゥと戦った結果、却って二人は親友となり、森の番人の怪物フンババを追討し、さらに求愛してきた女神を拒絶したため天から下された「天の牛」をも殺害、その責めを負ってエンキドゥは死に、ギルガメシュは神と同じ永遠の生命を求めて旅するが、目的は果たせなかった、とするものである。[後注3] ギルガメシュは、実在した同名の王が伝説化されたものといい、三分の二は神、三分の一は人間、と語られている。

(1) 粘土板に記された楔形文字。

死すべきものと死なざるものという一線に人と神との断絶を見るのは、すでに第一章で取りあげた『イリアス』も同じであった。アキレウスは、「神々は哀れな人間どもに、苦しみつつ生きるように運命の糸を紡がれたのだ――御自身にはなんの憂いもないくせに」と言うが、その言葉は、恣意的な神々の意向で人間は困惑させられているのだという認識のもと、神への異議申し立てをしているに等しい（第二十四歌）。ギリシアのスパルタ王妃であったヘレネは、女神アプロディテのさしがねでトロイア王子のパリスに身を与えられてしまい、それが両国の戦争の発端となったとされるが、そのヘレネは、神アプロディテに対し、それほどパリスが好きなら、あなた自身が神の身分を捨てて、パリスの妻か小間使いにでもさせてもらったらいいと、抗弁する場面すらも創出されていた（第三歌）。

この作品の冒頭は「怒りを歌え」の一句から始まり、内部抗争によって一時は参戦を拒否したアキレウスが、親友パトロクロスを討たれて怒りに燃え、あまたの敵勢を殺害したあげく、仇敵ヘクトルの遺体を戦車で引きずり回してなぶりものにし、最後は神の意向に従い、その遺体を父のもとに返すまでを語る（第一章）。

紀元前三世紀のギリシアで、ホメロスの影響下にアポロニオス[2]が『アルゴナウティカ』を創る。イオルコス[3]の国王の息子イアソンが、黒海の東端の国コルキス[4]まで困難な航海を続け、黄金の羊の毛皮を取り返してきたという伝承を、叙事詩にしたものであった（アルゴは船名）。戦いの場面は少なく、冒険譚的色彩が濃い。コルキス

（2）前三〇〇年ころにアレクサンドリアに生まれ、ロドス島で活躍した詩人。
（3）ギリシアのパガシティコス湾の北にあった国。
（4）現在のグルジア西部にあった国。

王の娘のメデイアが、神々の策略でイアソンに恋するよう仕向けられ、親兄弟を裏切ることになる苦悩が描き込まれているが、ヘレネに見られたような、神を恨む心情は語られない。メデイアの姿は、次の『アエネーイス』中のディードに影響を与えたとされる。なお、彼女については魔女としての伝説が多く伝えられているが、この作品ではその要素は比較的薄い[後注4]。

紀元前一世紀、ウェルギリウスの手になるイタリアの叙事詩『アエネーイス』は、戦争に敗れたトロイア王家のアエネーアスが、海路、イタリアに逃れてローマ帝国の礎（いしずえ）を築く過程を描くもの。途中で漂着したアフリカのカルターゴ[1]国の女王ディードの悲恋が広く知られ、前述のメデイアと比較されてきた。彼女の愛は、アエネーアスに新しい国を築かせようとする神々の意思によってむなしいものとなり、自ら命を絶つ（巻四）。

作中ではローマ帝国建設への道程が不動の位置

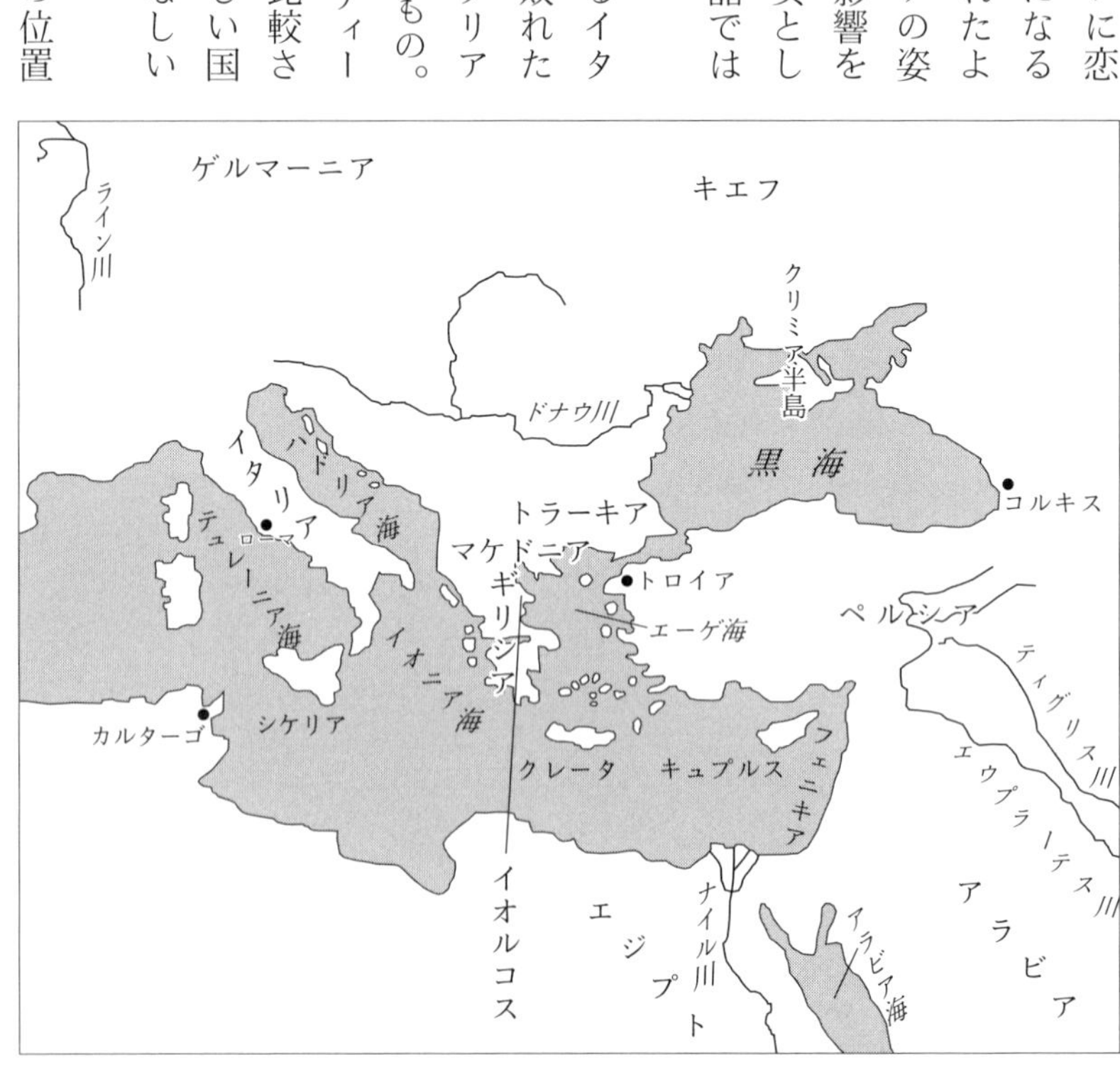

を占め、イタリア諸国との戦いの記述もその路線に沿う。帝国建設に寄与した人々のみが、あの世では幸福の野に生まれるといい（巻六）、国家に奉仕する物語という性格が顕著に認められる。ヨーロッパのエピック全体を俯瞰すれば、これも第一章で言及したように、この段階から国家・民族・宗教を第一義的に意識するようになったかと思われる。それは、自己主張する国家が侵略の速度を速めていく歴史と、表裏するものであったろう。

　インドで紀元二世紀には成立していた『ラーマーヤナ』は、主人公のラーマ王子が妃のシーター姫を魔王ラーヴァナにさらわれ、その幽閉地であるランカー島を猿の軍団の援護を得て攻撃し、死闘の果てに救出する物語。その戦闘場面が、カンボジアのアンコール・ワットの石壁面に浮き彫りにされ、わが国でも『宝物集』(2)巻五に釈迦の前生譚として取り込まれていることが指摘されている。[後注5] ランカー島は今日のスリランカで、インド北方の民族が南方の民族を制圧した歴史を踏まえているという。ラーマは、ラーヴァナを殺すために天界から派遣されたヴィシュヌ神(3)の化身とされるが、ストーリーの主軸は、ラーマとシーターの波乱に富む愛の物語と言っていい。

　戦いを主題とするのは、この作品よりやや遅れて四世紀ころに形を整えたとされる『マハーバーラタ』の方である。紀元前十世紀ころ、北インドであった二大部族の抗争が伝承の原点にあろうとされ、祖父を同じくするバラタ族の二つの家が勢力

(1) 現在のチュニジアのチュニス湖東岸にあった国。

(2) 一一八〇年ころに書かれた平康頼の著。物語的手法によって仏教の尊さを説く。

(3) ヒンドゥー教で、ブラフマー、シヴァと並ぶ三大神の一つ。種々に化身し、悪魔に苦しめられる生類を救うとされる。

争いの結果、十八日間にわたる戦争を繰り広げる長大な物語である。その中で、いとこをはじめとする親族との戦いに苦悩するアルジュナが、ヒンドゥー教[1]の絶対神の化身と考えられるクリシュナの教えによって悟りの境地に至り、戦場に臨むくだりが、独立して『バガヴァッド・ギーター』の名のもと、宗教上の聖典としてあがめられている。[後注6]全十八巻のうち五巻が戦闘場面に当てられ、超現実的な武器も登場、神々や特殊な能力を持つ聖仙がストーリーに深く関わり、最後は天界で敵対した一族が再会を果たしたとして語りおさめられる。

　以上が古代の作品群であるが、八世紀の成立と見られる、スウェーデンとデンマークを舞台とした『ベーオウルフ』になると、怪物退治という伝奇的なストーリー展開に加えて、民族国家どうしの抗争が具体的に挿入（そうにゅう）され、国家意識がより濃く認められる。すなわち、主筋は、スウェーデンの南部に居住していたイェーアト族の英雄ベーオウルフが、デンマークのデネ族に危害を及ぼしている怪物とその母親を退治し、後年、自国の国王となったのちには竜を倒し、自らも傷つき命尽きるというもの、それに、過去のこの地域における民族間の武力抗争や、将来に起こる抗争が予言的に語られたりしているのである。[後注7]

　十世紀から十一世紀にかけて書かれたペルシアのフィルドゥスィー[2]（九三四?〜一〇二〇?）作『シャー・ナーメ（王書）』は、愛国心が顕著な作品とされる。[後注8]イランの伝説的豪勇ロスタムの活躍を中心に、隣国トゥーラーン（トルキスタン）との戦い

（1）教祖を持たず、インドの地に自然に生じた宗教。多種多様な教義、神々を包摂、社会習慣的性格をも持つ。

（2）イラン東北のマシュハドの北、トゥースの生まれ。一〇一〇年に三十余年をかけて本書を完成。

が語られるが、同じ地域内ゆえに両国の王家間、あるいは臣下についても互いに姻戚（いんせき）関係が形成され、複雑な物語展開となっている。とはいえ、イランの血を引く人物こそ優秀とする主張は、一貫して変わらない。登場人物の年齢はいっさい無視され、ロスタム死後の生存が記される彼の父母の場合は、国王七代に仕え、そのうちの三代は曽祖父と曾孫の関係にあるという、常識的に考えれば、優に百歳を超える年齢を想定しなければならないものとなっている。第一章で述べたように、年齢の無視は叙事詩に共通し、上述の諸作品でも同様である。[後注9]

フランスの『ロランの歌』は、十一、二世紀の成立で、七七八年のスペインとの戦争[3]で犠牲となった英雄ロランを主人公とする。キリスト教の国がイスラム教の国を制圧し、イスラム教徒を改宗させ、さらなる聖戦へと立ち向かわねばならぬとするくだりで閉じられるこの作品は、祖国愛で貫かれた白黒の明白な作品と言えよう。ロランの仕えたシャルル皇帝[4]は、作中で二百歳を超えていると語られ、にもかかわらず神から次の聖戦をうながされるというところに、人民を鼓舞しようとする作者の意図がうかがえた（第一章）。

実際の事件からさして隔たらぬ時点で作られた叙事詩が、ロシアの『イーゴリ遠征物語』。イーゴリ侯[5]がロシア東方の遊牧民ポーロヴェッツとの戦いで捕虜となり、脱出に成功したのは一一八五年のことで、それを題材にした当該作品は、同世紀の末には成立していたとされる。ロシア諸侯の奮起（ふんき）を求める一節があるなど、作者の

（3）イベリア半島の対立するイスラム教勢力の一方から要請を受け、後ウマイヤ朝を討つために進攻したのが実態。

（4）第一章35頁注（3）参照。

（5）同18頁注（3）参照。

立脚点があくまで自国にあることは否めない。登場人物はまだ生存中であったに違いないが、人々の情感に訴える韻文詩という形式からか、年齢への言及はこの作品でもなかった（第一章）。

スペイン叙事詩『エル・シードの歌』は、十二世紀中期から十三世紀初頭にかけて成立、キリスト教勢力が、北アフリカより侵攻してきたイスラム教勢力による支配地拡大を阻止し、国土を回復しようとする戦い(1)（レコンキスタ）が背景となっている。国王の怒りに触れて国外追放の身となったシード(2)が、イスラム軍との戦闘で多大な功績をあげて自らの忠誠心を示し、国王(3)の恩寵を得るにいたる物語で、彼が没したのは一〇九九年、作品成立当時、スペインのキリスト教諸国の王室に、姻戚関係を通じてその血は受け継がれていたという。二人の娘に対するシードの愛情がことさら語られているのも、そのことと関係するらしいが、いずれの人物も年齢が不問に付されている点は他作品と等しい。

十三世紀初頭成立のドイツの『ニーベルンゲンの歌』は、前半は英雄ジーフリトの古伝承に、後半は四三七年にブルゴント族の国が騎馬遊牧民族たるフン族（モンゴル・トルコ系）によって滅ぼされた史実に基づくとされる。ジーフリトがブルゴント国の姫クリエムヒルトと結ばれ、彼女の兄の求婚にも尽力して成功させるが、その兄嫁(4)とクリエムヒルトとの権勢争いから恨みを買って暗殺されるまでが前半、後半ではフン族の王と再婚したクリエムヒルトが兄弟に復讐を遂げるものの、自らも

(1) 七二二年に始まり一四九二年に終息。ポルトガル、スペイン両王国の成立につながる。

(2) ロドリーゴ・ディーアス・デ・ビバール。第二章68頁注（2）参照。

(3) カスティーリャ・レオン王国のアルフォンソ王（一〇四〇？〜一一〇九）。イベリア半島北部を支配。レコンキスタを大きく推進。

(4) イースラント（アイスランド）のプリュンヒルト姫。武勇にたけた女性で、自分に勝った者と結婚すると公言、ジーフリトが隠れ蓑を着て義兄グンテルの代りを演じ、二人を結びつけた。

殺害されてしまう顚末が語られる。叙事詩では、敵たる他者を殺すことは賛美されても、そうした行為自体への懐疑は語られないのが普通であるが、この作品でも、自分の娘をブルゴントの王子に嫁がせる約束をした男が[5]、その相手と戦わなければならなくなった状況に苦悩する姿が描かれるくらいで（第三十七歌章）、殺す行為の罪悪性は省みられることがない（第一章参照）。

十三世紀前半には、わが国の『平家物語』を筆頭とする『保元物語』『平治物語』等の軍記物語が成立していた。それを、ここで想起しておこう。

中国では、十四世紀に『三国志演義』[6]が書かれる。いかにして勝利を手にしたかを語ることに最大の関心が注がれ、権謀術数の渦巻く物語世界となっている。必然的に、登場する人物はいずれも何がしかの才能を有する人材で、戦いで犠牲となり逆境におちいる人々の存在への視線は、皆無に等しい。女性たちも強い意志を持ち、勝利に貢献しようとする姿が描かれ、日本の軍記物語にある子供にまつわる哀話などは見出せない。上述の諸作品と異なる一つは、人物の没年齢や事件の年号が記されている点で、史実からの乖離は著しいものの、ある程度、忠実であろうとする態度がうかがえる。

大航海時代[7]に入ったヨーロッパで一五七二年に書かれたのが、ポルトガルのルイス・デ・カモンイス[8]（一五二四？〜八〇）作『ウズ・ルジアダス』。ヴァスコ・ダ・ガマ（一四六九？〜一五二四）によるインド航路開拓[9]をたたえる叙事詩であるが、オ

（5）リュエデゲール。第一章39頁参照。

（6）魏・呉・蜀の歴史について、史書『三国志』に基づきつつ、虚構を交えて書いた長編小説。羅貫中（生没年未詳）の作。

（7）十五〜七世紀前半にかけて、ヨーロッパ人が新航路を開拓し、旺盛に海外に進出していった時代。

（8）リスボンの宮廷に仕えた詩人。インドに一五五三〜六九年？にかけて滞在。

（9）彼がインドに到達したのは一四九八年。

リュンポスの神々の意思に導かれてインドに到達できたとするストーリーは、『アエネーイス』の影響下にあることを示している。[後注10] とはいうものの、信仰の対象はキリストの神であり、目的地到達までの各地におけるイスラム教徒との戦いと、ポルトガル人の卓越(たくえつ)さが、終始、語られていく。自国民こそを是(ぜ)とする姿勢も、『アエネーイス』から継承したものであろう。ここでも、敵対者はどこまでも敵対者で、征討されるのは当然とされる。

スコットランドのケルト民族の間で古くから歌い伝えられていたとされる英雄詩が出版されたのが、一七六〇年から六三年にかけてのことで、『オシアンの詩』と総称され、全欧州のロマン主義運動[(1)]に多大な影響を与えるところとなる。[後注11] ゲーテも心酔し、『若きウェルテルの悩み』の中で、「私の心のなかで、オシアンがホーマー[(2)]をおしのけてしまった。なんという世界に、この大詩人はひき入れてくれることだろう！」と主人公に言わせ、かつ、作品の一部を訳出させている。[後注12] 本章は、この作品と『平家物語』との対比を試みるものであるが、その独自な性格等、あらためて次節以下で論ずる。

フィンランドの地で吟唱されていた神話や民話、英雄詩が収集され、『カレワラ』として出版されたのが一八三五年、さらに十四年後にはその後の調査による大幅な増補を得て再刊された。収集に尽力した人物がエリアス・リョンロット（一八〇三〜八四）で、最終的にできあがった作品には彼の手がかなり加わっており、原話の

（1） 十八世紀末から十九世紀にかけて広まった、文学・芸術上の自由を標榜し、感性と想像力を重視する思潮。空想的・神秘的なものへの憧憬がある。
（2） ホメロス。

ままではないとされる。天地創造に始まり、求婚話をまじえ、豊かさを人々にもたらす秘密器の製作と、その争奪をめぐる海を隔てた国との戦いなどが語られる。呪文が大きなウェイトを占め、人が空を飛んだり、姿・形を変えたりと、想像力の豊かな世界が展開するが、なかには入水自殺する乙女の哀話や、近親相姦の悲劇も含まれている。当時は民族意識高揚の時代であったから、その潮流に乗り絶大な評価を得た。原話は、戦争、略奪の横行していたバイキング時代[3]の一〇〇〇～一二〇〇年ころに成立したとし、歴史の反映を見る説もある。[後注13]

右の二作品は、民間伝承の古謡を採集したものであるが、わが国でそれに匹敵するのがアイヌ民族の「ユカラ」[4]を国語学者の金田一京助（一八八二～一九七一）が採集して和訳し、一九三六年（昭和十一）に岩波文庫の『アイヌ叙事詩・ユーカラ』として出版した書であった。神々の歌などがあるなかで、戦いを主題とするのが『虎杖丸』と名づけられた作品。主人公はポイヤウンペなる少年で、自ら空を飛んで敵地に乗り込み、次々と敵を倒し続けるさまが、一人称で語られる。虎杖丸は霊剣の名、鞘や柄に彫られた獣たちが生身に姿を変えて戦う。死者の復活や女どうしの空中戦ありと超現実的な物語ながら、石狩人や礼文尻人[5]などとの戦闘を描いている点、主人公の住む日高と他地域との対抗意識が投影されてもいる。

以上、諸作品を概観して言えることは、まず、敵味方の判別が明瞭で、敵対者をも包み込む視点が希薄だということ。先述したように、語り手の立脚点が自集団で

（3）スカンジナビア人の海賊が横行した八世紀末から十一世紀。

（4）口承で伝えられた歌。

（5）北海道の石狩地方の住民と、礼文島・利尻島の住民。

ある限り、それは当然の帰結であった。そのなかで、次節で述べるように、『オシアン』のみは最終的に敵を赦す視点を有しており、特異な存在となっている。

次に、『三国志演義』を除いて年齢への関心が見られないのは、歴史的現実へのこだわりの薄さを示唆していよう。いくさの物語には、『ラーマーヤナ』の猿の軍団や、『ベーオウルフ』の怪物退治、『カレワラ』『虎杖丸』の現実離れした話など、空想的要素を系譜的にたどることができる。それが歴史的要素と濃淡様々に交錯しているのが実態で、『三国志演義』やわが国の『保元物語』の為朝像[1]にもそのことがうかがえる。いくさの物語は、元来、人々に楽しみ、快楽を与えることを第一義としていたのである。

それと表裏するのであろう、戦いの犠牲となった子供や女性の悲話も少ない。『ニーベルンゲンの歌』では、六歳と考えられる男の子が合戦開始の血祭りに上げられても、なんら慨嘆はされない（第一章）。物語を享受したのが主に男だったからであろうか、男の側の視座が、何より強く働いているように見える。わが国の場合、古くは『将門記』[2]に生け捕られた平貞盛の妻の話、『陸奥話記』[3]に身投げした安倍則任の妻の話があり、そこでは女性の苦悩や心情が汲み取られているとは言いがたいが、中世の軍記物語になると、『保元物語』の源為義の北の方、『平治物語』の常葉、『平家物語』の小宰相など、女性ゆえに悩み懊悩する姿が描き出され、表現上における文学的進化が進む。

（1）身長二メートル一〇センチ余、左手が右手より一二センチ余りも長く、それゆえ長大な矢を射ることができ、一本の矢で鎧武者を射抜いて後ろの武者にまで傷を負わせたという。

（2）平将門の乱（九三五～四〇）を描いた漢文体の作品で、乱直後の成立。

（3）源頼義が奥州の安倍氏を追討した前九年の役（一〇五一～六二）を描いた漢文体の作品で、十一世紀中の成立。

物語中で示される宗教上の教示、哲学的教示も、いくさの話を面白く発展させるために奉仕させられているに過ぎないのではあるまいか。そう考えさせるのは、『マハーバーラタ』から独立して宗教上の聖典、あるいは東洋の哲学書として扱われ、高く評価されている『バガヴァッド・ギーター』である。世界の根源的なあり方を説いてアルジュナの迷いを晴らし、戦闘に立ち向かわせるクリシュナの論理は、哲学的で難解とはいえ、所詮、以後延々と続く架空の合戦描写へ導くために、つまり興奮をそそる戦いの物語を続行させるために機能させられている。アルジュナは、初めから説得されるべき存在として設定されているのであり、クリシュナの論理は、人を殺す行為を物語上で正当化することを目的に組み立てられている。第四章で詳述するが、その原点が、従来、等閑視されてきたように思われる。

二　『オシアン』という作品

十八世紀に公刊された『オシアン』という作品は、三世紀の中ごろに作られ、語り継がれてきたとされるスコットランドのフィン王一族の戦いの物語である。年老いて盲人となったオシアンが、父フィンガル王の戦功を中心に昔日（せきじつ）の戦いを、戦死したわが子オスカルの許婚者（いいなずけ）のマルヴィーナに語り聞かせ、それを彼女が後世に伝えたものという。物語の舞台は、本国スコットランドから、スカンディナヴィア半島のロホラン国やオークニー諸島の島、そして対岸のアイルランドへと広がる。

しかし、この作品は、今日に至るまで、どの程度、実際に語られていたものを反映しているのか、疑惑をぬぐい切れないでいる。口頭伝承の存在を初めて世に知らしめたのはジェイムズ・マクファーソン（一七三六〜九六）で、彼は一七六〇年、ゲール語[1]から英訳した『スコットランドのハイランドで採集された古詩断章』を発表、絶賛されてさらに調査旅行を重ね、六二年に『フィンガル』、六三年に『テモラ』を公表し、これらをまとめて二冊本の『オシアンの作品』として六五年に刊行した。最終的な改訂の施された決定版は、七三年発行の『オシアンの詩』である（日本語版の書名は『オシアン』であり、本書もそれに従う）。

スコットランドのハイランドというのは、同国の北ないし北西部に当たる高地地方および島々を言い、南部の低地地方を言うロウランドに対する呼称で、主に放牧で生活し、日常会話は英語ではなく、ケルト民族[1]古来のゲール語を使っていた。そこに育ったマクファーソンが、古老の口にするゲール語の歌を収集し、英訳したというのである。

当時、スコットランドとイングランドの両国は、議会と国王を同じくし、合邦（がっぽう）と言える状況にあったとはいえ、スコットランド側の反発は根強く、ジャコバイト[2]の乱と称される反乱が続き、一七四五年には、ハイランドから発した軍勢がイングランド中部まで攻め込む。が、乱は失敗に帰して終息、ハイランドの広大な土地は接

（1） 西ヨーロッパ大陸から移住してきたケルト民族が、アイルランドやスコットランドで話していた言語。

（2） 古代西ヨーロッパに広く居住していた民族で、紀元前一世紀のカエサルによる彼らの居住地ガリア進攻に始まったローマ帝国の侵略に圧（お）され、アイルランドやスコットランドに逃れた。

（3） 立憲政治の基礎を築いた名誉革命によって追われたイギリス国王ジェームス二世とその子孫を正統として支持した勢力。王の出身地のスコットランドが地盤。呼称はジェームスのラテン語形によるもの。

収されてゲール語も禁止されるに至ったという。[後注14]こうした情勢下での『オシアンの詩』の発見であった。当然、スコットランド国民のアイデンティティを自覚させる契機ともなって、『オシアンの詩』は世に送り出される。

先に紹介したゲーテが『若きウェルテルの悩み』を執筆したのは一七七四年。他言語への翻訳は、イタリア語が六三年、ドイツ語が六八年、フランス語が七七年、スペイン語が八八年と、相次ぐ。[後注15]ヨーロッパ全体に大きな反響を呼び、オシアンは、ギリシアのホメロスに匹敵する詩人と評されるところとなり、ナポレオンが愛読したことも有名である。ドイツでは、ヘルダー（一七四四～一八〇三）がオシアン論を書き、[後注16]ゲーテと親交のあったシラー（一七五九～一八〇五）も高く評価した。シューベルト（一七九七～一八二八）は、ドイツ語訳による歌曲を多く作っている。

ところが、同じゲール語を使っていた隣国のアイルランドから、非難の声が上がる。オシアンもその子オスカルも、十一、二世紀ころに書かれたアイルランドの伝承に登場する人物で、本来はこちら側のものと主張したのである。スコットランドは、スカンディナヴィア半島から渡ってきた北部のピクト族に加えて、南西部のブリトン族、南東部のアングル族、西部のスコット族からなった国とされる。そのなかでスコット族は、アイルランドから進出、活発な活動により国名にまで自らの名を押し上げた。彼らの本拠地にある伝承こそ本来のもので、マクファーソンはそれを盗用したと批判したわけである。

マクファーソンの著述で過去の伝説に目覚める形となったアイルランドでは、オシアン熱が高まっていき、一八五三年にオシアン協会が設立され、古文書や民間伝承から、英雄オスカルの死を語るものなど、戦士の物語や詩を掘り起こし会報として発行した。同国の文芸復興に尽くした詩人で劇作家のイェーツ(1)(一八六五〜一九三九)の初期の詩「オシーンの放浪」は、オシアン伝説を踏まえている。彼は後年、日本の能楽に傾倒し、能をモデルに『舞踊劇四篇』の連作を作ったことで知られるが、それは、後述するオシアン伝承の夢幻的性格が、能のそれに通ずる要素を持っていたことと深く関わるように思われる。

マクファーソンへの非難は、イングランドの方がより強烈であった。彼が翻訳したというゲール語で書かれた古文献や伝承の存在そのものが否定され、『オシアンの詩』は捏造(ねつぞう)されたものと断定される。マクファーソンがそれに対し、原物を公にすることなどせずに反抗的な態度を貫いたため、後々まで問題が残されることとなる。彼の死後、オシアン伝承を調査した『ハイランド協会委員会報告』が一八〇五年に出され、貴重な情報が提供されたものの、『オシアンの詩』に直結する話柄(わへい)はなかった。その後におけるケルト民話やゲール語資料の収集により、捏造説は否定される傾向にあるとはいえ、いまだイギリス文学史に取り上げられるまでには至っていないという。[後注17]

結局、『オシアンの詩』は、口頭伝承を忠実に採録したものではなく、マクファー

(1) 一九二三年にノーベル文学賞を受賞。

ソンの創作部分がかなりの比重を占め、その英訳は翻訳とはとても言えないとされる。彼がそうした作品を書くに至った経緯や当時の文学思潮について、日本の研究者も独自に分析を加えている。[後注18]

しかし、古伝承の復元と程遠いとはいえ、当該作品が全欧州に衝撃を与えたことは間違いない。激情を語り、力と力の激突を描く『イリアス』などとは異なり、敵対する他者への温情や融和が基調にあり、不幸な男女の愛が繰り返し語られ、過去の亡霊が闇に浮かび、自然の風物とともに時の移ろいが悲しく詠(うた)われる。戦いの文学でありながら、そうした繊細(せんさい)な抒情を宿した作品であるがゆえに、ゲーテの心をも捉(とら)えたのであったろう。

◯

『オシアン』の中から、三部構成の歌よりなる「ローディン(2)の戦い」を、あらあら紹介しておこう。

第一の歌は、谷間を吹くそよ風とともに歌心を誘う立琴(たてごと)の音(ね)がやんだことを聞きとがめたオシアンが、息子の許婚者(いいなずけ)のマルヴィーナ(3)に演奏を求めるところから始まり、昔、父のフィンガル王が嵐のために漂着したスカンディナヴィア半島のロホラン国で、その地のスタルノ王父子と戦った時のことが、彼の口を介して語られていく。スタルノ王は、かつてフィンガル王をだまし討ちにしようとした際、その陰謀を教えてしまった自分の娘、敵を愛してしまった娘を殺害した男であった。

(2) 通常、オーディン神(後出)のことをいうが、ここは地名。
(3) 関係図

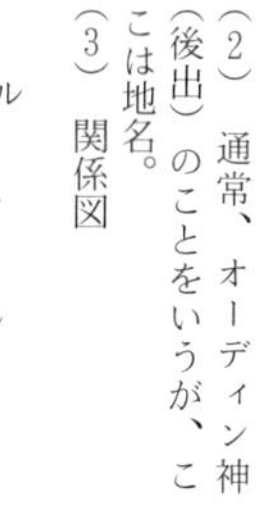

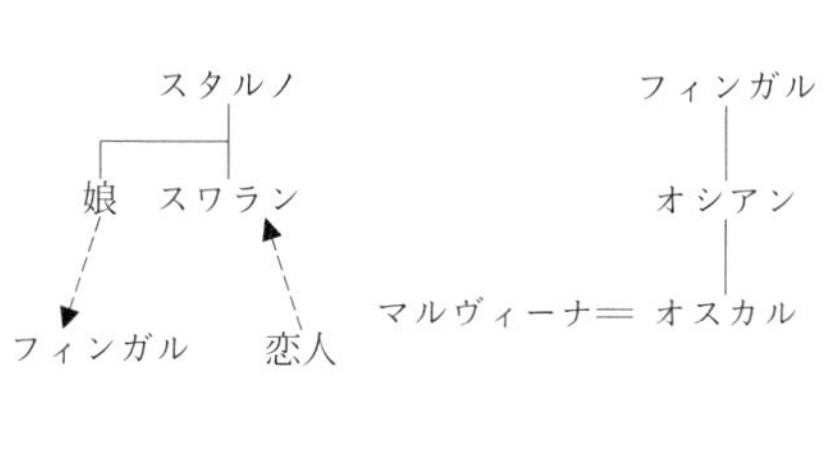

敵情偵察のために、部下のドゥ・ヴァハク・ローネが行くと名乗り出たのを抑え、王自らが出向く。川を渡ると青い夜霧に包まれ、高まるせせらぎの音が耳に聞こえ、岩山の上にかかった月があたりを照らすなか、麗しい女性の姿を見とめる。悲しく歌うのを聞きとがめて素性を尋ねれば、父をスタルノ王に殺されたうえ洞窟に閉じ込められている娘、しかも、スタルノの王子スワランを慕っているらしいと知る。彼女を勇気づけてその場を去り、さらに先へと進んだ。

おりしもスタルノ王父子は、丘の上で守護神のオーディン神からお告げを聞いているところ、三人の間で戦いが始まり、激闘の末、フィンガルに敗れた二人は去っていく。敵の武器を手にし、朝日を浴びて娘のところに帰ってくると、祝いの歌で迎えられるが、スワラン王子の盾が目に入るや討たれたものと思い、娘は息絶えてしまう。その霊魂は、流れ星のように、虹のように、雲上のオーディン神のもとへ赴いた。

第二の歌では、両軍の戦闘が語られる。自軍に喜び迎えられたフィンガルは、直ちに戦いの準備を命じ、ドゥ・ヴァハク・ローネが全軍の指揮を執ることになる。彼は、来襲したスタルノ王父子率いる軍勢を槍で圧倒、敵は逃亡した。しかし自らも致命傷を受け、スコットランドに渡ってきた祖先以来の勇者の誉れ高い家系を口にしつつ、絶命する。フィンガルは歌人を呼び出し、死んだ勇士の頌歌(1)と祖先の昔語りを求める。その祖先は、実はロホラン国の生まれ、一人の女性をめぐる争いで

(1) 祝い、たたえる歌。

兄を殺害して親から追放され、女性とともに海を渡ってきたという過去を、歌人は語る。勇士は祖先の地に埋もれたのであった。

第三の歌は、「ときの流れ」はどこから来、いつ凋れるのかという悠久なる時間に対する感懐から語り出される。今、勇士の行動は輝いているものの、過去はすべて「病める月影の微光」のようで、気弱な者の行為は「ときの上に、なにも刻みつけることはできない」という。この作品の一特徴として、このように時間が強く意識されていることが挙げられる。

敗北したスタルノ王は、息子にフィンガル王をだまし討ちにするよう教唆し、かつての戦いで自分が父のためにとった行動を話す。その戦いでは、妹が味方を裏切って敵将のもとに走ってしまったうえに惨敗、自分は降参を装って敵将のもとに赴き、酒宴ののち寝入った相手を討ち果たし、妹をも殺害したという。それと同じことをするよう、そそのかしたのであったが、スワラン王子は、そんな行為はフィンガルを愛した亡き妹が許さないと言って闇討ちを拒否する。怒りに燃えたスタルノ王は自ら、一人寝ているフィンガルを襲ったものの、逆に木に縛りつけられてしまう。フィンガル王は、昔日の「白い胸の娘」を思い起こし、いましめを解いて、「わが愛する者の敵よ、立ち去れ　異国の者よ、この王に近寄るな　この闇の中に生きる者に」と命ずる。

一話はここで閉じられるが、『オシアン』という作品は他に、第六の歌まである

「フィンガル」、第八の歌までである「タイモーラ(1)」、それに「カルホウン(2)」等の短編八作を含む。

「フィンガル」は、後年、ロホランの王となったスワランがアイルランドのエーリン国を攻撃、フィンガルが同国防衛の援軍として向かい、わが子を失う悲劇を味わうものの、スワランを生け捕り、最後は和解して別れるストーリーである。

「タイモーラ」は、エーリン国の反乱鎮圧のためにフィンガルが渡海、オシアンの息子オスカルは敵のだまし討ちにあいながらも首謀者を殺し、命尽きる。戦闘はその弟で人徳のあったカーモールとの間で繰り広げられた結果、勝利を収めた白髪のフィンガルが、後事をオシアンに託し、戦いから勇退することを人々に告げて終わる。

　これらの物語も、右に紹介した「ローディンの戦い」と性格的基調を一にする。

三　『平家物語』と通底するもの、乖離（かいり）するもの

『オシアン』が世界各地のいくさの物語と相違する重要な点は、まず、時の推移に敏感なことであろう。「とことわに　己（おのれ）の光を歓（よろこ）び、凱歌（がいか）をあげる」と歌われる太陽すら、「自分と同じく　盛んなときと、衰えるときが　あるのではあるまいか」と疑われ（「カルホウン」）、「いつか衰える日があるかもしれない　土にまみれた鼠（ねずみ）

(1) アイルランド、エーリン国の地名。
(2) フィンガル王の伯父の息子の名。

色の「とき」が来て　萎縮して震えて大空を通ることがあるかもしれない」とも予想される（「タイモーラ」第二の歌）。あらゆることの栄枯盛衰が、意識されているのである。

　時の流れを意識することは、名声を残そうとする行為に結びつく。「歳月の足の早さ」「首領の高殿も　やがて大地にくずれ落ちる」、それゆえ「我我は生きる間は高貴に生きよう　自分は剣の跡を戦いに残そう　自分の心は勇士をうたう歌人の歌に生きよう」と、フィンガルは歌う（「カルホウン」）。が、名声を残して死んだわが子を前にしては、「我我は、優れた者も、聡明な者も、倒れてゆく　勇士の闘う日には限りがある」と、生の限界を口にし（「フィンガル」第五の歌）、激戦を終え和睦したスワラン王が、「我我の名声はいつまでも続くであろう」と高言すると、「今日こそ名声の最も高いとき」ながら、「我我は夢のように消えてしまう」と言い、「名が歌でうたわれることもなくなるであろう　石積み（墓）の中に力なく、蒼ざめて横たわるなら、歌にほめたたえられても何の益があろう」と厭世的な言葉を吐く（同、第六の歌）。

　オシアン自身も、わが子オスカルの死に遭遇し悲嘆にくれるのであったが、老齢を迎えていたフィンガル王は、「優しく悲しみを払い、力強い声を張り上げ」、勇敢であった祖先たちも今では「名誉の話を聞くばかり」、誰もがやがては亡き人となる、だから、「今、我我も名声をあげよう　そして後に名を残してゆこう　闇の中に顔を隠すまえの曇（くもり）のない日の光のようになろう」と、人々を鼓舞（こぶ）する（「タイモーラ」第一の歌）。「闇の中」に消えてゆく存在と自覚しながら、名を残す行為に心を燃え立たせようとする言葉と言えよう。この作品は、自らの体験した遠い過去をオシアンが語るというスタイルをとっていたが、その語りのスタイル自体が、過ぎゆく時間の認識を基底とするものであった。

『平家物語』は、序章の「伝へ承るこそ、心も言葉も及ばれね」で始まり、灌頂（かんじょう）巻（のまき）(1)の「けるとぞ聞こえし」で結ばれる形に象徴されるように、過去を伝聞して後世に伝える姿勢を基本としており、まず、表現主体のあり方において『オシアン』に通じる。無常観や、頻出する「今」と「昔」の対比など、言うまでもなく時間が強く意識されている。

名声に関しては、巻七「実盛（さねもり）(2)」の結びの一句、「朽ちもせぬ、空しき名のみとどめをきて、かばねは越路（こしぢ）の末の塵（ちり）となるこそ悲しけれ」を想起すれば充分であろう。「朽ちもせぬ」のは名誉なことながら、肉体を伴わぬ「空しき名のみ」を残すことは悲しく、その名も「空し」くなるやも知れぬことをほのめかすこの表現は、フィンガル王の心境表白に重なる。また、巻十一「鶏合壇浦合戦（とりあはせだんのうら）(3)」における知盛（とももり）の、「並びなき名将勇士といへども、運命つきぬれば力及ばず。されども名こそ惜しけれ」と自軍を鼓舞する言葉も、非情なる時の流れを熟知しながら、なお名にこだわる勇士の思いを語る点、『オシアン』と変わらない。

（1）物語の最終巻で、京都の大原で生活していた建礼門院平徳子と、仕えていた二人の女性が、共に往生を遂げたと伝えて終る。

（2）恥を重んずる七十余歳の斎藤別当実盛が、白髪を黒く染めて戦場に出、みごとな働きをして名誉の死を遂げたことを語る章段。

（3）勝敗を決した最後の源平の戦いを語る章段。

○

次に最も重要なのは、叙事詩が自らの国家・宗教・民族への強い帰属意識のために、敵対者に対しては非寛容的な姿勢を示すのが一般であるのに対し、『オシアン』の場合、最終的に敵を赦す融和の精神がたたえられていることである。「ローディンの戦い」の結末はフィンガルがスタルノを赦すものであったし、「カリク・フーラ」[4]の物語では、敵の命を奪おうとした寸前、彼を思う余り男装して戦場にひそかに付き従ってきた女性が眼前に身を投げ出し、それを目にしたフィンガルは、「白い手の優しい娘に王の心は和らぎ、剣を振りおろす手をとどめ、剣の王も涙を流した」と語られる。そして彼は二人を赦し、かつ饗宴へといざなう。

また、ある国王が、他国の王女に求婚して父王から拒否され、大軍を率いての攻撃に及んだ話「オーイ・ナム・モール・ウール」[5]では、防御の援軍として派遣されたオシアンが、攻めてきた国王を破って捕縛したものの、夜、王女がその国王を慕って歌うのを耳にして二人を結びつけ、父王には、「御祖先は此世では敵同士でもあの世では」親交を深めることになろうゆえ、「昔から続いた黒雲のような激しい怒りをお互いにおすて下さい」とさとす。恨みを捨てることこそが、理想とされているのである。

生け捕りにしたスワラン王と最後に和解する「フィンガル」の物語では、フィンガル王は、スワラン王が自分の愛した娘の兄ゆえ、「王が悲しみから顔をあげるよ

(4) イニス・トルク島の都。また、そこの王宮。

(5) 戦いの発端となった王女の名。

うにしろ」と皆に命じ（第五の歌）、本人に対しては、二人の間には「同じ血」が流れており、祖先たちは「名高い戦闘」を繰り広げもしたが、「饗宴」の酒盃を酌み交わした仲でもあると語りかけ、帰国する前に再び戦いを望まれるかと、あらためて問う（第六の歌）。スワランの方は、もはや自分に闘う意思はなく、実は幼い時から王に憧れていたと語り、今後は味方になってほしいと頼む。相和した二人の王を祝して歌声があがり、立琴の音が響き渡る。

この物語中、スワランが捕縛された後も、なお戦いを挑む青年がいた（第五の歌）。あっけなく敗れた青年は死を望むが、フィンガルは、母国に帰って妻や年老いた父親に元気な姿を見せてやれと情のこもった言葉をかける。しかし、戦う前からして深手を負っていた彼は、その場で絶命した。憐れんだフィンガルは、石積みの墓を作ってやるよう指示し、「敵に優しい目をむけよ」と言うが、皮肉にもその時、わが子[1]の死を知ることになる。深い悲しみのなかで、王は、敵の青年とわが子とを同じ石積みの下に葬るようにと命ずる。敵・味方を超えた視点が、内在させられていると言えよう。

反乱鎮圧の物語である「タイモーラ」では、反乱の首謀者の死後、その弟の人徳者であるカーモール王とフィンガル軍との戦いとなるが、敵情偵察に出たオシアンがカーモールと遭遇、暗い表情の相手に「自分の怒りは、石積みまでは追い駆けて行かない　復讐心は大空の鷲のように　一敗地にまみれた敵から　飛び去ってしま

（1）オシアンの弟のローネ。

う」と語りかけると、彼は気を浮き立たせ、自らの剣を贈って立ち去ったとある（第二の歌）。そのカーモールは、勝利を収めた戦いでも喜ばず、フィンガルの息子の死を知り却って沈み込む複雑な性格に描かれている（第六の歌）。

最後は両王の対決場面となる（第八の歌）。フィンガルは相手が血まみれなのを目にし、降伏を勧めて「自分は敵を焼きつくす火ではない」、つまり敵を殲滅するつもりはないと言うが、重傷のカーモールは故郷の谷に遺体を運ぶようにと頼んで息を引き取った。白髪のフィンガルが勇退を口にするのは、その後である。「オシアンよ」と呼びかけ、「歳月が自分を取囲み、自分の耳に囁き、槍を手から取上げ、戦功をほめようともしない」と言い、「敵を傷つけて嬉しいか　勇士が悲しみ、涙を流すのが嬉しいかと、歳月が言う」とも語る。カーモールの憂鬱と、それは重なろう。さらに、「血を流すことに歓びもない、益もない」と言葉は続き、オシアンにすべてを譲り、勇退を宣言するのであった。『ロランの歌』で、同じ白髪のシャルル皇帝が、なお聖戦に立ち向かうことを神からうながされて終わるあり方とは、まったくの好対照をなす。

○

このように『オシアン』には、排除の論理の放棄、とでも言えるものが一貫してある。『平家物語』は、怨讐を超えた思いに人々を導こうとする点で、それと結びつく。少年の敦盛を殺した熊谷直実は、「弓矢とる身」に生まれたことを悲しみ、

「なさけなうも討ちたてまつるものかな」と落涙し、後日出家するのであったが、また、岡部六野太が討ち取った歌人忠度の首を意気揚々と差し上げた声を聞いた人々は、「敵もみかたも」、お助けすべきであったものをと惜しんだという（巻九）。壇の浦での知盛は、がむしゃらな教経[1]の戦いぶりに、「いたう罪なつくり給ひそ（あまり罪作りなことをなさるな）」と戒めていた（巻十一）。『イリアス』で、命乞いする相手を容赦なく殺害し、河の神に抗してまで河中での殺戮を止めようとしないアキレウスの怒れる姿を強調して語るのとは、相容れない（第二十一歌）。戦いの残酷さが、忌避すべきものとして、両作品では間違いなく表現されているのである。

　フィンガルの耳に囁いたのは、「歳月」であった。悠久なる時間の流れのなかにあって、忘れ去られてしまうかもしれない名声のために、人を悲しませる行為をして喜んでいていいのかという懐疑が、彼の胸中に湧いてきたことになろう。時間との関係性のなかで自己の存在を考えることは、無常観に基づく思考に等しい。両作品にある優しさの原点をたどれば、そこに行き着くのであろう。数多い世界のいくさ物語のなかでのこの共通性は、戦いの根源にある排除の論理を相対化する視座を獲得している点で見逃しがたい。たとえ、『オシアン』におけるそれが、マクファーソンによって後に添加されたものであったにしても、である。

　しかし、当然、『平家物語』と『オシアン』とでは、明らかな相違がある。登場

（1）清盛の弟教盛の次男。知盛のいとこ。義経を最後まで追いつめた勇者として描かれる。

人物の年齢が記されないところに象徴される、現実感の問題である。わが子知章が自分を逃がすために敵に組みついたのを見捨てて逃げ延びた知盛は、体験を通じて初めて自覚させられた自らの命への内在的な執着心に恥じる思いを口にしていたが、同じような告白が、主君以仁王の遺体の運ばれていくのを目にしながら池に隠れたまま何もできなかった乳母子藤原宗信の言葉として、延慶本にも見出せた（巻四）。知盛の言葉は、多くの人々の現実の体験が集約されたもの、個人の思いを超えた広がりをもつ。

当人の心を推量する「おしはかられて哀れなり」という句が、『平家物語』では多用される（覚一本、十六例[2]）。あるいは、当人が他者に、「おしはかり給ふべし」と請う場面もある（同、三例[3]）。つらい立場に立たされた人がどのような思いでいたか、それは本人にしか分からず、他人はただ想像する以外にないという、現実の限界を知らされた中から生まれた慣用句と言えるであろう。これに類した表現は、『オシアン』にも、他の作品にも見出しがたい。

食を断って自ら死んでいく俊寛が、都に残すことになる十二歳の一人娘を思い、「それも生き身なれば、嘆きながらも過ごさむずらむ」と語る箇所がある（巻三）。なま身の肉体を娘が持っているからには、そこに宿っているはずの生命力に支えられ、父の死を乗り越えて生きていってくれるであろうと信頼し、「生き身」に希望を託している言葉であった。それと連動するのが、本人の意思の及ばない、独立し

（2） たとえば、平家討滅をはかった鹿の谷事件で、夫の藤原成親を捕縛された北の方の心を思いやる言葉（巻二）。
（3） たとえば、東大寺、興福寺を焼いた責任を問われて殺される平重衡が、処刑前に会うことを許された北の方に向かって言う言葉（巻十一）。

た存在としての「命」を表現したものと考えられる「命は限りあるものなれば」という、当時の諸書に見られる慣用句である。[後注19] 本人は死にたい、あるいは死ぬだろうと思っても、そんな思いとは無関係に勝手に有り続ける命を、「限りあるもの」、つまりこちらの力の届かないものと認定しているわけである。[1] 基底にあるのは、おそらく苦難の時代を生き延びた人々の「命」なるものに対する体験的実感で、俊寛の一言にもそれが投影されていよう。

『オシアン』には、歴史の不条理性への問いかけがない。『平家物語』の場合は、重衡が犯す意思なくして犯した南都炎上の罪を背負って死ななければならない不当さを、自ら四度も口にし、また、朝敵を討った者は七代まで朝恩を受けていいはずなのに一代だけで滅ぼされようとする理不尽さも、三度、清盛と重衡とに言わせている。[後注20] そこに、正しい者が報われるとは限らぬ歴史の不条理性がものがたられていた。

『オシアン』と『平家物語』との異質性は、歴史的現実に関わる接点の濃淡に起因するであろう。『オシアン』は、非現実的要素が大きい。神が登場して人と戦ったりするが（「カリク・フーラ」）、それより亡霊の登場が際立つ。亡霊が語りかけ（「カルホウンとクール・ヴァル」）、予言をしたり（「フィンガル」第二の歌、第三の歌）、逆に退治されたり（同、第三の歌）、自分らをたたえる頌歌[2]に耳を傾けたり（「タイモーラ」第三の歌）、恨み言を言ったりする（「クーン・ルーフとグーホウナ」）。祖先の霊への

（1） たとえば『平治物語』で、討死した息子ともろともに死にたいと戦う父について、「命は限りあるものなれば、剣の先にもかからず、矢を逃るるをぞ嘆きける」とある。

（2） 88頁注（1）。

言及も多く、比喩にも亡霊が使われており、これらがこの作品独自の性格を形作っている。目に見えるもの以外への志向性を、内包させていると言えようか。それは、よく言われるケルト文化の神秘主義的傾向を示すものなのであろう。

男女の関係が、同じパターンの繰り返しかと思われる形で、頻繁に語られるのも顕著な特徴である。「タイモーラ」では、カーモールを慕う女性スール・ヴァルが男装して戦場に赴くものの、悲しい結末を受け入れざるを得なくなるが、恋人のために男装する女性の話は多い（「クー・ヴァラ」「カリク・フーラ」「グール・ナン・ドゥナ」「カルホウンとクール・ヴァル」）。しかも、ほとんどが悲恋に終わる。戦いの原因が女性をめぐる争いであるケースも多い（「カリク・フーラ」「カルホウン」「オーイ・ナン・モール・ウール」「フィンガル」第一の歌）。語り口の類似性は、伝承を採取したものであるからかも知れない。ともあれ、こうした傾向は、事実からの懸隔（けんかく）を思わせる。話柄（わへい）自体、歴史的に確かめられないものばかりである。

『オシアン』は口頭伝承そのものではなく、マクファーソンの創作した部分が相当にあるらしいことも勘案しなければならなかった。いわば二重に、歴史からは遠のいていると解さねばなるまい。にもかかわらず、ゲーテの心を引きつけたのは、『若きウェルテルの悩み』に引用されている文面から推察すれば、男女の愛も勇者の戦いも、過去というヴェールに包まれ、憂（うれ）いを含んで語られているからであるように思われる。複雑な成立過程を持つ『オシアン』は、無常観にも通ずる時の流れに対する意識を全体に浸透させて戦争の意義をも相対化し、もって、近代ヨーロッパ人に感銘を与える作品たりえたのであろう。そうした全体的性格は、残念ながら近代人マクファーソンが最終的に塗りあげた結果である疑いをぬぐい去れそうにもない。

それに対し十三世紀に誕生した『平家物語』は、戦争を相対化する時間意識をもつ点で『オシアン』と通底しながら、大いに異なるのは、戦乱体験者たちの実感を汲み取ろうとする姿勢の強弱である。本章で取りあげた古代から連綿と続く戦いを主題とする世界の物語群のなかで、『平家物語』は戦争の現実の苦悩・懊悩に深く根を下ろした文学として突出しているのであり、世界文学史において相応の位置を占めるべきものかと考えられるのである。

第四章
古代インド人の時間認識と戦争
――いくさの物語と時間――

長大な戦闘記述を有するインドの叙事詩『マハーバーラタ』は、時間論を基軸に据えた哲学的考察を含み、近代ヨーロッパにも影響を与えた。その核となっている、独立して読まれることの多い「バガヴァッド・ギーター」の章を、作品全体の流れの中に置いて捉え直し、従来の評価に疑問を呈しつつ、『平家物語』の無常観との相違を考える。

【本章で『マハーバーラタ』以外で言及する作品】

『オシアン』（70頁参照）
『ギルガメシュ』（同）
『イリアス』（16頁参照）
『ベーオウルフ』（70頁参照）
『シャー・ナーメ』（同）
『ウズ・ルジアダス』（同）

「諸行無常」を冒頭でうたう『平家物語』は、いくさのもたらした過去の不幸な歴史の転変を、流れてやまぬ時間軸のなかでとらえなおすことを人々にうながし、もって、現実のこの世のあり方を内省させる契機たりうる作品となっている。世界諸国の、前近代のいくさの物語に照らせば、それは他に見出しがたい個性的な性格であった。

前章で取りあげたスコットランドの叙事詩『オシアン』のみは、時の流れを意識するなかで、敵を排除する論理の放棄にいたる物語展開を見せている点、『平家物語』と通底する要素が認められた。が、戦乱の世の現実体験が表現の裏面に透視される『平家物語』と、そうではない『オシアン』との間には、おのずから一線が引かれるのでもあった。

時間意識の問題にかぎって、あらためて古代よりの物語群を見てみよう。まず、紀元前のメソポタミアの『ギルガメシュ』では、不死の神々の世界には到達できぬ(1)死すべき時間的存在としての人間、という基本認識のもと、因果応報的な人の死が語られているとはいえ、時間が作中で特別な位置を占めているわけではない。

次に、ギリシアの『イリアス』の場合、過去の歴史を作中人物が語る場面がしばしばあり、無常観の表白に等しい言葉も見出せる。たとえば、トロイア側のグラウコスなる人物が家の由緒(ゆいしょ)を話す際、「人の世の移り変りは、木の葉のそれと変りがない。風が木の葉を地上に散らすかと思えば、春が来て、蘇(よみがえ)った森に新しい葉が

(1) 主人公が神と同じ永遠の命を求めて旅するが、失敗に終る。

芽生えてくる。そのように人間の世代も、あるものは生じ、あるものは移ろうてゆく。」（第六歌）と言う。しかし、作品の焦点は、あくまでも多大な殺戮の惨劇を生む因となったアキレウスの「怒り」にあるのであり、『平家物語』のように読者に時間を再認識させるような物語展開にはなっていない。

同書には、神アポロンが、「憐れむべき人間ども、彼等は木の葉と同じく一時は田畑の稔りを啖って勢いよく栄えるものの、はかなく滅びてゆく」（第二十一歌）と言う一節もある。もちろん不死なる神の立場から、死すべき人間を憐れんだ言葉である。

こうした事例は、時間が、個々の作品では大きな比重を占めていないながら、人の死や歴史の推移に関わって意識されるものであることを、示唆していよう。

八世紀ころの成立という古英詩の『ベーオウルフ』でも、怪物[1]を退治して勲功をあげたベーオウルフに教訓を垂れるデンマークの国王は、時とともに訪れる不可避的な人の死を語って、「ゆめ傲慢に陥るまいぞ。今や、そなたの力の盛りは／一時のものでしかない。幾許もなくして、／病が、刃が、迫り来る焔が、滔々と寄せる洪水が、／剣の一撃が、飛び来る投槍が、／はたまた気疎き老いが、そなたから力を／奪い去ることであろう。あるいは眼の輝きが翳って／昏くなることであろう。兵よ、久しからずして、／死がそなたを打ち拉ぐであろう。」（第25節）と言う。

また、十世紀から十一世紀にかけて成立したとされるイランの『シャー・ナーメ

（1）嫉妬ゆえに弟を殺して神から追放されたカインの末裔のグレンデルとその母。ベーオウルフは、宮殿を襲って人々を殺したグレンデルの片腕をもぎ取り、復讐に来た母の女怪が住む沼の底の洞窟で戦いを繰り広げ、相手を討ち果す。

（王書）』では、敵の奸計におちいって命を奪われたスィヤーウシュ[2]を憐れむ語り手が、「わたしは左右四方を見回すが／世のすべてが解らない／悪を行ないながら善いことが起こり／（中略）世は定めなく、気まぐれで／時が続くかぎり、このようである／世からなにを得ようとも／それは永遠に続かないと知れ」（スィヤーウシュの巻）と詠う。ここでは、変転定まらぬ不条理な歴史の推移を語るなかで、時間の非情さが意識されている。

『オシアン』の場合は、老境に至り勇退を決意したフィンガル王が、「歳月が自分を取囲み、自分の耳に囁き、槍を手から取上げ、戦功をほめようともしない」とか、「敵を傷つけて嬉しいか、勇士が悲しみ、涙を流すのが嬉しいかと、歳月が言う」（「タイモーラ」第八の歌）とも語る。長大な過去から未来へと続く時間が、人の行為の価値を相対化させ、かつ、その行為が瞬時の存在に過ぎない人に不幸をもたらすことへの懐疑を、この言葉は表明しているに等しかった。そうした、老人が戦功の空しさを説くという点で共通しているのが、ポルトガルの『ウズ・ルジアダス』である。

ヴァスコ・ダ・ガマのインド航路開拓の功績を語る同書は、ガマの出帆に際し、「人品いやしからぬ老人」を登場させ、「体験からのみ得た知恵をもって」、名誉欲に駆られた人間の行動に痛烈な批判を浴びせる。「名声と／称する虚栄のむなしい野望よ！／おお名誉という俗衆の風に／あおられるまやかしの悦びよ！」、「おまえ

（2）イランの王子。トゥラーン（トルキスタン）との戦いに勝利して和平交渉に応じたのち、招かれて敵地に一都市を建設するも、だまされて討たれる。

を至高（しこう）の栄光・名声とよぶ、／無知な民衆がだまされる名前だ！」、「どんな新たな災難へと連れて／いこうとするのか、この国と民とを？／（中略）けっこうな名で？」、「おまえは門前に敵をふやすのだ、／とおい異国に敵を求めなどして、／そのため由緒（ゆいしょ）ある国も民がへり、／おとろえ、遠からず滅びてしまうのだ！／おまえは未知の危険を求めるのだ、／ただただ名声に酔いしれようとて」（第Ⅳ歌）などと。箴言（しんげん）に近い響きをもつこれらの言葉は、現代でも色あせない。老人は、明らかに作者ルイス・デ・カモンイス（1）の分身であった。

この老人は、「体験からのみ得た知恵」に基づき、戦いを否定的に語るのであるが、その「体験」とは、老齢の今に至るまで時間的に積み重ねられてきたものだったわけで、過去からの「歳月」を口にするフィンガル王に通じていよう。

ここに認められるように、いくさの物語は、何がしか時間に連想が及んだ時、戦いに対する否定的感情が誘発される傾向を有する。それに反し、以下で取り上げる、インドで四世紀には成立していた『マハーバーラタ』は、運行する時間を積極的に自覚させて、戦いへの参加を教唆（きょうさ）する作品となっている。[後注1] その特異さを問題としてみたい。

一　『マハーバーラタ』の基本的発想

（1）第三章79頁注（8）参照。

この物語は、バラタ族[2]に属する二つの勢力の抗争を語るもので、長大な全十八巻中五巻を、十八日間にわたる戦いの叙述で埋める。紀元前の実際にあったインド北方の部族間抗争に淵源があるかとされるが、戦闘描写では非現実的な武器や超能力者の活躍が描かれ、空想的世界が展開する。

全体は、聖仙ヴィヤーサから伝えられた話を、弟子のヴァイシャンパーヤナが一族の末裔（まつえい）ジャナメージャヤに語り聞かせるスタイルを取る。対立する勢力の一方は、聖仙ヴィヤーサの盲目の息子ドリタラーシトラの百人の王子、他方はその弟で母を異にするパーンドゥの五人の王子。百人の王子は、鉄の球のような肉塊（にくかい）を百に割ることによって生まれたといい、五人の王子の実父は、それぞれ異なる神々であったとされる。物語の非現実的性格は明瞭である。

盲目の兄に代わり弟のパーンドゥが国王となったものの彼は早世、兄のドリタラーシトラは弟の子供五人をわが子百人とともに養育するが、能力的に劣る実子たちの反発を買う。その中心となったのが長男のドゥルヨーダナで、彼らは五人のいとこをさまざまな陰謀で圧迫、領地をも奪い、最後は両勢力の武力による対決となる。百王子側はカウラヴァと称し、五王子側はパーンダヴァと称する。[3]

カウラヴァ軍の最強の勇士はビーシュマという。彼は、ドリタラーシトラ、パーンドゥ兄弟の伯父に当たり、母はガンガー川（ガンジス川）の女神、一生不犯（ふぼん）を貫いて女性と交わらず、尋常（じんじょう）ならざる力を秘めている。対するパーンダヴァ軍を領（りょう）

（2）紀元前十五〜十世紀ごろの、古代インドの有力なアーリヤ人部族。

（3）111頁の関係図参照。

導するのは、ヴィシュヌ神[1]の化身のクリシュナ。同族どうしで戦うことをためらう五王子の三男アルジュナを説得して戦いに邁進させる。その哲学的な教示部分が、第六巻に含まれる「バガヴァッド・ギーター（神の歌）」で、ヒンドゥー教の聖典として独立して享受され、西欧でも高い評価を受けてきたのであった。[後注2]

本稿は、戦うことを教唆するその論理を主に問題とするが、まず、そこに至る前段階の『マハーバーラタ』の叙述に目を向けておこう。

本格的なストーリーの開始は、第一巻のほぼ半ばに当たる第五十三章よりで、それ以前は、ある吟誦詩人が『マハーバーラタ』の概容や全体の聞き手になるジャナメージャヤのこと、さらには太陽や月などの生成を語る乳海攪拌の物語[2]や、ガルダ[3]（金翅鳥）誕生の物語等々を語るものとなっている。長大な作品であるのは、そうしたさまざまな伝承や日常生活上の教訓話をも包含しているからなのであるが、その第一巻第一章からすでに、「バガヴァッド・ギーター」に通ずる文言を見出すことができる。

吟誦詩人は宇宙の始まりを語って、太古の暗黒時代に「生類の不滅の種子である」巨大な卵が生まれ、それからあらゆるものが創造されまた帰滅するのだとし、「無始にして不滅のこの輪が、この世界において回転している」と説く。チャクラの回転は、「バガヴァッド・ギーター」における重要なキーワードの一つである。

物語の概容を前もって語るなかでは、早くも時間論が展開される。すなわち、息

（1）ヒンドゥー教の絶対神、三神の一つ。

（2）神々が不死の薬たる甘露を得るべく、ヴィシュヌ神の指示に従って、マンダラ山を棒にして海を攪拌、あらゆる生物は死滅し、植物からエキスの乳液が生じて神は不死となり、海は乳海となって、太陽や月が生まれたとする。

（3）伝説上の巨大な鳥で、竜を常食とし、ヴィシュヌ神を乗せる。

子たち百王子の敗北を知ったドリタラーシトラが、盲目の自分に戦闘の一部始終を語って聞かせてくれたサンジャヤ[4]に死にたいと訴えた時、賢者たるサンジャヤは、過去に美質をそなえた人々すら死去したからには、悪事を行なった息子たちのことを悲しむ必要はないとして、次のように述べて、さとしたとする。

この一切は時間（カーラ）（運命）に基づく。生ずるにせよ滅するにせよ、幸福にせよ不幸にせよ。時間は生類（しょうるい）を熟させる（異本「創造する」）。時間は生類を帰滅（きめつ）させる。時間は、生類を燃やす時間を、再び鎮（しず）める。時間はこの世における善悪のすべての状態を創り出す。時間は一切の生類を帰滅させ、また再び創り出す。時間はすべての生類の中を、妨（さまた）げられることなく、平等に歩きまわる。過去・未来・現在の事象は、時間により創られたものと理解し、正気（しょうき）を失ってはなりませぬ。

ここで時間は、「生」と「滅」をはじめ、あらゆる事象を統括するものとしてとらえられているが、それは「バガヴァッド・ギーター」において、先のチャクラの回転と統合され、アルジュナを説得するクリシュナの論理に最終的に凝縮されることになる。

戦闘が始まる直前の第五巻では、戦いか和平か、両勢力の最後の折衝（せっしょう）が語られる。

（4）ドリタラーシトラに仕える歌をうたう吟誦者。

カウラヴァ側からはサンジャヤが派遣され、それを受けてパーンダヴァ側からはクリシュナが出向く。そのクリシュナに、五王子の長兄で高徳にしてダルマ王と呼ばれるユディシティラが、第七十章の中で、自らの苦悩を打ち明ける言葉も看過できない。

彼は、「最善の選択は、我々と彼らが講和を結び、協力して、繁栄を享受すること」で、どんな「卑しい者たちでも、殺されるべきではな」く、まして「彼らは大部分我々の親族であり、友であり、師たち」であるから、「彼らを殺すことは最悪のこと」と言いながら、一方では、「しかしこの悪は王族（クシャトリヤ）の法」に基づくもので、王族たる「我々の本務（スヴァダルマ）である」と語る。

ここには、インド社会の階級であるヴァルナ（四種姓（ししゅせい））が強く意識されている。いわゆるバラモン（祭官・僧侶）、クシャトリヤ（王族および武士階級）、ヴァイシャ（平民）、シュードラ（奴隷民）である。ユディシティラは右の言葉に続け、「シュードラは仕える。ヴァイシャは商業で生活する。バラモンは鉢を選ぶ。王族は王族を殺す」と言い、戦争での殺害行為は「我々の本務（スヴァダルマ）」と自覚していることをあらためて示す。ヴァルナの堅持（けんじ）は絶対的なものと考えられており、これに先立つ言動中には、「種姓（しゅせい）の混合は地獄をもたらす。それは悪行の極地である」ともある。

もちろん戦争は肯定されるべきものではない。彼は、「あらゆる場合、戦争は悪である」とし、戦いは必ず「報復」を伴い、「殺された者には勝利も敗北も同じ」

で、「敵たちを殺せば、常に後悔する」し、「勝利は敵意を生じさせる」とも言う。にもかかわらず、戦争を主題とするこの物語は、人々を戦いへ駆り立てる筋道を立てなければならなかったわけで、その最大の原因を、こののち講和を拒否する百王子の長のドゥルヨーダナの邪悪（じゃあく）さに求めるとともに、何より、戦争をクシャトリヤの「本務」に従って起こされる不可避的なものとして語ろうとする。

叙事詩の多くは、語り手自らの属する集団の正当性を主張するものとなっていた。ローマ帝国建設への道程を語る『アエネーイス』や、キリスト教徒による異教徒制圧を語る『ロランの歌』などが典型的であろう。それらと異なりこの作品の場合は、敵との間に明瞭な一線を画することのできない同族内の戦いであり、そこにユディシティラやアルジュナの苦悩があった。クシャトリヤの「本務」を自覚することが、その苦悩を克服（こくふく）する拠（よ）り所とされているのであるが、さらに戦争すら祭祀（さいし）であるとする観念が戦いを是認（ぜにん）させることになる。

それを第百三十九章で具体的に語るのがカルナ。(1) 彼は五王子の異父兄でありながら、ドゥルヨーダナへの恩義ゆえにカウラヴァ側に属し、交渉決裂後に自陣に帰るクリシュナを送るべく同車する。その車中、自分たちの敗北を予言しつつ、戦争は祭祀であると言い、祭祀で祭官を務めることになるのが、あなたやアルジュナやユディシティラであり、アルジュナの使う武器は呪句（マントラ）、(2) 旗を掲げた戦車の柱は祭柱、血は供物（くもつ）になり、祭主はドゥルヨーダナで、最後は不幸に見舞われたドリタラーシ

(1) 関係図

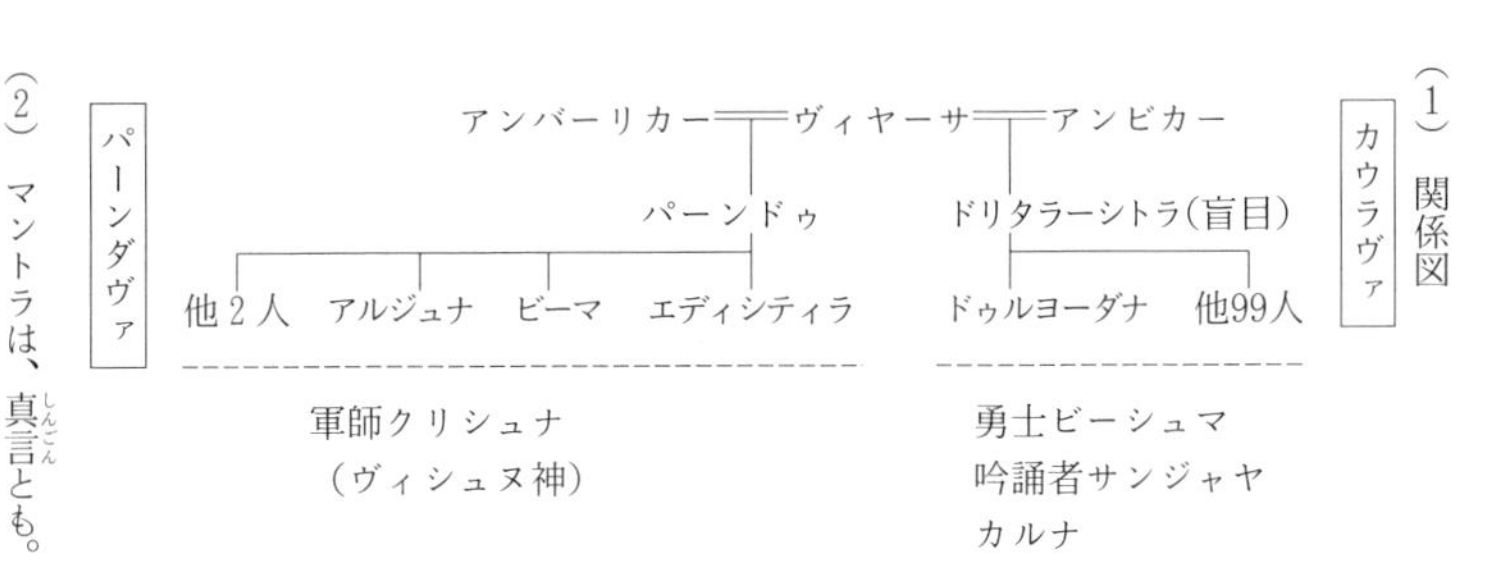

(2) マントラは、真言（しんごん）とも。

トラ一族の妻たちの涙で終わると言う。そして、王族たちの死が「無駄」とならないために、「王族がすべて天界に到達できるように」決めてほしいとクリシュナに頼む。彼がヴィシュヌ神の化身であると知った上での要請であった。

クリシャナは答えて、パーンダヴァ側の勝利はまちがいなく、敗れるドゥルヨーダナ支配下の王族は、死後、「最高の帰趨（天界）に達するであろう」と請け合う（第百四十章）。それと対応して『マハーバーラタ』結末部の第十八巻では、ドゥルヨーダナの天界再生を伝え、「戦場の火に己れの肉体を献酒として捧げ、英雄たちのために用意された地へ到達した」、あるいは「クシャトリヤの本分を全うし、ここへ来た」とも語られる。[後注3] 敵味方も善悪も関係なく、ヴァルナの本性に従って、祭祀に献身的に奉仕した者のみが最終的な楽地を与えられると、考えられているのであった。

以下に考察する「バガヴァッド・ギーター」も、これらの発想を基本にしていると推測されるのである。

二　「バガヴァッド・ギーター」の論理

「バガヴァッド・ギーター」を含む第六巻に入っても、上述の発想は継承されている。わが子たちの滅亡を予告されたドリタラーシトラは、「もし戦争において、王族（クシャトリヤ）たちが王族の法（クシャトラダルマ）により殺されたとしても、彼らは英雄の世界に達して、無上の幸福を得るであろう」と言い（第三章）、開戦を前に全軍に檄（げき）を飛ばすビーシュマも、「王族（クシャトリヤ）たちよ。今や天界への大きな門が諸君に開かれた。それにより、インドラ[1]や梵天[2]の住む世界へ行け。（中略）精神を集中して戦いに専念せよ。（中略）王族にとって、家で病死することは法にもとる。戦場で死に赴くことが彼にとって永遠の法である」と言う（第十七章）。

また、「一切の生類（しょうるい）の主」で、「（世界を）回収」し、「開展[3]」する存在であるヴィシュヌ神のことを、サンジャヤから聞いたドリタラーシトラは、「疑いもなくカーラ（時間、破壊神）が世界を回収する（滅ぼす）。そしてまた創造する。この世はすべて無常である」と言うが（第九章）、「カーラ」が「時間」のみではなく、「破壊神」すなわちヴィシュヌ神をも暗示していることが、こののち重要となってくる。

さて「バガヴァッド・ギーター」では、眼前に敵として展開する親族の姿を見たアルジュナが、戦意を喪失し、シヴァ神[4]から与えられたガンディーヴァ弓すら手から取り落とす。悲しみに沈むその彼に、「ギーター」第二章[5]で、クリシュナが「聖バガヴァット」として語りかける（バガヴァットは神の意）。――「あなたは嘆くべきでない人々について嘆く。しかも分別（ふんべつ）くさく語る。賢者は死者についても生者についても嘆かぬものだ」と。

まず説くところは、人の存在に関する不変なる要素と変転する要素である。不変

(1) 雷霆（らいてい）の神。軍神。仏教では帝釈天（たいしゃくてん）。
(2) ヒンドゥー教の絶対神、三神の一つ。宇宙の最高原理ブラフマン（梵）の神格化で、ブラフマー。
(3) 進歩発達させる意。
(4) ヒンドゥー教の絶対神、三神の一つ。
(5) 「ギーター」は、全十八章で構成される。

なるものは「主体（個我）」と表現され、「霊魂のようなもの」とされる。[後注4]それの宿るのが身体で、「主体（デーヒン）（個我）」はこの身体において、少年期、青年期、老年期を経る。そしてまた、他の身体を得る。賢者はここにおいて迷うことはない」として、生も死も変転する身体上の現象に過ぎないことへの理解をうながす。他者との関係は身体を介してなされる相対的なもので、「物質との接触は、寒暑、苦楽をもたらし、来たりては去り、無常である。それに耐えよ、アルジュナ」とさとす。

　さらに、「非有（ひう）(1)（身体）」と「実有（じつう）（個我）」、「この両者の分かれ目を見る」のが「真理を見る人々」だとしたうえ、「この世界を遍く（あまねく）満たすものは不滅であると知れ。この不滅のものを滅ぼすことは誰にもできない」のであり、「常住（じょうじゅう）(2)で滅びることなく、計りがたい主体（個我）に属する身体は、有限」、「それ故、戦え。アルジュナ」と教唆（きょうさ）する。要するに、不滅・常住なる主体と、有限・無常なる身体とを弁別（べんべつ）して、論を推し進めるのである。

　当然、前者の方に力点は置かれ、「彼は殺さず、殺されもしない」とか、「不生（ふしょう）、常住、永遠であり、太古より存する。身体が殺されても、彼は殺されることがない」、「主体は古い身体を捨て、他の新しい身体に行く」、「武器も彼を断つことなく、火も彼を焼かない」等々と説き、「彼をこのように知って、あなたは嘆くべきではない」といさめる。論理の行き着くところは、有限なる身体を殺害したところで不滅なる主体は存続し続けるのであるから、罪を犯したことにはならないとするものと

(1)　非存在と同意。

(2)　不変にして永遠に存在すること。

予測されよう。

◯

次いでクリシュナは、社会的立場に伴う義務を持ち出す。「あなたは自己の義務（ダルマ）を考慮しても、戦慄（おのの）くべきではない。というのは、クシャトリヤ（王族、士族）にとって、義務に基づく戦いに勝るものは他にないから」というのである。そして、カウラヴァ軍に行なったビーシュマの演説同様、勇敢に戦って死ねば天界に行けるとして、「たまたま訪れた、開かれた天界の門である戦い。アルジュナよ、幸福なクシャトリヤのみがそのような戦いを得る」、すなわち、戦争自体が、死後の幸運を手にできる選ばれた者のみに与えられたものだと説く。忌避（きひ）できないのはクシャトリヤとしての義務で、「この義務に基づく戦いを行なわなければ、自己の義務と名誉とを捨て、罪悪を得るであろう」し、「不名誉は死よりも劣る」ことになるとも語る。

　意気消沈している相手を奮い立たせようとする言葉は、「あなたは殺されれば天界を得、勝利すれば地上を享受するであろう。それ故、アルジュナ、立ち上がれ。戦う決意をして」、「苦楽、得失、勝敗を平等（同一）のものと見て、戦いに専心せよ。そうすれば罪悪を得ることはない」と続いていく。先に物語は、ユディシティラに「あらゆる場合、戦争は悪である」と言わせていたが、ここでのクリシュナは、戦う義務を遂行しないことこそが「罪悪」であると繰り返す。その一方で前述したように、戦いで敵の身体を殺しても主体は不滅であるから、殺害の罪に悩む必要はないと説いていた。こうして、戦いに人を駆り立てる論理が、新たに構築されているのである。

ここで重要となってくるのが「戦いに専心」することで、そのためには、戦いに伴って生ずる「苦楽、得失、勝敗」の諸現象を「平等（同一）のものと見て」、それにこだわってはならぬという。なかでも「勝敗」は戦いに付随する必然的結果であるが、その結果を求めて行為することを否定する論に、次はつながっていく。

あなたの職務は行為そのものにある。決してその結果にはない。行為の結果を動機としてはいけない。また無為（むい）に執着してはならぬ。

アルジュナよ、執着を捨て、成功と不成功を平等（同一）のものと見て、ヨーガ[1]に立脚して諸々の行為をせよ。ヨーガは平等の境地であると言われる。

クシャトリヤの職務は、戦いであった。戦いの「行為そのもの」に「専心」するためには、結果を考えてはいけないというのである。「結果を動機」とすれば、行為に迷いが生じ、行動できずに「無為」におちいりかねない。結果に対する「執着を捨て」、結果の「成功と不成功を平等（同一）のものと見て」、ということは「平等の境地」である「ヨーガ」の精神状態のもと、「諸々の行為をせよ」という。「平

（1）精神を統一し、あらゆる束縛からの解脱（げだつ）をはかる宗教的実践。

等の境地」とは、一切の良し悪しの価値判断から離れた心境と言ってよかろう。

クリシュナは続けて、「結果を動機とする者は哀れである」とも言い、「知性をそなえた賢者らは、行為から生ずる結果を捨て、生の束縛から解脱し、患いのない境地に達する」とも言う。それがすなわちヨーガの境地であり、それに立脚してクシャトリヤの職務である戦う行為に専心しなければならないというわけである。

ここにあるのは、あらゆる行為に対する価値判断の停止を求める論理であろう。戦争における果たすべき職務に、ただひたすら忠実であれと命じているに等しい。戦争における「無為」とは、戦いの放棄を意味するが、その選択は「結果を動機」とするところから生じてくる迷いとして、最初から排除されているし、そもそもクシャトリヤにとっては義務の不履行となり、「罪悪」に相当するとされていた。今、戦意を喪失しているアルジュナの場合、苦悩の原因は単なる「勝敗」という「結果」への「執着」ではなく、その先に見える、親族を殺すことになりかねない「結果」への恐れであった。クリシュナの説得はここで終わるわけにはいかず、次の段階へ進むことになる。

三　祭祀の車輪

第三章に入ると、アルジュナはクリシュナに向かい、あらためて「何故あなたは、私を恐ろしい行為にかりたてるのか」と問い、「私が至福（しふく）を得られるような」「ただ一つのことを言ってくれ」と請う。

「聖バガヴァット」（クリシュナ）は、まずこの世には、知識のヨーガによる理論家の立場と、行為のヨーガによる実践者の立場とがあり、後者が優れているとして、「人は行為を企（くわだ）てずして、行為の超越に達することはない。また単なる〔行為〕の放擲（ほうてき）（サンニャーサ）のみによって、成就（シッディ）に達することはない」と言う。「成就（シッディ）」は、悟（さと）りの境地を言っているのであろう。

それに続けて、「実に、一瞬の間でも行為をしないでいる人は誰もいない」、なぜなら、「すべての人は」、本人の持つ根本的な原質（プラクリティ）から生ずる要素（グナ）により「否応（いやおう）なく行為をさせられるから」であり、だから、「あなたは定められた行為をなせ。行為は無為よりも優れているから。あなたが何も行なわないなら、身体の維持すら成就しないであろう」と説くところになる。

この論理展開には、明らかな飛躍がある。人は「一瞬の間でも行為しない」ことはなく「否応なく」させられているという、人間行動の根源的レベルの問題で言うならば、何もしないことを選ぶ行為、すなわち「無為」自体も「行為」の一つとして同列に扱われてよさそうであるのに、換言すれば、この場合、戦うという行為と、戦わないという「無為」の行為とが等しく論じられてよいはずなのに、最初から「行為は無為よりも優れている」と差がつけられている。そして「身体の維持」という名目すら持ち出し、強引に「定められた行為をなせ」という最終的教訓が導かれている。

そもそも日常生活における「無為」と、戦争状況下における「無為」とは同質ではない。もちろん「行為」の質も違う。アルジュナの悩みは、「恐ろしい行為」になることへの不安であった。しかしクリシュナは、その質の問題には触れぬまま、神によって創られたこの世界のあり方へと説き進み、行動を起こせと迫る。

> 祭祀(さいし)のための行為を除いて、この世の人々は行為に束縛されている。アルジュナよ、執着(しゅうちゃく)を離れて、その(祭祀の)ための行為をなせ。
> 造物主(ブラジャーパティ)はかつて祭祀とともに生類(ブラジャー)を創造して告げた。——これ(祭祀)によって繁殖せよ。これが汝らの願望をかなえんことを。[1]

ここで人々が「行為に束縛されている」とあるのは、いわゆる煩悩(ぼんのう)のことであろう。それゆえ、「執着(しゅうちゃく)を離れ」よという次の一文につながっており、アルジュナの「恐ろしい」という感情も「執着」とされる。そして先の「定められた行為」とは、「執着を離れて」行なうべき「祭祀のための行為」だったと、ここに明らかとなってくる。

生類を創造した「造物主(ブラジャーパティ)」とは、宇宙の最高神たるブラフマン[2]と考えられ、それ

(1) このあと、「これにより神々を繁栄させよ。その神々も汝らを繁栄せしめんことを。互いに繁栄させつつ、汝らは最高の幸せを得るであろう」と続く。

(2) ブラフマー(梵天)と同義に使われている。113頁の注(2)参照。

は「聖バガヴァット」自身、ひいてはヴィシュヌ神であることが、やがて開示される。彼は人々からの祭祀を受けて「創造」し、かつその見返りとして人々に「繁殖」を与えるという。ブラフマンは、「行為の本源である絶対者」とされ、[後注5] 祭祀との関係が次のようにも示される。


行為はブラフマンから生ずると知れ。ブラフマンは不滅の存在から生ずる。

それ故、遍在（へんざい）するブラフマンは、常に祭祀において確立する。

このように回転する〔祭祀の〕車輪（チャクラ）を、この世で回転させ続けぬ人、感官[1]に楽しむ罪ある人は、アルジュナよ、空しく生きる人だ。


後半の文面にある世界のチャクラ（車輪）については、前述したように第一巻第一章で「無始にして不滅」なるものと語られていた（108頁）。そのチャクラを「回転させ続けぬ人」が「罪ある人」で、「空しく生きる人だ」ということは、回転させ続ける「行為」が求められているわけである。「罪」は、回転への参加不参加で決せられ、回転の派生させる事象の良し悪しが俎上（そじょう）に載ることはない。

右の文の直後には、「空しく生きる人」と反対の、充実した生のあり方が、「他方、自己（アートマン）において喜び、自己において充足し、自己において満ち足りた人、彼はもはやなすべきものがない」と記される。チャクラを自ら進んで回転させ続けている人

（1） 感覚器官とその知覚作用。

のことで、その行為は、ブラフマンを「確立」させるための「祭祀」のチャクラへの献身的奉仕を意味している。献身的奉仕であるがゆえに、彼にとって「成功と不成功は何の関係もな」く、すべてに「何らかの期待を抱くこともない」とされ、最後は、「執着することなく、常に、なすべき行為を遂行せよ。実に、執着なしに行為を行なえば、人は最高の存在に達する」という教訓に至る。宇宙の祭祀のチャクラは絶対的なもの、それに寄与する行為に没入して満足すれば、自らも救われるというのであろう。当該行為に評価を介入させることは執着につながり、毛頭、許されない。

執着からの離脱は、次に「我執」からのそれの問題に移る。この段階で、「一瞬の間でも行為しないでいる人」がいないのは、根本原質（プラクリティ）から生ずる要素（グナ）により「行為をさせられ」ているからだという先の認識に、あらためて照明が当てられる。

> 諸行為はすべて、プラクリティ（根本原質）の要素によりなされる。我執（自我意識）に惑わされた者は、「私が行為者である」と考える。
> しかし勇士よ、要素と行為が〔自己〕と無関係であるという真理を知る者は、諸要素が諸要素に対して働くと考えて、執着しない。

理想とされているのは、すべての行為が自分と離れたところで決定されていると覚知し、かつ、その行為が祭祀のチャクラへの献身的奉仕となっていることであった。それゆえ、「聖バガヴァット」であるブラフマン自ら前面に出て、「私」への奉仕を次のようにうながす。

> すべての行為を私のうちに放擲し、自己に関することを考察して、願望なく、「私のもの」という思いなく、苦熱を離れて戦え。

アートマンと言われる自己と、宇宙神であるブラフマンとが一体となる境地は、バラモン教[1]で「梵我一如」と称される解脱の境地。そうした境地から行為をなせというのであるが、呼びかける相手は「勇士」のアルジュナ、行為の指示は「戦え」であった。上述したごとく、戦わないという行為も容認されてしかるべきであるのに、ここでもそれはすでに念頭にない。論理はことごとく、戦いの教唆に結びつけられているのである。

それに関連して、「無為」がどのように考えられているかに、言及しておかなければならない。第四章中、「行為」と「無為」とが正面から論じられている箇所では、「行為の中に無為を見、無為の中に行為を見る人」は「知者」であり、「専心して行為をなす者」だとある。また、「行為の結果への執着を捨て、常に充足し、他

（1）ヒンドゥー教の前身で、梵天（ブラフマー）を中心とする民族宗教。

に頼らぬ人は、たとい行為に従事していても、何も行為をしていない」とし、そうした人は、「身体的行為をなしつつ、罪に至ることはない」と言い切る。つまり、殺人をしても罪にはならないと言う。そして、その行為は、「祭祀のために」するものと規定されてもいる。

「無為」は、身体的行為をしないという一般的な意味ではなく、行為をしつつ当該行為への自覚がないまでに「専心」している心理的状態を言っているのであろう。先に「定められた行為をなせ。行為は無為よりも優れているから」という一節があったが、それは前者の意味と解された。ここでは、より高次な意味が付与されているのであり、それと弁別するために前者を言い換えたらしい「非行（ヴィカルマン）」の語が、一連の文脈中には見出せる。いずれにしろ、非行為としての「無為」は否定されるのである。

このようにして、戦うことは罪ではないかとするアルジュナの危惧（きぐ）を排斥する論が、二重三重に積み重ねられ、専心して戦えという教唆が繰り返される。

四　ブラフマンの本体としての時間

クリシュナは「聖バガヴァット」であり、ブラフマンであり、ヴィシュヌ神であった。その最高神たる自らの姿を顕示（けんじ）する場面がある。第七章では、宇宙の森羅万（しんらばん）

象を統べる存在として、「私は全世界の本源であり終末である」、「この全世界は私につながれている」、「私は万物の永遠の種子である」などと語る。そして、自らに帰依することを求めて、「常に〔私に〕専心し、ひたむきな信愛を抱く、知識ある人が優れている」のであり、そうした人は「専心し、至高の帰趨である私に依拠しているから」、「まさに私と一心同体である」と言う。

　圧巻は、第十一章である。アルジュナの前で、ヴィシュヌ神が「最高の主の姿」を見せる。「多くの口と眼を持ち」、「神々しい装飾をつけ」、「神の武器を振り上げ」、「あらゆる方角に顔を向けた無限なる神」の姿である。アルジュナは、「神の身体において、全世界が一堂に会し、また多様に分かれているのを見[1]」、恐怖に駆られつつ、「多くの牙で恐ろしい、あなたの巨大な姿を見て、勇者よ、諸世界は戦慄く。そして、私も……」と言う。かつ、「牙が出て恐ろしいあなたの口、終末の火にも似たその口を見るや、私は方角もわからず、逃げ場を失う。どうか、御慈悲を。神々の主よ。世界の住処よ」と神に温情を請う。

　やがて彼の目に映ったのは、敵はもちろん味方までも「急いで」神の「口に入る」光景であった。「ある者たちが歯の間にくわえられ、頭を砕かれているのが見え」、「河川の多くの激流が、まさに海に向かって流れるように、これら人間界の勇士たちは、燃え盛るあなたの口に入る」とも、「あなたは全世界を遍く呑み込みつつ、燃え上がる口で舐め尽くす」とも、その光景が描写される。最後に彼は神に問いか

（1）このあと、彼が神に語りかける言葉の中には、「あなたの終わりも中間も始めも認めることができない。全世界の主よ。あらゆる姿を持つ者よ」という一節もある。

ける、「恐ろしい姿をしたあなたは誰なのか」、「最高の神よ。お願いです。本初なるあなたを知りたいと思います」と。それに対し、「聖バガヴァット」が答える。

私は世界を滅亡させる強大なカーラ（時間、破壊神）である。諸世界を回収する（帰滅させる）ために、ここに活動を開始した。たといあなたがいないでも、敵軍にいるすべての戦士たちは生存しないであろう。
それ故、立ち上がれ。名声を得よ。敵を征服して、繁栄する王国を享受せよ。彼らはまさに私によって、前もって殺されているのだ。あなたは単なる機会（道具）となれ。アルジュナ。

こう言ってさらに、「あなたは彼らを殺せ。戦慄いてはいけない。戦え」と呼びかける。ここにおいて、宇宙の根源で作動しているものとしての「時間」が明示されることになるのであり、それが「聖バガヴァット」、ひいてはヴィシュヌ神、ブラフマンの本体であった。一連の叙述は、実に劇的に構成されている。
アルジュナに対する神の言葉は冷酷であった。あなたがいようといまいと関係なく、敵のカウラヴァ一族は、すでに自分によって殺されているも同然、だから「単なる機会（道具）」となって、「彼らを殺せ」と命ずる。が、ここには矛盾とも言える一節が指摘できる。「名声を得」て、「王国を享受せよ」とあるのは、考えてはならぬと説いてきた「結果」を考えていることになろう。神の言葉は、アルジュナを戦いに奮い立たせることに目的があり、論理の整合性は二の次になっているように見えるのである。

最終章の第十八章では、またしても「結果」を考えるなと説く。「なすべきであると考えて、定められた行為を、執着と結果とを捨てて行なう」ことが求められ、「望ましくない行為を厭わず、望ましい行為にも執着しない」、すなわち「行為の結果を捨てた人」こそ理想とされる。そうした人は、「世界の人々を殺しても、殺したことにならず、〔その結果に〕束縛されることもない」という。殺害行為は殺害の意味するところが雲散霧消し、それによって生じた悲惨な結果に悩まされることもないというのであろう。

しかし、現実の戦いでは、そうはいくまい。人を殺す行為とその結果に懊悩したのが『平家物語』の熊谷直実であったし、『オシアン』のフィンガル王も「敵を傷つけて嬉しいか、勇士が悲しみ、涙を流すのが嬉しいかと、歳月が言う」と、心中を吐露していた（95頁参照）。両作品は結果への注視から物語を紡ぎだしているのであり、『マハーバーラタ』の場合は、結果を意識的に拒絶させて登場人物たちを戦いに駆り立て、以って架空の物語を作出したと言えようか。現実からの遊離があることは否めない。

○

同じ第十八章では、念を押すかのように、ヴァルナ（四種姓）の本性に従って行動せよとも説く。「バラモン、クシャトリヤ、ヴァイシャ、及びシュードラの行為は、〔それぞれの〕本性より生ずる要素に応じて配分されている」とし、クシャトリヤの場合は、「勇猛、威光、堅固（沈着）、敏腕、戦闘において退かぬこと、布施、君主の資質」が「本性より生ずる」行為だという。(1) 王族たる者の「本務」や「義務」への言及箇所はすでに紹介したが、第四章で、「聖ヴァガバット」自らが「私は要素と行為を配分して、四種姓を創造した」と語り、「その作者」とも名乗っていることは見逃せない。宇宙神たる最高神が、人間社会の階級を創造したと語っているのである。

階級の差別は、神によって定められた犯すべからざる絶対的なものとして位置づけられており、国を統治する為政者にとっては都合のいい論理が展開されていると言えよう。その論理のもと、「各自の行為にいそしむ人は成就を得る」、つまり悩みのない悟りの境地を獲得できると説き、「本性により定められた行為をすれば、人は罪に至ることはない」、つまりクシャトリヤの殺人行為も罪に当たらないと、神はこの最終章で確約する。

「各自の行為にいそしむ」とは、「専心」することであった。それは「ブラフマンに達する」ことにつながる。具体的には、「堅固さにより自己を制御し」、「人里離れた場所に住み、節食し……」、「我執、暴力、尊大さ、欲望、怒り、所有を捨て、

(1)　バラモンの場合のそれは、「寂滅、自制、苦行、清浄、忍耐、廉直、理論知と実践知、信仰」、ヴァイシャの場合は、「農業と牧畜と商業」、シュードラの場合は、「〔他の種姓に〕仕えること」だという。

「私のもの」という思いなく、寂静（じゃくじょう）に達した」時、「ブラフマンと一体化」できるとする。前述した「梵我一如（ぼんがいちにょ）」の境地である。神は、「私に帰依（きえ）する人は、常に一切の行為をなしつつも、私の恩寵（おんちょう）により、永遠で不変の境地に達する」と言い、「私に専念して」「常に私に心を向ける者であれ」と教え導く。一神教と等しい信仰心が求められているのである。[(1)]

さらに神はアルジュナに対し、「あなたが我執により、「私は戦わない」と考えても、あなたのその決意は空しい。〔武人の〕本性があなたをかりたてるであろう」と語り、「一切の義務（ダルマ）を放棄して、ただ私のみに庇護（ひご）を求めよ。私はあなたを、すべての罪悪から解放するであろう。嘆くことはない」とさとす。ここで言う義務の放棄とは、「一切の行為の結果を捨てる」意味で、未来の行為から生ずる結果もすべて神にゆだねて、庇護を求めよと説いているのだとされる。[後注6] かくしてアルジュナは、「迷いはなくなった。不滅の方よ。あなたの恩寵（おんちょう）により、私は自分を取りもどした」として、再び戦闘に立ち向かう。

しかしここでも、論旨の矛盾が行間に隠見（いんけん）する。そもそも戦いを勧める行文中で、「人里離れた場所」に住むことを推奨（すいしょう）し、「暴力」や「怒り」を「捨て」るよう説諭（せつゆ）するのは、明らかに主旨に反していよう。また、次の巻七に進み、説諭されたはずのアルジュナは、わが息子を殺されたために「怒りにかられて、苦熱でふるえ」、子の仇（かたき）を殺すことを何度も宣言する。「我執」を離れ、「結果」を考えずに、戦いに

（1）「私に意（こころ）を向け、私を信愛せよ。私を供養し、私を礼拝せよ」ともある。

「専心」する姿が描かれているのでは決してない。要は、この場面でアルジュナに「迷いはなくなった」と言わせて戦いに立ち戻らせることであり、その後の彼の苦悩も、説諭中の矛盾も意に介されてはいない。

初めに述べたように、『マハーバーラタ』の基本的発想の一つに、ヴァルナの堅持(けんじ)があった。「バガヴァッド・ギーター」の論理も、その枠の中に収められている。結局、四種姓それぞれの本性に従って、なすべき義務を果たせと説いているわけである。「望ましくない行為を厭(いと)わず」事に従事せよというその事柄のなかで、もっとも厭わしいものは殺したくない相手を殺すこと。それすらもなせということは、日常の些細(ささい)な事柄で義務を回避することは許されないと説いているに等しかろう。むしろその説示(せつじ)こそ、この書の眼目ではなかったのか。

「結果」への執着を捨てよという教えの根幹にあるのが、最高神ブラフマンに抽象化された宇宙を支配する時間、カーラであった。善悪の差なくあらゆる存在を呑(の)み込み、破壊と創造を繰り返す――、その回転が祭祀の対象たる車輪(チャクラ)で、それへの奉仕と自覚することこそが、殺人の罪悪感からも解放されることになるというのであった。その論の終着点は、すべてを神にゆだね、疑いをさしはさまず、ひたすら行動に忠実であれという教訓になろう。そう説くのが、「バガヴァッド・ギーター」の最終目的であるように見える。任務への盲目的服従を強要することに限りなく近い。

五　天界からの視座

物語は、「バガヴァッド・ギーター」の部分が終った後、アルジュナがシヴァ神より与えられたガーンディヴァ弓を再び取り上げるのを見た戦士たちが大歓声を上げ、神々や祖霊たちも「見たいと願って集ま」り、聖仙たちまでも「大殺戮を見るために集まった」と語り継ぐ（第六巻第四十一章）。神々が人間の戦闘を観戦して喜ぶ場面は『イリアス』に頻出するが、この作品でもアルジュナの息子の活躍に「神々ですら満足した」、あるいはアルジュナ本人の奮戦に「神々や魔類は喜んだ」と語られる（同第四十五、九十八章）。いくさの物語は、戦いの面白さで享受者を魅了させようとするもの、以後、神々まで楽しんだ超現実的な武器(1)による超現実的な戦闘場面が、五巻にわたって繰り広げられることになる。

いくさの物語というこの作品の全体的結構を考えるならば、「バガヴァッド・ギーター」に哲学的寓意を過度に読み取ることは、危険と言わなければなるまい。「戦え」の言葉が繰り返され、最終的にアルジュナがそれに従うのは、ストーリーの進展に不可欠な過程だったからに過ぎず、人を殺す戦いを、物語の上でいわば公認するために必要だったと言えよう。論理に整合性の欠ける点があったところで、たいした問題ではなかったに違いない。

（1）たとえば、相手を失神させる武器プラモーハナ・アストラと、逆に覚醒させる武器プラジュニャー・アストラ（第六巻・第七十三章）。また、空中を飛んでシヴァ神のもとへ行き、神弓と矢を手に入れる話（第七巻・第五十七章）もある。

登場した人々は天界に再生する。全力を尽くして戦うという、クシャトリヤの本務を全うしたからであった。クリシュナとアルジュナは、実はその天界から悪魔たる阿修羅(あしゅら)(2)を殺すために派遣されて地上に生まれたのであり、本の身(もと)は、ナーラーヤナ(ヴィシュヌ)といにしえの神ナラであったとされる(同第六十一章)。退治されるべき阿修羅は、カウラヴァたちであった。それは処々(しょしょ)に語られており(第五巻第四十八章、第七巻第十章)、物語の基本的構図と言ってよく、天界からの視座が全体を統括しているのであった。後注7

勝利を収めたバーンダヴァの兄弟は、世界が時間に支配されていることを再認識してこの世を捨てる(第十七巻)。クリシュナを生んだヴリシュニ族すら滅亡したことをアルジュナから聞いた長兄のユディシティラは、世を去る決意をし、「一切の生類(しょうるい)は、時の大釜(おおがま)の中で意のままに煮(に)られる。われわれはすべて時に繋(つな)がれ、その縄から逃げることはできない」と言い、アルジュナも「その通り〃時〃です、〃時〃です」と何度も繰り返す。後注8 あとの兄弟も兄の決意に同調して共に旅に出、やがて死後、天界に生まれる。

戦いを主題とする世界の物語群のなかで、時間の問題をこれほど理論的に煮詰め、作中に徹底させた作品は他にあるまい。『オシアン』の場合、年老いて盲目となったオシアンが過去を語るというスタイルの必然性からか、「歳月」への言及は抒情に流れるものとなっている。『平家物語』でも、無常観そのものに特段の考察が加

(2) インドラ神(帝釈天)などの神々に戦いを挑む悪神。

えられることはない。

『マハーバーラタ』がそこまでできたのは、架空の物語だったからであろう。その反面、現実への認識は希薄である。時間の論は、戦いへの積極的参加を戦士に説得するものとしてのみ機能し、現実の戦争がもたらす悲惨な結果は、観念論のなかで消去させられてしまう。戦う者も、あえて戦わない者も、時間的存在として平等であるにもかかわらず、前者のみを賞美する姿勢は、戦いの物語を推進するために必要だったからであり、哲学的に見える諸言説は、結局、架空の物語に奉仕させられているのである。とはいえ、古代インドにおいて、普遍的な宇宙論を取り込んだ長大ないくさの物語がはぐくまれたのは、特筆に価することであった。

『平家物語』は、現実の戦争体験を母体として生み出された作品であり、そこに『マハーバーラタ』との決定的な差がある。描かれたさまざまな悲劇は、再び不幸な時代が訪れないことを願うものであろう。実感として味わわされた世の無常は、作中でことさら思弁的に抽象化する必要を覚えなかったに相違ない。たとえそれが破壊と創造の無限の回転を意味するものと理解されたにしても、この作品における時間は、忌まわしい過去に対する後悔の念とともに表現されねばならぬ宿命にあったように思われる。『平家物語』の文学的独自性もまた、特筆されなければなるまい。

第五章

ヘロドトス著『歴史』等との対比から

――いくさの物語と苦悩の表現――

戦争の引き起こす悲しみや苦悩を、人はどう文字化してきたのか、その問いかけをもとに、ヘロドトスの『歴史』を筆頭とする西欧古代の史書類の検討から始め、いわゆる叙事詩の場合、空想ゆたかな架空の戦いの物語の場合と、分析を進める。明らかになって来るのは、『平家物語』が伝えようとした思いの深さである。

【本章で新たに取りあげる作品】

『歴史』……前五世紀、ギリシアのヘロドトス著。ペルシアが三回にわたってギリシアを攻撃した戦争を中心に、各地の歴史や伝説をも記す。

『戦史（歴史）』……前五世紀、ギリシアのトゥーキュディデース著。アテナイとスパルタとの戦争を、事実を重視する姿勢から、実際の見聞に基づいて記述。

『アナバシス』……前四世紀、ギリシアのクセノポン著。ペルシアの王位をめぐる戦いにギリシア人傭兵として従軍、敗北して帰国する苦難の行程を自ら記す。

『ガリア戦記』……前一世紀、ローマのカエサル著。ローマ軍指揮官として、ガリア（現在のフランス）の地を制圧した自らの戦績の軌跡を記す。

『イリアス』は、「怒りを歌え、女神よ」と、残忍な殺戮行為にアキレウスを駆り立てた「呪うべき怒り」を語るよう、歌舞の女神ムーサ(1)に呼びかけて始まる。その「怒り」について、ホメロスはアキレウスに、親友パトロクロス(2)を殺されて嘆く言葉のなかで、次のように言わせている。

ああ、争いなど神界からも人の世からもなくなればよいに、それにまた怒りも。怒りというものは、分別ある人をも煽って猛り狂わせ、また咽喉にとろけ込む蜜よりも遥かに甘く、人の胸内に煙の如く沸き立ってくる。(第十八歌)

更に、パトロクロスの仇として討ち果たしたヘクトルの遺体を、その父親がもらい受けに来た時には、莫大な身の代の品物を差し出そうとする相手に、遺体はそちらに返すから、「もうこれ以上わたしを怒らせないようにしてもらいたい」とも、「わたしの気を、さらに亢らすようなことはして下さるな」とも言う(第二十四歌)。理性では制御できぬ感情を持つことの苦悩を、吐露させているのである。

いかんともしがたい心の働きは、『保元物語』で四人の幼子と夫のあとを追い、桂川に身を投じたと語られる源為義の北の方の心中にも描かれていた。たとえ生きながらえたとて、夫のことは忘れられず、子供の年を数え、同じ年ごろのよその子が時めいているのを見れば、わが子と同じように殺されてしまえと思うに違いない

(1) 詩人たちに霊感を与える女神。ゼウスとムネモシュケとの間の九人の娘。フランス語でミューズ。
(2) アガメムノンと対立して参戦を拒否したアキレウスに代り戦場に出て、トロイアのヘクトルに討たれる。第一章24頁注(2)参照。

という。幸せに見える他人をも自分と同じ不孝に引きずり込みたいという罪深い衝動に駆られてしまう自身の心を、彼女は口にするのである。[後注1]

繰り返される戦争を、人はどう語ってきたのであろうか。叙事詩の古典とされる『イリアス』と対比されるのが、歴史書の嚆矢（こうし）、ペルシア戦争[(1)]を記したヘロドトス[(2)]（前四八五?〜四二五?）の『歴史』であった。それと対照的な、非現実的仮構（かこう）の戦いの物語も、紀元前からあり続けている。こうした作品群のありようを、わが国の軍記物語の問題にからめ、あらためて考えてみたい。

(1) ペルシアが紀元前四九二年から三回にわたってギリシアを征服すべく起した戦争。サラミスの海戦等で敗北、前四四九年に和平条約を結ぶ。

(2) トルコの地中海に面したボドルムの地にあったギリシアの植民都市ハリカルナッソスの生まれ。

一　史書類の戦争叙述

紀元前五世紀に生きたヘロドトスは、三世紀先立つ詩人ホメロスを念頭に置きつつ、散文で『歴史』を書いた。作品冒頭では、時の推移とともに歴史上の「偉大な驚嘆すべき事跡の数々」も忘れ去られてしまうのを恐れ、「研究調査したところを」書いたと記す。[後注2]その「驚嘆すべき事跡」とは、具体的には他国を攻撃して領土を拡大した功績を言い、必然的に戦争記事が作品の主軸を形成する。

また、自らの「義務」は、「伝えられているままを伝えること」で、それを「全面的に信ずる義務が私にあるわけではない」（巻七）とする主張が、全巻を貫く。そうした執筆姿勢からであろう、叙述は頻繁に、伝承されている過去の歴史的経緯や種々の逸話にさかのぼり、その土地土地や民族の風習に多くの筆がさかれている。

著名なマラトン[3]の戦いを取り上げてみよう（巻六）。エーゲ海の沿岸に沿って進軍してきたペルシア軍は、アテナイを襲うべくマラトンに集結する。迎え撃つアテナイ軍のもとには、支援部隊としてプラタイア[4]軍が到着していた。しかし、派遣されたアテナイの司令官十人の間では、自軍の少勢を理由に交戦を回避すべきとする派と、交戦を主張する派とが対立、決着を見なかった。主戦派であったミルティアデスは、司令官の十人以外で、投票権が認められていた軍事長官のカリマコスを説いて味方とし、開戦へと舵(かじ)を切る。

彼は布陣に際し、横に広がったペルシアの大軍と相対置する形で陣形を組んだが、左右両翼は隊列を厚く、中央は薄くした。右翼は軍事長官カリマコスに指揮をとらせ、左翼は援軍のプラタイア勢に任せた。ギリシア軍は駆け足で敵陣に挑みかかり、中央部は敗走したものの、左右両翼で勝利を収めた結果、中央突破の敵軍をも破る。その戦いのなかで、カリマコスは「目覚(めざ)ましい働きをした後、戦死」、一司令官の息子も死に、ある人物は、「敵船の船尾の飾りに手をかけたところを、戦斧(せんぷ)で片腕を切り落とされて果て」たという。

全体の叙述は、開戦に至るまでの経緯説明と戦闘記述とがほぼ半々で、陣立て解説を除いた実際の戦いの場面は四分の一程度に過ぎず、個々人の戦いぶりについては関心がなお薄く、右に引用したような簡単な報告に終わっている。長大なのは、

(3) アテネの北東、ペタリオン湾に面した地。
(4) アテネの北西にあった都市。

アテナイの存亡がこの一戦にかかっているとカリマコスに説得するミルティアデスの言葉で、戦闘場面と等しい分量を占めており、それを語りたい意欲の方が強かったことは明らかである。[後注3]

当然のことながら、主眼は戦争の帰趨を記す点にあり、『イリアス』にあったような、人の内面を問う姿勢は乏しい。それを象徴するのが、涙の少なさであろう。『歴史』のなかで涙が描かれるのは、ペルシアの王カンビュセスが疑心暗鬼して実の弟を殺害し、後日、反乱が起こった際にそれを後悔して流す涙と（巻三）、ギリシア攻撃のために自ら率いてきた大軍を目にしたクセルクセス王が、人の命のはかなさに思いを馳せて流す涙くらいである（巻七）。冒頭に紹介した『イリアス』の両箇所には、涙があふれていた。

が、ヘロドトスの場合、歴史事象の記述から離れ、人間の不幸を神の意志に結びつけて語っているところがあり、それがホメロスと重なる。右のクセルクセスの涙を見た叔父のアルタバノスは、人の命のはかなさを認めながらも、「生よりむしろ死を」と願った経験のない人間は「唯の一人も」おらず、不幸な人間には、「短い人生も長すぎ」、「死こそ」「願わしい逃避の場」と思われるわけで、「神の御心は、実に意地の悪いもの」と語る。

その言葉と表裏するのが、トラキア地方[1]のトラウソイ族の風俗を紹介した一文。彼らは、子が生まれると、これから「数々の苦労に遇わねばならぬ」ことを思って

（1） バルカン半島南東部。現在はブルガリア、ギリシア、トルコの一部となっている。

嘆き悲しみ、人が死ぬと、「憂き世の労苦を免(まぬが)れて、至福(しふく)の境地に入った」と喜び、「笑い戯(たわむ)れながら土に埋める」という（巻五）。

神の心に、ままならぬ世の因を見ているのが、リュディア人[2]のクロイソス王から幸福について問われたアテナイ人のソロン。彼は、神は「嫉(ねた)み深く、人間を困らすこと」がお好きで、人間は「見たくないものでも見ねばならず、遇(あ)いたくないことにも遇わねば」ならないゆえ、一生が終わってみなければ幸も不幸も分からないと答える。更にそのクロイソスは、ペルシア制圧に失敗して生け捕りの身となった時、「平和より戦争をえらぶ無分別な人間」などいるはずもなく、自分に出兵を促(うなが)したのは「神の仕業(しわざ)」、かくなる結果は「神の思召(おぼしめ)し」であったのだろうと語る（巻一）。『イリアス』には、神々の勝手な思わくにより人は戦いを強いられているという表現がしばしばあり、それと気脈を通じていよう。

ヘロドトスは、このようにホメロス的要素を受け継いでいるのであるが、ペロポネソス戦争[3]を書いたトゥーキュディデース[4]（前四六〇?～前三九五）の『戦史（歴史）』（紀元前五世紀成立）ではそれが認めがたく、人の世の幸・不幸に言及することもない。彼はあくまで事実を重んじ、ホメロスやヘロドトスを、「古事を歌った詩人らの修飾と誇張にみちた言葉に大した信憑性(しんぴょうせい)をみとめることはできない」とか、「伝承作者のように、古きに遡(さかのぼ)るために論証もできない事件や、往々にして信ずべきよすがもない、たんなる神話的主題を綴(つづ)った、真実探求というよりも聴衆の興味本

（2）現在のトルコの地に栄えた国家。

（3）アテナイを中心とするデロス同盟軍と、スパルタを中心とするペロポネソス同盟軍とが、紀元前四三一年から始めた戦争。前四〇四年にアテナイが敗北して終結。

（4）アテナイの生まれで、一時、アテナイ軍の指揮官ともなる。ペロポネソス戦争の全期間を体験。

位の作文に甘んじることもゆるされない」と批判する（巻一）。[後注4] ヘロドトスの伝える逸話は、否定されるべき作り話としか思えなかったのに違いない。

トゥーキュディデースが作中でこだわり、忠実に再現しようと試みたのが、戦闘に先立つ、あるいは戦闘中に繰り広げられた、政治的、戦略的演説である。ヘロドトスの『歴史』よりも頻出し、その長広舌は、実際の戦闘記述より長く感じさえする。彼は、一々の発言を正確に記録するのは困難で、「全体としての主旨を、できうるかぎり忠実に」、「（発言者が）もっとも適切と判断して述べたにちがいない、と思われる論旨をもって」綴ったと、ことわっている（同巻）。想像的部分をも含むその演説へのこだわりは、往々にして或る主張の論理が歴史を突き動かす原点となったと見ていたからであろう。

彼は、自著の価値について、「今後展開する歴史も」過去と「相似た過程」をたどるのでは、と思う人の参考になってくれれば、それで充分とする（同巻）。すなわち、未来の歴史の教訓となるべく書いたのであった。戦闘描写では個々人の影は薄く、部隊の移動・行動が主で、指揮官たる者の言動や、戦場における個人の振舞いが具体的に語られることはない。人の感情の起伏は語るべき対象ではなかったと見え、涙もない。

クセノポン(1)（前四三〇?～前三六〇?）の書いた『アナバシス』（紀元前四世紀成立）は、ペロポネソス戦争後のペルシアの王位簒奪戦にギリシア人傭兵として従軍、こ

（1） アテナイの生まれ。『キュロスの教育』『ギリシア史』などの著がある。

とが失敗に帰し[2]、敵地から一年余をかけて帰国するまでの苦難に満ちた行程を記す。[後注5]自らの体験記ゆえに内容は具体的である。叙事詩にはなかった戦死者の年齢が記され（巻二）、ライバル心に燃えた四人の兵士による砦の占領、砦の中にいた「女たちはわが子を投げ落とし、ついで自らも身を投じ」た事実なども語られている（巻四）。雪中行軍の惨状が、「食事もとらず火の気もなしで夜を過ごし」て死んでいった者たちのことや、「剥いだばかりの牛の生皮で作った靴」を履いていた人は、「革紐が足の肉に食い込み」「凍り付いて」しまったといった記載に示されている（同巻）。

　こうした記述は、先の二作品には見出せない。戦いの残酷さが、現実のものとして伝えられているのである。涙は、ギリシア人部隊を率いてきた指揮官が、兵士の信用を失いかけ全軍を前にして見せた涙と（巻一）、長い陸路の行軍の果てにたどり着いた海岸[3]で、皆が抱きあって流す歓喜の涙（巻四）、特に後者は感動的な場面となっている。戦いの実状を反映した表現は読者をひきつけるが、しかし現実の伝達に終わっており、争いの原点に「怒り」の感情を見据えた『イリアス』のような、普遍的な何かへと視野を広げる志向性はない。

　ガリア、すなわちケルト民族のいたフランスの地を席巻したカエサル[4]（前一〇〇？～前四四）の書いたのが『ガリア戦記』（紀元前一世紀成立）で、冷静な筆致は評価が高い。[後注6]同じ体験記とはいえ、権力を握った人物自らの戦功記録であり、事実との齟

（2）現在のトルコ、シリア、イラクの地。

（3）黒海の沿岸。

（4）古代ローマの将軍・政治家。次々と戦功をあげ独裁者となるが、暗殺される。

齬（ご）は予想されるところであろう。涙を流すのは、カエサルに救いを求める立場の人物のみ（巻二）、そこにこの記録の性格が象徴されている。

叙述の中心は、ガリア諸部族との折衝（せっしょう）、策戦に基づく部隊移動や戦陣の組み方等で、ここでも個々人の戦いに焦点が当てられることは、ほとんどない。たとえば、弟を危地から救った兄が討たれるのを見て、弟も再度敵陣に突入して討死した兄弟(1)の話（巻四）や、包囲されたわが子を救おうとして奮闘しつつ殺された親の話(2)（巻五）などがあることはあるが、事実の報告以上に筆を延ばそうとはしない。

以上四書に認められるように、西欧古代では、歴史の書が人の感情に訴える文学作品と明確に区別して意識されていたのであり、その戦争記述の眼目は、勝敗の客観的経緯（けいい）を明らかにすることにあって、言うならば「人」は従であった。集団組織の長たる者の取った行動の是非（ぜひ）や結果のいかんが問われても、戦いの現場に立った個々人の存在の影は薄い。

(1) 第二二節のアクィーターニー人のピーソーとその弟。
(2) 第三五節のクィントゥス・ルカニウス。

二　いわゆる叙事詩における苦悩

今日、叙事詩と言うと、紀元前十二世紀ころに結実したとされるメソポタミアの『ギルガメシュ』や、『イリアス』『オデュッセイア』『アルゴナウティカ』といったギリシャの韻文諸作品からしてあげられるが、日本に受容された叙事詩の概念は、これらとやや異質な、自らの属する集団、国家・民族・宗教を鼓舞する性格の濃くなったものであった。すでに述べたように、その変質は、ローマの建国をうたうウェルギリウスの紀元前一世紀の作『アエネーイス』から顕著になったと考えられたが、以下では、それ以降の西欧の作品を、「いわゆる叙事詩」として一まず包括しつつ、今までに一わたり見てきた作品群を、人の内面の苦悩がどう描かれているかという視点から、その実相を再検討してみよう。

「戦いと勇士をわたしは歌う」の初句から始まる『アエネーイス』は、主人公でトロイア王族のひとりたるアエネーアスが、トロイア戦争後、イタリアに逃れてローマ国家の礎を築く物語であった。その苦難の旅は、実は女神ユーノ（＝ギリシアのヘレに相当）が妨害したためであったとして、冒頭部では更に次のように語られる。

ラウィーニウム（ローマ近くの地）の岸辺へ／着くまでに、陸でも海でも多くの辛酸を嘗めた。／神威と厳しいユーノ女神の解けぬ怒り[3]ゆえであった。

主人公の苦難は、不可避的に外から、つまり神から加えられるもの、そうした困難を乗り越えて事を成し遂げたと語ることが、物語の目的となっている。もっとも最高神ユッピテル（＝ギリシアのゼウスに相当）によって建国への全行程は保障されており、従って最終的勝者たることへの予言が作中に散りばめられているのでもあった。[4]

（3） トロイア戦争で、ユーノはギリシア軍に味方する立場であった。それゆえのトロイア人に対する「怒り」。

（4） 第一章37頁参照。

アエネーアスには、『イリアス』のアキレウスほどの内面的葛藤が見られない。アキレウスは、総帥アガメムノン[1]の高圧的態度に激怒していったん戦列を離れたものの、親友パトロクロスが殺されるに及んで奮起、自らの短命を知るゆえの煩悶も重なって、常軌を逸した殺戮行為に走る。つまり心の振幅がたどられるのであるが、アエネーアスの場合は、外圧的力に抗する英雄としての姿が描かれれば、それで充分であったように見える。

作中、もっとも深く苦悩するのは主人公ではなく、彼から捨てられてしまう女性ディードである。彼女は、難破して漂着したアエネーアス一行を救ったアフリカ北部のカルターゴ[2]国の女王、神によって恋の思いを植えつけられる。すなわち、アエネーアスを守る女神ウェヌス（＝ギリシャのアプロディテに相当）が、意地悪をするに違いないユーノへの対抗処置として、「狂気の火を女王に吹き込み、骨の髄まで」愛するようにさせ、それと知ったユーノも、いつまでも彼をこの地に留めおくのが良策と判断、女神二人がそれぞれ相反する思わくから、ディードの恋情を燃え上がらせたのであった（第一、第四歌）。

ユッピテルは警告を発してアエネーアスを出帆させ、ディードは恨みつつ半狂乱の中で自ら命を絶つ（第四歌）。アエネーアスは「大いなる愛ゆえに心が揺ら」ぎながらも、「神々の命令を遂行」すべく行動する。イタリア到着後、亡き父に会うべく訪れた冥界では、ディードとも再会し、再び「神々の命令だった」と弁解するが、

（1）第一章20頁注（2）、23頁注（4）参照。

（2）第三章75頁注（1）。

彼女は硬い表情のまま、謀殺されたかつての夫に身を委（ゆだ）ねて姿を消したという（第六歌）。ディードは、もとはフェニキア[3]のテュロス王の娘であったが、富をねらう兄弟によって夫を殺され、アフリカに逃れてカルターゴ国を建設した身であった。

　アエネーアスは、実はトロイアを去る時、行方知れずの妻クレウーサを残したまま旅立ってもいた。その際、亡霊となって現れた妻が、「神々の意」に沿って自分はこの地に留まるのだから、あなたが涙を流すことはないとさとしたとある（第二歌）。やがて彼は、イタリアのラティウム国の国王の娘と結婚し、新たな国創りを始めることになるが、結局、その結婚のために、ディードもクレウーサも、紙面から退場させられたに等しい[4]。

　ディードの悲恋話は、アポロニオス作『アルゴナウティカ』に登場する、男への恋に懊悩（おうのう）し罪をも犯すメデイアの影響下にあるとされる[5]が、メデイアが自分の愛と生を全うするのに対し、ディードはローマ建国の歴史に奉仕する存在でしかあり得ない。激しい苦悩が読者の共感を呼ぶ表現を勝ち得ているにしても、作中での彼女の位置は、最終的にそこを出ない。『アエネーイス』という作品の性格が、おのずから現れているのである。

　フランスの『ロランの歌』は、キリスト教徒によるイスラム教徒制圧の叙事詩。実際は、スペインのイスラム教徒内紛（ないふん）に乗じたフランス軍の侵攻であったが、それを純粋な宗教戦争に仕立てている。この作品では、主人公のロランが、親友オリヴィ

（3）現在のシリア、レバノンの地にあった地中海沿岸の古代都市国家。

（4）関係図

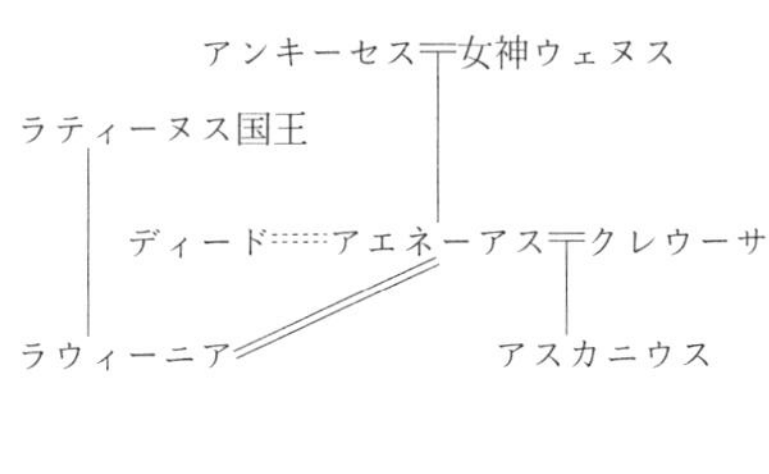

アンキーセス＝女神ウェヌス
ラティーヌス国王
ディード……アエネーアス＝クレウーサ
ラウィーニア
アスカニウス

（5）第三章73〜74頁参照。

エの忠告を拒絶した結果、自軍を壊滅状態におとしいれてしまい、敗色濃いなかで自責の念に駆られるさまが描かれていた。

スペインからの帰路の峠道（1）でシャルル王からしんがりを託されたロランは、本隊が隘路を越えつつある時点でイスラムの大軍に襲われる。オリヴィエは、本隊を呼び返すべく角笛を吹くよう再三ロランに求めるが、彼は名誉を盾に頑として受け入れない。自軍がわずか六十人となった時、彼はいかにすべきかを改めてオリヴィエに問い、角笛を吹こうとするが、遅きに失したと相手は冷たい。それでもロランは必死に笛を吹く、こめかみが破れるまで。そして横たわる味方に、「汝等、われのためここに死す！」と自らの非を詫び、かつ、「偽り言い給いしことなき神、汝等を救い給わんことを！」と祈る。最後の戦いに共に臨もうとするオリヴィエには、「われ苦しみて死せん」と苦衷を吐露する。

作中には、落涙する場面が多い。二十箇所近くあるなかでの最多は、シャルル王がロランの身を案じ、あるいはその死を悼んで流す涙で六回を数える。のみならず、遺体を目にしては二度までも失神する。ロランはロランで、致命傷を受けたオリヴィエの姿に馬上で気を失い、更に息絶えた友に向かって「君、今や死したれば、われ生きるは辛し」と語りかけて気絶、スペイン勢がシャルル本隊の来襲を恐れて撤退したあとでは、瀕死の大司教のもとへ最後の祝福を与えてもらうべく彼の遺体を運び終え、三たび気を失って地に倒れる。

（1）第一章34頁注（1）。

こうした表現を通して、全体に悲劇的色調は濃い。しかし、『平家物語』との比較を論じたある研究者の言葉を借りれば、「彼らの死には暗さがない」[後注7]。聖戦の戦士たる彼らは、神によって救われると見通されているからであり、ロランの霊は聖者ガブリエル[2]によって天国へと運ばれ、味わわされた苦悩も報われる。『アエネーイス』では国家に捧げられていた英雄たちの生と死が、ここでは宗教に捧げられているのであった。

前節で見た史書類の戦争記述と明らかに異なるのは、「人」を描いていることである。が、その「人」は、国家や宗教のために尽くす生をまっとうすることが作中で求められ、その精神的孤高（ここう）さをものがたるために、あまたの苦難が用意されていると言ってよかろう。

ロシアの『イーゴリ遠征物語』は、遊牧民ポーロヴェッツ[3]との戦いで捕虜となったイーゴリ侯が、脱出して無事帰還したことを賞賛し、末尾を「キリストの　み教え守る／国民（くにたみ）のため／異教徒の　勢と戦う／侯たち　従士ら／すこやかにませ！／侯たちに　ほまれあれ！／従士らに　武勲（いさおし）あれ！」と結ぶ。

自らを追放した国王にあくまでも忠誠をつくし、イスラム教徒からの国土回復運動（レコンキスタ）のために戦ったスペインの英雄を語る『エル・シードの歌』でも、彼の功績をたたえ、「この勇者に　キリストのおん赦（ゆる）しを賜わらんことを！」とも、「さてミオ・シード・エル・カンペアドールの　功業は以上のごときものであり／

（2）第一章29頁注（7）。

（3）南ロシアの諸地方を頻繁に襲撃、略奪をくり返していた。

この勇者の武勲の歌は　これで全巻の終りといたしまする」とも記して語り終える。集団に奉仕すること、それが英雄の条件であったことを、両作品の終結部の表現が教えている。

　このような英雄を語り伝えようとする思いは、洋の東西を問わない。インド古代の偉人ラーマの生涯を伝える『ラーマーヤナ』には民族意識を認めがたいが、イランの英雄ロスタムの活躍が口頭で語られるフィルドゥスイー作『シャー・ナーメ（王書）』では、隣国トゥラーン（トルキスタン）への対抗意識から、自民族の卓抜さがことのほか強調されている。[1] 種々ある話柄のなかで最も著名なのは、ロスタムがそれとは知らずわが子を殺してしまう「ソラホープの巻」である。

　ソラホープは、ロスタムがトゥラーンの女性との間にもうけた男子。トゥラーンの地で成長するに従い尋常ならざる力を発揮、やがて、イランに攻め入って臣下の身たる父を王位につけたのち、トゥラーンをも支配下に置こうという野心を抱くに至る。顔も知らぬ父子は戦場で死闘を繰り返し、相手に致命傷を与えて初めてロスタムはわが子をあやめたと知るのであった。愕然とした父は、「この名が勇者の間から消え去るように」と自らを責めて煩悶する。その劇的展開は読む者の心をひきつけてやまないが、しかし、物語全体の構想を考えてみれば、トゥラーンの血の混じった息子が、純血のイラン人の父に勝つ展開はあり得ない。父の苦悩の外枠には、強固な民族意識がはめられていたとでも言えようか。

（1）第三章76～77頁参照。

『アエネーイス』は、十六世紀にポルトガルで書かれたルイス・デ・カモンイス作『ウズ・ルジアダス』にまで影響を与えていた。作品の主題は、ヴァスコ・ダ・ガマによるインド航路開拓であったが、その成功を神ユピテル（ゼウス）の計画に導かれたものとする点、明らかに『アエネーイス』を模しており、途中で寄港したアフリカのメリンデ[2]の地において、国王に求められ、ポルトガル独立の戦いを話して聞かす場面設定も、アエネーアスがトロイア戦争の顚末(てんまつ)をディードに語る場面を模(も)したものである。自国賛嘆の歴史を語ろうとして、まず想起されたのが同じ意識を持つ『アエネーイス』だったことになろう。

この作品は、時の国王[3]に献呈したもので、最後に「すぐれた臣下の君主」に呼びかけ、「勇躍各地におもむ」いて、「世界のまだ知らぬあらたな危険に」身をさらす勇敢な自国民を「優遇してやって下さい」と記して結ぶ。執筆目的はガマの功績と共に自国民の優秀さを顕彰(けんしょう)するところにあり[4]、人の喜怒哀楽を掘り下げようとする意思は弱い。

「いわゆる叙事詩」は、作者の属する自集団に貢献する性格を基本的に持つ。それゆえ、敵味方が截然(せつぜん)としている。主人公の体験する苦難は常に外から加えられるもので、それをはねのけて邁進(まいしん)する姿に同じ集団内の人々が共鳴するのであり、敵味方を越えた普遍的視座から、戦いそのもののもたらす不幸や苦悩を見ようとすることに積極的ではない。

（2）ケニアのマリンディ。

（3）セバスティアン（一五五四〜七八）。

（4）題名の「ウズ・ルジアダス」は、「ポルトガル人ら」を意味し、ガマ個人のみをたたえるものではないとされる。

わが国では、明治期に大和民族の勇武をうたう国民的叙事詩として位置づけられた『平家物語』の叙事詩論が、第二次世界大戦後になお生き延び、かつ活況を呈する。下層の武士階級が上層の貴族階級を凌駕していく中世変革の物語とする指標のもと、時代を領導する英雄論が盛んとなったのであった。その前提には異教徒ならぬ上層異階級との闘争という構図があり、論者の軸足は下層階級にあった。敵味方を峻別する叙事詩というジャンルが、こうした論には好都合だったのではなかろうか。

世界的に振り返ってみれば、叙事詩は、国家意識の伸展に随伴して評価される道をたどってきたわけで、その歴史的流れは、十二世紀に始まるイギリスのアーサー王伝説の集約(1)、十八世紀中葉の、ドイツにおける『ニーベルンゲンの歌』写本の発見と再評価、スコットランドでの『オシアン』伝承歌の採集、十九世紀に入ってのフィンランドにおける『カレワラ』伝承歌の採集と編纂、インドの古代作品『ラーマーヤナ』『マハーバーラタ』の西欧への紹介、等々へと連なり、同世紀末には、日本でもアイヌ叙事詩「ユカラ」の発掘がなされ、『平家物語』は叙事詩と規定されるに至る。いずれも、自国民を鼓舞することに結びついていったのであった。後注8

三　仮構性優位な作品群の世界

(1) アーサーは、サクソン人との戦いで活躍した人物。伝説化は、サクソン人に征圧されたケルト人の王国再興を願う思いが原点という。伝説的生涯を記した最初の書は、十二世紀の『ブリテン列王史』。後世、宮廷風恋愛譚や騎士物語がからめられていく。

いくさの物語には、もちろん自国や自宗教にこだわらない作品群がある。歴史とは一線を画したところで作られるゆえ、非現実的性格が拡大し、史書類では忌避される虚構や空想が幅をきかせ、「いわゆる叙事詩」にも見られた仮構が、より進展する傾向を持つ。ただし、生の苦悩はシンボライズされた形で語られてもおり、事を叙す歴史書よりは、「人」に寄り添った表現がそこにはある。以下では、そうした自集団への帰属意識が弱く、そのため相対的に仮構性が優位となっている作品群、及び仮構の実態全般を俯瞰してみよう。

『ギルガメシュ』は、実在が想像される同名の国王の物語である。当初、暴君であった彼を懲らしめるために、神がエンキドゥなる人物を造って二人を対決させるが、両者は意気投合、森の番人の怪物フンババを退治したり(2)、ギルガメシュに袖にされて怒った女神の遣わした天の牛を殺したりする戦いが、繰り広げられる。ところが、その行為が神々にとがめられ、エンキドゥの死が定められてしまう。ギルガメシュは友の死に惑乱して七日七晩泣き明かし、自らの死への恐怖も湧いてきて、神と同じ永遠の生命を求めて長途の旅に出たものの、目的を果たせずに終わる。

この作品には寓意性がある。動物社会で育ったエンキドゥが女性との性交を通じて人間に目覚めたとするところや、人間はしょせん死の苦しみからまぬがれ得ないと語っているところにである。そのことが、単純に物語を楽しむのみではすまされない、何がしかの思索を読む者に喚起させる作品たらしめている。

(2) 古代メソポタミアには森林がなく、木材を得るための遠征が必要だった実状を反映しているという。

それは『イリアス』でも同じである。人間と神との断絶を、死すべき者と死なざる者との一線に見ている点は共通し、作中、アキレウスには次のような言葉を吐かせる。

神々は哀れな人間どもに、苦しみつつ生きるように運命の糸を紡（つむ）がれたのだ――
御自身にはなんの憂いもないくせに。（第二十四歌）

これは、彼の殺害したトロイアの勇士ヘクトルの父が、単身、息子の遺体を譲り受けに来た時、その勇気ある行動に心動かされ、相手の不幸を思いやりつつ口にした言葉であった。[1] 神界から差別されてある人間たちが、等しく味わわされる生きるための様々な精神的苦悩に、敵味方を越えた視点から言及しているわけで、「いわゆる叙事詩」とは異なる視点が西洋古代の作品にはあったと言えよう。この二書には、シンボライズされた苦悩の表現が認められるのである。

『オデュッセイア』から影響を受け、『アエネーイス』[2]に影響を与えた『アルゴナウティカ』の主人公はイアソン。ギリシャのイオルコスから船出し、国王に命じられた黄金の羊の毛皮を入手すべく、数々の難関を乗り越えて黒海の東端の地コルキス[3]まで赴き、現地の王女メデイアの協力を得て毛皮を手に入れ、帰還するまでの冒険を語る。基になったのは金羊の毛皮をめぐる伝説で、叙述の焦点は、イアソンが

（1）第一章33頁参照。

（2）第三章73頁注（3）。
船名がアルゴ。

（3）同注（4）。

困難を克服していった経緯そのものに当てられており、ギルガメシュやアキレウスに見られたごとき、人間存在の根源に関わるような文言は見出しがたい。

深い悩みは、女神ヘレ（ヘラ）の策略でイアソンへの愛を焚（た）きつけられたメディアの方に描き込まれていた。煩悶の果てに、彼女は父を裏切り兄を殺す。イアソンとメデイアの関係は、『アエネーイス』のアエネーアスとディードのそれと相似形をなすが、国家意識が介在するか否かで両作品は分かれていた。毒婦とも言われるメデイアは、この作中では青銅の巨人を倒し、伝承世界では、更にイアソンの敵たる国王の身体を、その娘たちをだまして切りきざませ、釜（かま）ゆでにさせてしまう。現実離れした極端な魔女像が、創り出されていったのである。

インドの『ラーマーヤナ』と『マハーバーラタ』は、ともに壮大な仮想の戦争を描く。前者では猿の援軍がラーマを助けて勝利を導き[4]、後者では超現実的な武器による戦いが際限なく続く。その一方で、ラーマとシーター姫との純愛物語や、神の化身であるクリシュナの説くこの世の法則を通じて人々に道徳を教える。その二要素が混在しているゆえに、両作品は息長く享受されてきたのであろうが、ただし後者の、肉親と戦うことに悩み逡巡する勇者アルジュナに対するクリシャナの説得には、前章で指摘したように、仮想戦を継続させるための論理的陥穽（かんせい）があることを見落としてはならない。

中世イギリスの英雄叙事詩とされる『ベーオウルフ』では、主人公のベーオウル

（4）同75頁参照。

フが、湖中から出て人界に災いをなす怪物とその母親を、更に晩年に及んで地中に棲む竜を退治する。その全体の筋に、スカンディナヴィア半島と対岸のヨーロッパ側に住む諸民族間の抗争の歴史がからめられ、イェーアト族(1)である主人公の死が語られたのちの文面には、「スウェーデンの者ども」による攻撃への危惧が記される。そこに、民族叙事詩的要素が顔を出すが、しかし、叙述の向かうところは、結局、精神的煩悶とは無縁な、超人的英雄による怪力発揮の物語である。

前節でも言及したイランの『シャー・ナーメ』は、全体が神話時代・英雄時代・歴史時代の三部構成となっており、ロスタムの活躍は英雄時代に含まれる。その父(2)は、白髪の赤子として生まれたのを嫌われて捨てられ、鳥(3)に樹上で育てられたという。やがて人間界に連れ戻された彼は、異教徒の女性と恋に陥りロスタムをもうけるが、難産に苦しむなか、例の鳥の教えを受けて無事出産することができたと語られる。

ロスタムが仕えた国王は三代、物語の記すところに従い単純に計算しても二百五十年以上。彼は最後に異母弟のだまし討ちにあうのであるが、その時まだ、両親とも生きていたとある。こうしたところに、非現実性が露わになっていよう。

素材が実際の戦いであった『ロランの歌』『イーゴリー遠征物語』『エル・シードの歌』の場合は、非現実的要素が少なかった。『ニーベルンゲンの歌』も、ブルゴント国が騎馬遊牧民フン族によって滅亡させられた過去の事実に基づいているので

(1) 現在のスウェーデン南部に居住した民族。北部にいたのがスウェーデン族。

(2) 名前はザール。

(3) 鳥の女王スィームルグ。ザールに言葉や種々の知識を教える。

はあるが、諸伝承を統合して形成されたため、現実からの遊離は大きい。

前半の主人公ジーフリトは、竜を退治した際に浴びた返り血で不死身となったものの、背中に落ちた菩提樹の葉一枚の部分に血がかからず、その急所を槍で突かれて暗殺されてしまう。(4) 彼はニーベルンゲン国という仮想の国を制圧して膨大な財宝を入手したとされ、秘宝の隠れ蓑を着て活躍(5)したりするが、その財宝が災いのもとだったという。後半は、夫を殺されたクリエムヒルトの復讐劇となる。暗殺者は実は兄のブルゴント国国王に仕える人物、その策謀で遺産の財宝も横領された彼女は、フン族の国王と再婚し、その地に暗殺者本人と兄弟一族を招待して皆殺しにするが、自らも殺害されて果てる。ジーフリトとの恋物語のなかでは淑女であった姿が、鬼女へと変貌するのであるが、それは異伝承を接合した結果であった。

中国の『三国志演義』は、人を驚かせるような権謀術数で享受者をひきつけようとする。登場人物それぞれが心中に秘するところは常に勝利への飽くなき計算、アキレウスに見られたような内面の告白はありえない。

『ウズ・ルジアダス』は、神々の加護によってガマがインドに到達できたと語るのであったが、最後にはヴェヌス(=ギリシャのアプロディテ)が一行を祝福して帰途に愛の島を用意、そこで人々はニンフたちと恋を楽しんだとする。事実を素材にしながらも、自国賛嘆の目的に沿って創作の一話を添加したことになる。

前節末尾であげた諸作品のうち、伝承歌を採集したものという点で共通している

(4) アキレウスの母女神テティスが生まれた我が子を不死身にしようとして冥府の川にひたしたが、手にしていた踵だけ水につからず、そこをトロイアのパリスに射られて死んだとする伝承(アキレス腱の由来)に似る。
(5) 義兄グンテルの身代りを演じて、その結婚願望をかなえさせてやる。第三章78頁注(4)参照。

のが、『オシアン』『カレワラ』そして「ユカラ」であった。世界各地にまだ多いであろうこうした伝承譚[後注9]では、大いに想像力がものをいう。第三章で取り上げた『オシアン』はやや異質であるが、あとの二つの戦いの場面は奇想天外である。

『カレワラ』の最終戦争は、豊かさをもたらす秘器サンポの争奪戦。その秘器は、かつて主人公のワイナミョイネン[1]がポポヨラ国[2]のために鍛冶職人の名人に造らせたもので、それを自分たちの国へ取ってこようとして起こした戦いであった。敵を眠らせてサンポを奪い、船で逃走中、それと気づいた敵が猛追してくる。ワイナミョイネンは、火打石を取り出して火口に火をつけ、海へ投げ込んで呪文を唱えると暗礁ができて敵船は破損する。ポポヨラ側の中心人物は老婆のロウヒ、彼女は大きな鳥に変身して、「百人の兵士を翼の下に、千人を尻尾の先の下に」抱えて挑みかかり、激戦の末にサンポは海中に沈んでしまう（第四三章）。

「ユカラ」の一作品『虎杖丸』では、主人公の少年ポイヤウンペが、とがった岩の身体を持つ怪人と格闘して苦戦に及んだ時、霊剣「虎杖丸」の鍔や鞘に彫り込んであった狼、竜、狐が生きて飛び出し相手を倒す。彼の戦いは留まるところを知らず、空を飛んで戦場は次々と移り、女どうしの空中戦まである。娯楽目的で筋を楽しむこうした物語に、主人公の不屈の魂は必要でも、内面の悩みは無用、かえって煩わしい。

このように全般を見渡してみれば、仮構の進んだ物語世界の英雄たちに、実際の

（1）天地創造話の中で、大気の処女が海と交わって七百年余りの後に生まれたと語られる老齢の詩人。

（2）北方にある酷寒の貧しい国で、豊穣をもたらす魔法の挽き臼サンポによって豊かになったという。

戦争が持つ厳しい現実の投影、深い苦悩の表現は期待できない。むしろ、それから遠ざかる志向性が、仮構の伸展に伴い顕著となっていくからである。

四　結果への視座

現実の戦争は、勝敗の決着とともに、様々な人々の死をもって終わる。その勝敗の決着に至る過程を記録することが、歴史書の使命であった。そこでは、「人」一人ひとりの生死に目を向けようとする意識は乏しい。全体としての帰趨こそが、関心の対象であった。

「いわゆる叙事詩」の場合、最たる功績を遺した人物、英雄が作品の核となる。国のため、民族のため、宗教のために、わが身を捧げて戦いを勝利へと導き、あるいは自ら望んで犠牲となる。叙事詩に主人公が不可欠であるのは明らかであろう。自集団への帰属意識が発想の基盤にあるからには、敵は敵として峻別されるのであった。

従来、叙事詩の語は、必ずしも右のごとき作品群のみを指して使われてきたわけではない。「ユカラ」をアイヌ叙事詩と称するごときである。こちらを広義の、右を狭義の叙事詩と称するのがいいのかも知れないが、ともあれ、こちらも主人公は不可欠で、人を物語に引き込むための仮構の工作が飛躍を生み、現実感覚の希薄となるのが常態と言えた。
『平家物語』は、むろん歴史書ではなく、「いわゆる叙事詩」でも、仮構を旨とする作品でもない。その最終巻「灌頂巻」の末尾近くには、壇の浦で生け捕られた人々が、あるいは処刑され、あるいは流罪となったことを伝えた文に続く、次のような一節がある。

　されども四十余人の女房たちの御こと、沙汰にも及ばざりしかば、親類にしたがひ、所縁（ゆかりのある縁者）についてぞおはしける。上は玉の簾（きらびやかな豪邸）の内までも、風しづかなる家もなく、下は柴の枢（みすぼらしい貧家）のもとまでも、塵おさまれる宿もなし。枕を並べし妹背（夫婦）も、雲居のよそ（はるか彼方）にぞなりはつる。養ひたてし親子も行きがた知らず別れけり。しのぶ思ひ（恋い慕う思い）はつきせねども、嘆きながら、さてこそ過ごされけれ。（覚一本「女院死去」）

男たちの生の顛末を語った視点は一転し、生き残った女性たちの癒されない心に注がれている。[後注10] 夫との別れ、子との別れ、慕わしい気持ちは消えることなく、それでも嘆き悲しみつつ何とか日々を過ごしていたという。こののち、そうした女性たちの思いを背負わされたかのような、安徳天皇の母、建礼門院の死去が語られていく。『平家物語』の最後は、戦場に出ることもなかった戦争被害者たちの姿を大写しにして閉じられるのである。

女性たちにスポットを当てる点、『イリアス』も同じであった。父親に引き取られて帰ってきたヘクトルの遺体を迎えたのは妻と母、そして戦いの原因となった弟の妻の三人[(1)]。彼女らの嘆きが最後の紙面を埋める。彼女らも間違いなく、戦争被害者であった。

初めは妻のアンドロマケ[(2)]。幼い子とともに残された不安を口にし、トロイアの滅亡とともにその子も殺される運命[(3)]にあることを予言しつつ、あなたの死によって「誰よりもわたしには、辛い苦しみが残されることになるのでしょう」と、遺体に語りかける。次に母ヘカベが、「そなたは数多い子供らの中でも、とりわけてわたしには可愛い倅であった」と泣きながら言う（第二十四歌）。

トロイア戦争は、スパルタ王の妃であったヘレネがヘクトルの弟パリスの妻になったことから始まっていた。そのヘレネが二人の後に、「かつて一度もあなたの口から、意地の悪い、蔑むような言葉を聞いたことはありませんでした」と、慈愛に満ちていた義兄を思いやる。それだけではなく、「わたしは辛くてならぬ気持から、あなたのために泣くのと一緒に、不運な自分のためにも泣いているのです」と告白する。パリスのもとに来たのは自らの意志ではなく、女神アプロディテの差し金[(4)]、それゆえ彼女は女神の「悪巧み」を非難し、口論にも及んでいた（第三歌）。要する

（1）関係図

プリアモス＝ヘカベ
ヘクトル＝アンドロマケ
パリス＝ヘレネ
（元スパルタ王のメネラオスの妃）

（2）戦後、奴隷の身となり、夫を殺したアキレウスの息子のもとに送られたという。

（3）トロイアの城壁からギリシア兵によって突き落とされる。

（4）第一章25頁注（5）参照。

に、神の勝手な思わくから戦争は引き起こされ、人間はすべてその犠牲と見る目が、ホメロスにはある。

『イリアス』の末尾は、ヘクトルの遺体が父の命により「涙のうちに」火葬に付された場面である。ギリシアの叙事詩でありながら、味方の勝利を言ほぐのではなく、敵方の嘆きに言及して終えていることの意味は軽視できない。敵味方を超えて、戦いのもたらした結果そのもの、その悲しみを語ろうとしているのである。

それは、建礼門院の死去で静かに幕を閉じる『平家物語』からも感じ取られるものであるが、実はその形態は、改作の最終段階に至って完成されたものであった。古態を残すテキスト延慶本は、勝利を収めた頼朝の、前世からの果報のめでたさを言あげして終え、語り本の古いテキストは、平家の遺児、六代御前の処刑記事で結ぶ。それぞれ、勝者と敗者とに焦点を絞った形である。それに対し、残された女性たちの悲しみに筆を及ぼし、女院の崩御で筆をおくこのあり方は、勝者も敗者も相対化させた視座が獲得されていることを暗示する。

一の谷の合戦を記す延慶本には、平家の武将を討ち取った東国武士たち勝者側に力点を置いた記述が見られる。話末に、相手を切った刀のいわれを紹介したり(1)、恩賞には害した平家公達の所領を譲渡されたとするものが二話(2)あったりするのである（巻九）。しかし改作された後出のテキスト覚一本からは、それらが姿を消す。代わりに、歌人として知られる平忠度を討った武士が誇らしげに名乗りを上げるや、そ

（1）平家の郎等平盛俊を討ち取った猪俣則綱の刀。
（2）平忠度を討った岡部忠澄と、平師盛を討った川越重頼の郎等。

れを聞いた「敵も味方も」その死を惜しみ、「涙をながし、袖をぬらさぬはなかりけり」という、勝敗を離れた立場からの文言が添えられることになる。物語擱筆のあり方に通ずるものであろう。

また、延慶本の合戦叙述では、若者たちの死が一連の流れで綴られていることを看過できない。最初は、父平知盛を敵の手から逃すべく、追手に立ち向かって討たれた十七歳の知章、次に、よく知られた十六歳の平敦盛、年齢は記載されていないものの、平重盛の「末ノ御子」と紹介される師盛（覚一本には十四歳）、それに続いて平教盛の二人の息子、通盛と業盛の相次ぐ死が記され、弟は十六、七歳であったとする。そして、この流れを受けて、わが子を見殺しにして逃げた父知盛の苦衷が、同じ年齢の子を持つ兄宗盛に向かって吐露されるのであった。

今まで見てきた諸外国のもろもろの作品に、このようなことはない。戦争でもっとも犠牲になりやすいのが若者たちに他ならない現実を、『平家物語』が原作者の段階からして直視していたであろうことを雄弁にものがたっている。作品の閉じ方に相通ずるものを持つ『イリアス』にも、こうした現実を言葉にする意思はない。敵対者を包み込む懐の深さと優しさを有する作品として、第三章で『平家物語』と比べて論じた『オシアン』の場合、若者の死を語るたびに憐憫の言葉が連ねられるが、若者と戦争との不幸な関係が意識された結果とは考えがたい。

『イリアス』では、息子の遺体をもらい受けに来たヘクトルの父に対し、アキレウスは故郷の父を涙ながらに思い出して、その望みをかなえてやる。そこにも敵味方を超えた情の交流が描かれていたが、同じく相手（敦盛）の父の立場を思いやって命を奪うことをやめようとした熊谷直実が、殺人を仕事とするわが身の苦悩を口にするのとは違い、彼は殺戮を後悔はしない。ホメロスが彼の「怒り」をこそ、語りたかったからであろう。他の叙事詩に比べ『平家』と通底するものを持ちながら、やはり異質と言わざるを得ない。

かつて『平家物語』の主人公は、清盛から義仲へ、さらに義経へと変わるとする見方が唱えられ、かなりの影響力を残した。しかし、こうした作品に主人公を求めること自体が妥当かどうか。西欧の叙事詩には不可欠な存在であった主人公が、まがりなりにも現実に寄り添って語ろうとするわが国の軍記物語に必要とは思われない。作者の目は、叙事詩におけるような、卓越したひとりの人物の功績に向けられているわけではなく、戦いのなかで悲喜こもごもを味わった幾多の人々の上に注がれている。一の谷では、かくも多くの若者たちが落命した事実を伝えなければ、気がおさまらなかったのである。

軍記物語も、もちろん仮構の産物である。『保元物語』で、わが子の源義朝に殺される為義は、殺すわが子の将来を案じ続ける。[1] そこに、裏切られてもなお子への愛を捨てられない親の情が、シンボリックに語られている。『平治物語』では、三人の幼い子を命がけで守って雪中にさまよう常葉の孤独な心の揺らぎが、他者を疑

（1）第一章38頁注（1）参照。

い[2]、亡き夫を恨む言葉[3]のなかに表されていた。その常葉を、物語は常葉という固有名詞をほとんど使わず、「母」と書く（古態本）。子に尽くす母はそうであるに違いない、いや、そうあってほしい姿を、こちらもシンボリックに語っている。仮構は仮構でも、描き出された心の葛藤は現実を離れてはいない。

知盛の苦衷吐露は、わが子すら見殺しにしてしまうほどの、おのれの生への潜在的執着、つまりエゴに気づいたことを告白するものであった。つくづく命というものは惜しいものだと知ったという彼の言葉は、別の人物も口にしていた（延慶本巻四の以仁王の乳母子、藤原宗信[4]）。戦時中、多くの人が味わったに相違ない、自らを恥じる忌まわしい思いが、知盛に託されて表現されていると言ってよかろう。熊谷のあの思いも、そうではなかったか。

第二章で紹介したように、『平家物語』の生成期の前後に、知盛の未亡人[5]をはじめ、戦乱体験者たちがまだ多く生存していた事実は重い。[後注11] 彼らの様々な想念を、物語は吸収して成立したであろう。とすれば、単純に勝ち負けを語るのではなく、のちのちまで引きずることになった、いわば心の戦禍に目を注ぐ方向へ改作の手が進んだのは、当然と言えば当然であった。人々の思いは共感を得る形で語りのなかに収斂され、普遍化されていったのである。

日本のいくさの物語が内戦の物語であったからこそ、異民族・異教徒との戦いを語る西欧の叙事詩のごとく、敵味方の峻別が截然となされなかったことは確かであ

（2）通りすがりの人が同情して声をかけてきても、下心があるのではないかと疑ったりする。

（3）夫のせいで、こうした目にあっていると思い、また、全てを夫のせいにしたことをすぐに反省もする。

（4）第二章46頁参照。

（5）第二章56頁参照。

ろう。ただし、蒙古襲来を記録した『八幡愚童訓（甲本）』には、相手を「蒙古ハ是、犬ノ子孫」となじった一節のあることには触れておかなければならない。異民族との戦いが継起していれば、わが国でも、「いわゆる叙事詩」が生まれたに違いないのである。

今日、軍記物語を敗者の文学とする見方が相応に通用しているらしいが、それは正確ではない。勝敗の決したあとの現実を見つめる目、戦乱の結果への視座が表現の根源にあり、それゆえ敗者の姿が克明にたどられるに至ったと捉えるべきものに思われる。その目は、『平家物語』冒頭の無常観につながるものを内在させている。他の軍記物語も、巨視的に見れば、すべてそこに包摂されてしまおう。

文学は歴史と異なり、「人」を語るものであった。日本のいくさの物語は、勇ましい武人たちの英姿を生き生きと描きつつ、一方で、戦いの惹起した人の不幸を語る。それは多くの人にとって、いわれなき不幸、不条理以外の何ものでもなかったであろう。その不条理を、『イリアス』は神々のせいとしたが、「いわゆる叙事詩」の場合は、献身的英雄たちに不条理を口にさせることなど、ありうるはずもなかった。あらためてそれらと対比して見る時、戦乱のあとに相次いで生まれたこの国のいくさの物語は、戦いのなかで味わわされた様々な苦悩をストレートに見つめ、普遍的なものに昇華させ、混じりけのない言葉で表現しようとしたものであったと知らされる。文学としての稀有な価値も、おそらくはそこにある。

第六章

イタリアの叙事詩三作品

——戦いの面白さとその限界——

勝ち負けを語る戦いの物語は、本来的に、人々に面白さ、言い換えれば興奮を与えるものであり、それを目的として創られる場合が多い。しかし、実際の戦いは、それと裏腹に悲惨な現実を残す。その問題を、イタリアの叙事詩三作品を通して考えてみる。

【本章で新たに取りあげる作品】

『ブィリーナ』……ロシアで十七から八世紀にかけて採録された英雄たちの叙事詩。イリヤー・イワーノヴィチが最も著名で、モンゴル系異教徒のタタール軍と戦う。

『マナス』……キルギスで二十世紀に採録された叙事詩。中核は、成長してキルギス・ハーンとなるマナスが、中国や西モンゴルからの侵略に抗する物語。

『ゲセル・ハーン物語』……モンゴルで十九世紀に採録された物語。帝釈天の子が天上世界から地上に降り、苦しむ民を救うために活躍する。

『松浦宮物語』……藤原定家作。十二世紀末成立。男女の物語を中心としつつ、中国における戦乱を、天界から派遣された天童と天衆が阿修羅と戦ったものとして語る。

『アーサー王物語』……イギリスで十五世紀に採録された物語。十二世紀以降、ヨーロッパ全域に広まったブリテン王アーサーと円卓の騎士たちの冒険と恋愛の物語。

『内乱―パルサリア―』……イタリアの詩人ルーカーヌスによる一世紀の叙事詩。カエサルが独裁者となる契機となったポンペイウスとの戦いを語る。

『狂えるオルランド』……イタリアの詩人アリオストによる十六世紀前期の叙事詩。宮廷社会で享受された、空想の羽ばたく戦いと恋愛の物語。

『エルサレム解放』……イタリアの詩人タッソによる十六世紀後期の叙事詩。十字軍がイスラム教徒からエルサレムを奪還する戦いを、異教徒間の男女の愛を交えて語る。

戦いの物語は、有史以来、世界各地で綿々と語りつがれてきた。それは単純に言えば面白く、人、特に男の心をひきつけるものがあるからであろう。その心理には、勝つことへの欲望と夢が潜在していることは間違いない。

西欧における戦いの文学の主流は、叙事詩であった。あらためてアリストテレースの『詩学』をひもとけば、そのなかで、叙事詩は「韻律（いんりつ）を伴う言葉による高貴なことがらの再現」を目ざし、「劇的な筋」で「固有のよろこび」を創出するもの、当然、「歴史の場合とは異なったものでなければなら」ないと説かれ、「逆転と認知[1]と苦難」を伴い、つくり出された「驚き」が「よろこび」を与えるが、その関係は「聞き手をよろこばせるため話に尾ひれをつける」のに等しいとある（第二三、四章）。本章では、広く戦いを題材とした作品のあり方を問う立場から、その「よろこび」、つまりは面白さについて、近年翻訳され、偶然にも時を同じくして読むことになったイタリアの叙事詩三作品を題材に、考えをめぐらしてみたい。

一　架空の戦闘

アイヌ歌謡ユカラの一作品『虎杖丸（いたどりまる）』は、主人公の少年が、空を飛んで戦いを繰り返し、怪物相手にここぞという時には、霊剣たる虎杖丸の鞘（さや）や柄（つか）、鍔（つば）に彫り込まれた狼・竜・狐が生き出て相手を倒すといった奇想天外な物語であった。出現した

（1）「認知」は、状況を全く変えてしまう「無知から知への転換」を意味する（第一一章）。

黄金のラッコ(1)の奪い合いからいくさとなり、一対一の戦いでは「肝の割き合い」を演じて「魚を背割りする如く」互いに「腰骨」だけになるまで切り刻んだり、相互に相手の身体を「ぐるぐると、振り廻し」、「立ち樹」に「撃ちつけ」、その音が「ぐわらぐわら」と鳴ったとも語られる。明るい空想の世界は、止めどもない。

ロシアの『ブィリーナ』は、十一世紀には存在し、十七〜十八世紀にかけて採録刊行された英雄たちの叙事詩であるが、よく知られた人物イリヤー・イワーノヴィチの場合、モンゴル系異教徒のタタール軍(2)に「ただ一騎」で襲いかかり、「敵の軍勢を馬の蹄で踏みつけ」「槍で突き伏せ、雲霞のごとき軍勢を」「草を刈り取るようになぎ倒す。いったん捕虜となり、タタールの帝王に仕えるよう強要されたものの脱走、包囲されるや、「一人のタタール兵の足をつかみ」「ぐるぐると振り回して」敵を倒しはじめる。後注1

こうした、現実にはありえない架空の戦闘話は、いずれも楽しく、笑いをさそう。享受者は心躍らせながら、余裕をもって話を楽しむ。話し手は聞き手を喜ばせるため、非日常的な別世界を創出しているのである。

人に快感を与える戦いの物語の典型は、怪物退治譚であろう。紀元前十二世紀の最古の叙事詩、メソポタミアの『ギルガメシュ』からして森の番人フンババの退治譚があった。この類の話を含む作品は、『オデュッセイア』(3)『アルゴナウティカ』(4)『ラーマーヤナ』(5)『ベーオウルフ』(6)『マナス』(7)(一九二〇年代採録・キルギス)とあげられ

(1) イタチ科の哺乳動物。体長一・二メートルほど。毛皮用に捕獲。

(2) 韃靼とも。

(3) 倒す相手は、一つ目の巨人キュクロプス。

(4) 同、青銅の巨人タロス。

(5) 同、ランカー島の魔王ラーヴァナ。

(6) 同、沼に住む怪物とその母。

(7) 同、凶悪な巨人カラド。

るし、右の『虎杖丸』や『ヴィリーナ』も加えうる。
　非日常性は、多くの場合、人間社会と隔たった異空間を持ち込むことで創られており、神の世界がその代表。神々の思わくで人間の戦いも左右されていると語るのが『イリアス』や『アエネーイス』であった。東洋では天上界から地上に派遣された神が悪を退治して帰還するパターンが多く、『ラーマーヤナ』、『マハー・バーラタ』（131頁参照）、『ゲセル・ハーン物語』（十九世紀採録・モンゴル）がそうで、藤原定家の著『松浦宮物語（まつらのみや）』もそれに属する。[後注2] すなわち、天界の天童と天衆が人身としてこの世に派遣され、阿修羅の変身たる敵を倒すという枠組みで、全体は構想されていた。(8)(9)
　怪物は人間社会の外の存在であるから、先にあげた諸作品も異空間が背景にあることになる。広く異界との接点を有する作品となれば、『シャー・ナーメ（王書）』（十五世紀採録・イギリス）、『ニーベルンゲンの歌』（155頁参照）、『アーサー王物語』（154頁参照）、『オシアン』（第三章参照）、『カレワラ』（156頁参照）など、民間伝承に基づくものは、ほぼそうと認められよう。が、本章で後述する、『狂えるオルランド』と『エルサレム解放』とは、個性的な一作者の独創的な著述ながら異空間が作品の不可欠な要素とさせられている。
　これらに対し、歴史上の戦いを素材とした現実優位な作品群がある。『平家物語』をはじめとする日本の軍記物語や、『ロランの歌』、『イーゴリ遠征物語』、『エル・

（8）天童が主人公の弁少将（べんのしょうしょう）、天衆が恋愛感情を抱くに至った幼帝の母后。
（9）反乱を起こした宇文会（うぶんかい）。

シードの歌』、『三国志演義』、『ウズ・ルジアダス』等で、次節で取りあげる『内乱―パルサリア―』も、ここに含まれる。いくさの物語は、巨視的に見れば、空想の勝ったものと、現実性の勝ったものとに大別できることになる。

現実にあった戦争を語る作品は、勝者を称賛するものと、敗者を哀惜するものとに分けられるようである。敵からの脱出行を賛嘆する『イーゴリ遠征物語』、イスラム教徒からの国土回復運動での活躍がたたえられる『エル・シードの歌』、最終的勝利こそ価値あるものと見すえて筋を展開させる『三国志演義』、自国民の優秀さを歌う『ウズ・ルジアダス』が同じ性格を共有しており、他方、一英雄の死を悼む『ロランの歌』、歴史の非情さを語る『平家物語』、そして、敗者側にこそ理想の国家建設の可能性があったのにと惜しむ左の作品が共通の枠に入る。

二　歴史事象の作品化――『内乱―パルサリア―』――

当該作品は、紀元六五年に二十六歳の若さで自決したイタリアの詩人、ルキウス・アンナエウス・ルーカーヌス（三九～六五）の筆になる未完の叙事詩。百十年あまり前の、紀元前四九年一月から四八年八月にかけて繰り広げられたカエサル(1)とポンペイウス(2)一派との内戦が主題である。この戦いに勝ったカエサルは、ローマの全権を掌握するに至る。副題のパルサリアは、両者による最終戦争の行われたマケドニ

（1）第五章141頁注（4）。
（2）グナエウス・ポンペイウス（前一〇六～前四八）。カエサル、クラッススと三頭政治を行ったが、ローマ内戦でカエサルに敗れ、のちエジプトの地で暗殺される。

アの土地の名に拠っている。作者が自決に追い込まれたのは、当時の皇帝ネロ[3]排斥の陰謀に加わったからであった。

冒頭で、「戦を、私は歌おう、エマティアの野（パルサリアのある地・筆者注）に繰り広げられた、／内乱にもましておぞましい戦を、正義の名を冠された犯罪を」と語り出した作者は、その戦争を「同胞が同胞を相撃つ戦列」とも、「彼我もろともに／悖逆の罪（道理にそむく罪）に堕ちた闘争」とも言い換える。[後注3] 同じローマ人どうしの戦いとなったことを指弾し、道理に逆らう罪を犯したのだと言うのである。訳者の注によれば、「内乱にもましておぞましい」と表現したのは、将来にわたる自由の喪失と独裁を招いた戦いだったからという。

戦闘場面では、極端に誇張された表現が多い。たとえば、背と胸とを同時に槍で射貫かれた男の場合、「二本の槍の穂先は背と胸の真中で出会い」、「大量の血潮は同時に槍を二本ながら噴き出させ」たとある（第三巻）。敵船の船べりをつかんだ右手を切断された兵士は、それを奪い返そうとした左手も切り落とされながら、なお勇猛果敢に「胸を晒して」、飛来する槍に「射貫かれながら立ち尽くし」、最後は自分の重みで敵船を覆そうと身を投げ出す（同）。また、船上で鉄の鉤棹に体を貫かれた男は、味方が足首をつかまえて引き戻そうとしたため、上半身と下半身とに引き裂かれ、血が「火花のように飛び散」り、心臓のある上半身には「長いあいだ」死が訪れなかったとも語る（同）。

（3）ネロ・クラウディウス（三七～六八）。ローマ第五代皇帝。暴君として知られる。反乱を起こされ自殺。

もう一例をあげれば、こめかみを鉛玉で打ち砕かれ、「眼窩から引き剥がされた目の玉が飛び出した」男の場合、戦友に向かって、「投石器を据える時の常のように、私も／槍を放てるよう、まっすぐに立たせてくれ」と頼み、「盲目の手で／闇雲に」槍を放つ。その槍は敵の若者の下腹部に命中、それを目にした若者の老父は悲痛のあまり、息子に先んじて死ぬべく腹に剣を突き立て、「なおも、深い海へ真っ逆さまに身を投げた」といい、「一つの死に様では信用できなかったのだ」と説明を加える（同）。

これらは明らかに非現実的な表現。リアリティを、表現者も享受者も求めていなかったのであろう。日本の軍記物語の場合のように、現実と錯覚することはありえない。アリストテレースは、叙事詩における「驚き」と「よろこび」との関係を論じていたが、ルーカーヌスのこうした表現は、まさに「驚き」を読者に与えるべく意図されたものだったかに見える。ポエムなることが自覚されていると言ってもいい。

誇張の多くは凄惨さや勇猛さをイメージ的に訴えるもの、ここに『虎杖丸』のような笑いの要素が含まれているか否か、翻訳ゆえの限界もあって見定めがたいが、後述するように、強い政治的主張を内在させている点に鑑みると、笑いの意図的な作出はなかったように思われる。描かれるのは勇者ばかり、笑いの対象にされやすい臆病者は登場しない。

いわばイメージ表現とでも言えるその手法が、一種の象徴性を獲得するに至っている例もある。最後の雌雄を決する戦場で、互いに肉親の姿を敵中に見出した兵士は、「誰もが茫然として、胸を凍らせ、親兄弟への愛に打たれて、／冷たい血が身の内を走り、部隊の兵らは一人残らず腕を伸ばして、／槍を構えたまま、じっと動かなかった」と記される（第七巻）。ストップモーションのような静止場面、肉親どうしが戦う内戦の非情さが、ここには暗示されているわけである。実はポンペイウスの亡妻は、カエサルの娘であった(1)。そこで作中では、「婿」と「舅」という呼称が、当人の実名より頻繁に使われる。そこにも身内が殺し合うことの非をシンボリックに語ろうとする姿勢が、顕著に示されていよう。

この作品の神髄は、カエサル批判を通じて反独裁を主張し、護られるべきは自由と標榜するところにある。彼の配下の軍勢が戦いを拒否して反旗を翻した時のことを語って、「ああ、恥じぬか。カエサル」と作者は呼びかける。「戦に、汝だけは喜びを覚えるか」とも、「許されざることもやり抜こうとするか。疲れる術を知るがよい」、「仮借なきカエサル、何を／追い求める」とも断罪する（第五巻）。

決戦当日、進撃を開始した両陣営について、「軍勢の一方は独裁への恐怖が、他方は独裁への野望が奮い立たせた」と語りつつ、繁栄を極めたローマから「自由が悖逆の内乱を逃れ、もはや／二度と戻るまいと（中略）彼方に去ったのも／あの日が原因」、「自由は、今や（中略）〈この国を〉もはや顧みることもない。自由など、

（1）ユリア。三頭政治（170頁注2）の始まった当初の前五九年に結婚。五年後に死去。

我ら／ローマの民に知られざるものでありせばよかりしものを」と嘆く言葉を連ねる（第七巻）。

別の個所では、「この戦が、子々孫々、／数多の民族、数多の国民の間で読み継がれ、（中略）、あたかもこれを、伝わる過去の戦ならぬ、やがて訪れる／戦として読み、かつ、マグヌス[1]（ポンペイウスの別称）、汝に与せずにはおくまい」と記し、ポンペイウス敗北後の紙面には、これからの戦いについて「その戦は、我らも関わる、永劫に続く戦い、／自由とカエサルとの戦いとなろう」と書く（同巻）。「カエサル」は、もちろん独裁者を意味している。ルーカーヌスは、二千年も前に、自由と独裁とに関わる、『平家物語』などでは考えられぬ政治的メッセージを未来に残したのであった。

これに八十年あまり先立って、ローマ建国の物語『アエネーイス』が成立していた。自国称揚を旨とするそれとは、対極的位置にあるのが本作とされる。[後注4] が、強固な愛国心を持つ点は変わらない。たとえば、作品導入部の内戦批判では、他国から戦勝品を「奪還する務め」すら忘れるとは、と非難し、「憎むべき蛮族」におのが血を捧げ、身内で戦って流した血の代償には、「どれほどの陸や海を購いえた」かと問う（第一巻）。

他国軍も加わったパルサリアでの最終戦争を語っては、その地が願わくは「蛮族」の血と骨だけで埋められるよう、ただし、やがてローマ国民となる民族は「生き長

（1）「偉大な」を意味する語。

らえさせよ」と言う（第七巻）。ポンペイウスを暗殺[2]したエジプト国民を「惰弱な民」と評し、敵対関係にあったイランも蔑視の対象とする（第八巻）。

一言で評すれば、内戦は否定しても、自国拡張のための対外戦は肯定するのである。そこに、他国民の自由を抑圧することになることへの意識はないらしい。愛する対象は自国民に限られている。

勝利を収めたカエサル軍の兵士たちは、自らが殺した「同胞」「兄弟」「親」を夢に見て「犯罪の恐怖の幻影」に悩まされたという（第七巻）。『平家物語』の熊谷直実は、殺したくもない相手を殺さねばならぬ「弓矢とる身」の罪深さを自覚するに至るのであったが、彼らの苦悩は、内戦によって知己の人々を殺した自責の念にとどまり、兵士という職業の持つ本質的な罪悪性にまで思いが及ぶことはない。そこに、自らの属する民族・国家・宗教への帰属意識の強い叙事詩の性格が顕現している。この作品は、あくまでも憂国の書なのである。

『アエネーイス』では、神ユピテルが女神ウェヌスにローマ建国を保証してやるのであったが、ルーカーヌスは、「我ら人間を統べる神霊など存在せぬのであろう。／（中略）ユピテルがこの世を／統べたまうなどという、我らの言葉は偽り」と断ずる（第七巻）。つまり、伝統的な神の存在を否定したのであった。現実を凝視する目が、信を置くに足らぬものを許さなかったのであろう。ネロ排斥に命を賭した詩人の精神構造が推察される。

（2）パルサリア戦後、船でエジプトに逃れたが、エジプト国王の送った刺客によって船中で殺された。

戦いの面白さを表現しようとする意識が、彼にはどれほどあったか。飛躍したイメージによる戦闘描写は、シンボリックな機能を付与されているように見えるが、享受者側に「驚き」を与えはしても、快感を覚えさせはしまい。執筆動機たる憂国の思いが、明るい方向に筆の進むのを拒(こば)んだのに違いない。

三　架空と現実と

『内乱―パルサリア―』より千五百年前後の時を隔てて、同じイタリアで二つの叙事詩が創られる。一五一六年から三二年にかけ、改訂三版まで刊行された『狂えるオルランド』と、一五七五年に脱稿された『エルサレム解放』である。前者の作者はルドヴィコ・アリオスト（一四七四〜一五三三）、後者の作者はトルクァート・タッソ（一五四四〜九五）。共にフェッラーラのエステ家に仕えた宮廷詩人であった。(1) 『アーサー王物語』(2) などの騎士物語の流れを汲み、架空の騎士たちの武勲と愛を語る作品である。

（1）『狂えるオルランド』

「これより歌うは、淑女(しゅくじょ)や、騎士や、戦(いく)さや、恋や、／また騎士道や、武勲のことども」という語り出しからして、娯楽提供を旨とする作品と分かろう。[後注5] 時代設定

（1）十二世紀末よりイタリア北部のフェッラーラをほぼ四百年にわたって統治、学芸を重んじ、美術を保護した。
（2）ブリテン王アーサーと円卓の騎士たちとの冒険と恋愛の物語。十二世紀以降、全ヨーロッパに伝播。第五章150頁注（1）参照。

は八世紀末、題材は、皇帝シャルルマーニュ[3]率いるキリスト教徒軍とイスラム教徒軍との戦い。その時のことを語る叙事詩が『ロランの歌』であったが、主人公のオルランドは、ロランのイタリア語表記である。

これに先んじて『恋するオルランド』[4]という未完の作品があり、後注6 キリスト教徒軍を分裂させるため、中国のカタイ[5]から送り込まれた美女アンジェリカをめぐって、イスラム教徒も交えた愛の争奪戦が展開されるという内容であったが、それを受けて本作は創られている。最初に描かれる戦いは、キリスト教徒とイスラム教徒との戦いながら、宗教的対立ゆえではなく、アンジェリカをめぐる争い。逃げた彼女を追跡するため、異教徒どうしにもかかわらず、一頭の馬に相乗りする。イスラム教を邪教と一蹴する『ロランの歌』の世界とは縁遠い。

オルランドは怪力の持ち主で、女人を食う巨大な鯱を殺すため、その大口に舟の錨を挟み込む（第十一歌）。足裏を除いては金剛石を凌ぐばかりに硬い不死身の体、いったん剣を振えば、「虚空には叫喚、悲鳴のみではなくて、／刎ねられた肩やら、腕や、頭も飛び交う」と楽しく語られる（第十二歌）。その彼が狂うのは、アンジェリカがムーア人[6]の少年兵と愛し合う仲となり、故郷へ帰ってしまったからであった。「あまりな怒り、あまりな憤怒に、／正気がすっかりくもってしま」い、巨木を次々と引き抜き（第二十三歌）、果ては武具を捨てて素っ裸となり、つかまえた馬を酷使して絶命させ、なお死んだ馬を引きずって旅を続けるありさま（第三十歌）。

（3）第一章35頁注（3）。

（4）マッテーオ・マリーア・ボイアルド（一四三四〜九四）の作。

（5）遊牧民族の契丹に由来する称。

（6）北西アフリカ出身のイスラム教徒。

作中には、いくら四肢を切断されても元通りにくっついてしまう盗賊の話もある（第十五歌）。首を切られて川に投げ込まれると、川底まで潜って首をつけ、這い上がってくる始末。魔性の秘密は髪の毛にあり、それを剃り落とされて死んでしまうが、ここには明らかに笑いがある。アンジェリカに眠り薬を振りかけ、思いを果たそうとした老隠者が、肉体の衰えはいかんともしがたく眠り込んでしまう話や（第八歌）、彼女の裸に情欲をそそられた騎士が武具を脱ぐのに手間取っているうち、相手は魔法の指輪を口にして姿を消し、すっかり狼狽する話など（第十、十一歌）、滑稽さが意図的に創り出されている。

この騎士はイスラム教徒のルッジェーロといい、彼女を例の鯱から救ってやったのであったが、実はキリスト教徒の女騎士ブラダマンテと相思相愛の関係にあった。彼は作者が仕えていたエステ家の祖とされる重要人物。父系がクリスチャンだったため、やがて改宗し、ブラダマンテと結ばれるが、そこに至るまでの過程が波乱万丈、錯綜した筋が組み立てられている。

彼を養育したのが妖術師のアトランテで、将来、暗殺されることになるルッジェーロの運命を回避させるべく、空飛ぶ天馬を使って幻の城に閉じ込め（第二歌）、あるいは魔法の館に誘い込む（第十二歌）。ブラダマンテに寄り添うのが魔女メリッサで、彼女の子孫の繁栄を予告し（第三歌）、窮地に陥った時には援助の手を差し出して最終的に二人を結びつける。意外なストーリー展開が連続し、作者自ら「天翔ける空想は、私がいつも一本の／道筋のみをたどるを好まず」と語るように（第十四歌）、軽妙に話柄が切り替えられ、読者を飽きさせない。読者対象は宮廷サロンに集う男女、そうした人々への語りかけも随所に見られる。この作品における戦いは、まさに楽しい空想の産物であった。

作者のアリオストは風刺詩人[1]で、それがよく分かるのが、オルランドの失った「正気」を、月世界へ行って取り戻してきた騎士アストルフォの話（第三十四歌）。彼は空飛ぶ天馬に乗り、さらに使徒ヨハネ[2]に導かれて月に至る。そこで見たものは地上から「失われたもの」たちで、「運命の力で奪い取ったり、与えたり／出来ぬもの」、つまり本来失ってはいけない普遍的価値のあるものまであり、「鳥黐ついた罠」もあって、「ご婦人方よ、それは女性の美貌とのこと」と皮肉に説明、また「狂気はそこにはあんまり多くはなかった。／狂気は地上にとどまって、一向そこから離れぬゆえに」と、人間社会の愚かしさを語る。正気については、「人がおのれではしっかりと持っているものと／思うているゆえ、それを得るために神に祈願はせぬもの」と、軽薄な人間一般の姿を揶揄する。

その一方、アリオストは、自身の戦争体験も中に折り込んだ。一五〇九年にあった対ヴェネチア戦争[3]である。敵中に深入りして生け捕られた公爵の息子が、人々の眼前で処刑されるのを見たのであった。「ああ、ソーラ公」とその父に呼びかけ、「健気なお子が何千の敵の／剣に囲まれて、兜を脱がされ、敵船に連れて行かれて、

（1）　連作の『風刺詩』を残す。

（2）　キリストの十二使徒の一人。「ヨハネ福音書」の著者という。

（3）　ヴェネチア軍がポー川を遡行してエステ領に侵攻し、アリオストの仕えるエステ家のイッポリト枢機卿がそれを撃破した戦い。

／櫂受けに首根据えられ、刎ねられるのを目にしたときの、／あなたの心、あなたの思いはいかなるものであったろう」と、心中を思いやる（第三十六歌）。この戦いは三回取りあげているが、一五一二年の対スペイン戦(1)でも、「若き寡婦らの嘆き悲しむ声聞けば、／とてものことにその戦勝を喜び祝うことなど出来ぬ」と、現実の戦争のもたらす非情な結果に言及する（第十四歌）。当然、自らの紡ぎだす空想の戦いが、現実と隔絶したものであることを熟知していたのであった。

各歌の導入部では、洒脱な男女夫婦論やら人生教訓的言辞やらがなされ、自己韜晦も含んでいて、読者の微苦笑をさそう。「われらのうちには、そうとは気づきはせぬものの、／魔法使いや魔女たちが、なんとたくさんいることか。／男も女も、外面装い、術を弄して、／相手をおのれに恋させる」といったたぐいである（第八歌）。最後は、叙事詩らしく、ルッジェーロとかつての仲間のイスラム教徒ロドモンテとの激闘で閉じられるが、全体を統括しているのは、冷めた意識で現実を俯瞰する作者の目である。物語を夢想しつつ、世の実相をも直視する目、それがストーリーの面白さに終わらない魅力を醸し出している。

（2）『エルサレム解放』

この作品は、キリストの聖地エルサレムを十字軍(2)がイスラム教徒から奪還した一〇九九年の戦いを題材とし、前作同様、架空の騎士たちの武勲と異教徒間の男女の

(1) フランス軍が、エステ公アルフォンソの支援を得て、イタリアのラヴェンナでスペイン軍に勝利した戦い。

(2) その遠征は、一〇九六年より十三世紀後半まで七回にわたる。従軍者は十字架を記章とした。

愛を語る。完成は一五七五年であったが、それは一五一七年に始まったルター(3)（一四八三〜一五四六）による宗教改革に対するカトリック教会側からの弾劾が激しい時代であった。作者のタッソは、自作が異端書に当たらないか懊悩し、自ら異端審問所(4)に出向いたりするが、やがて精神的異常をきたし、幽閉の身となる。自由となったのち、放浪生活を続け、一五九二年に本書を改作した『エルサレム征服』を書く。内面における葛藤は、相当に深刻なものであったのだろう。

本作の日本語訳は、現代詩人のアルフレード・ジュリアーニ（一九二四〜二〇〇七）が全体の三分の一ほどに編纂したものしか刊行されていない。後注7 略された部分は、ジュリアーニの解説文で補われており、作品の独自性は充分に知ることができる。

その解説によれば、語り出しの一節は、「わたしは歌おう、あの敬虔な軍隊を、その総大将を／彼こそがキリストの尊き墓所を解放したのだから」であった。十字軍の功績を語ることに目線を合わせているのであるが、筋が進行するにしたがい、不幸な男女の物語が大きなウェイトを占めるに至る。それは、豪勇の騎士タンクレーディが戦場で喉を潤すために訪れた泉で、異教徒の美しい女騎士クロリンダに遭遇したことから始まる（第一歌）。

二人は激戦のさなかに槍で渡り合い、彼女の兜の紐が切れて、金髪の美貌が露となる。タンクレーディの恋情は燃え上がり、ついに戦場の外へと相手をいざない、愛を告白、命までも差し出そうとする（第三歌）。ジュリアーニの言葉を借りれば、

(3) マルチン・ルター。ドイツ人。ローマ教皇による免罪符販売を批判し、救いはその人の功績によらず信仰によると主張して教皇権を否認、破門されたことで宗教改革が始まる。

(4) 十三世紀以降、カトリック教会が異端者摘発を目的に設けた審問機関。

「エルサレム解放という叙事詩を食み出し」「別な物語詩のなかへ入りこもうとしている」観がある。

クロリンダは、エチオピアの黒人の后から生まれた白人女性、母は信仰心厚いクリスチャンながら、白人の生まれたことをおそれ、従僕のイスラム教徒に子を託し、クリスチャンとして育てるよう頼む。その事実が養父から本人に知らされたのは、戦場で命を落とす前夜、彼女自身も洗礼を受けるよう諭される夢を見る。

悲劇を生むその夜、クロリンダは、敵の巨大な攻撃用の櫓(1)を炎上させるために密行、目的を果たして帰るところをタンクレーディに追跡され、二人の決闘は夜が白むまで続く。彼は、相手が愛する人とは知らぬまま、名乗ろうとしない相手に激怒し、ついに致命傷を与えてしまう。兜を外して、「ああ、見てしまった! 知ってしまった!」のであった。求められるまま、汲んできた水で洗礼を与え、微笑む彼女を天国に送るも、癒しがたい後悔が残る(第十二歌)。

この悲恋にからみ、タンクレーディへの報われぬ愛に悩むイスラム王の娘エルミーニアの話がある。彼女は囚人として優しく遇された過去が忘れられず、重傷を負った彼を秘薬で救うべく、クロリンダの武具をひそかにまとって十字軍にまぎれ込む。しかし、発見されて逃走、彼の方は皮肉にも、愛する人が来てくれたものと思う(第六歌)。結局、彼女の愛は相手の心に届くことなく、修道院に入る道を選ぶことになる(第十九歌)。

(1) イスラム教徒側の高い城壁を攻撃するために作られた、台車に乗る可動式の高楼。

十字軍を擁護するのが天使で、イスラム教軍に味方するのがサタン(2)、その援護を得て魔性の女アルミーダが登場する。妖艶さで敵の騎士たちをだますが（第四歌）、虜にした豪勇の少年騎士リナルドに恋をし、魔法の島で二人だけの日々を過ごす。が、やがて魔術を解かれた相手に捨てられ、半狂乱の如く復讐を誓う（第十四〜十六歌）。彼女の愛も不幸なものであった。最後は戦場で彼に抱きとめられ、愛は成就したかに描かれるが（第二十歌）、改宗したとまでは語られない。リナルドは作者の仕えるエステ家の祖と設定されており、魔女をその祖に加えようとする発想は生まれるはずもなかった。

いずれの話も異宗教間の、さらには魔界との間の境界をも越えようとする愛が主題。愛は、宗教的対立や民族的対立の上位に位置づけられている。タッソは本作と同時進行的に、男女が、互いに相手が死んだと思うことでようやく結びつくというストーリーの牧歌劇(3)『アミンタ(4)』を書いているが、[後注8]宮廷サロンでは人気の話題であった愛のテーマが、そこでも扱われていたわけである。しかし、『エルサレム解放』は、同じ性格のサロン文学たる『狂えるオルランド』にあったような笑いに乏しく、逆に暗さと重さがある。

それは報われぬ愛に象徴されているだけではなく、死を覚悟したイスラム騎士の姿を描く筆致からも感じられる。死闘を繰り返したタンクレーディと異教徒アルガンテとの最後の決闘場面、敵の手に落ちたエルサレムを「物憂げに」「振りあおぐ

（2） 悪魔。神がキリスト教軍を支援するのに対抗してイスラム教徒側につく。

（3） 自然と調和して生きる羊飼いなどの生活を理想として描く、ロマンチックな演劇。

（4） 妖精シルヴィアへの愛のとりこになった牧人アミンタの物語。

ばかり」のアルガンテは、タンクレーディから何を思うのかと問われ、古代より栄えてきたユダヤの都に思いを馳せていると言いながら、「虚しくも最後の牙城たらんとして／このおれは奮闘したのだ、宿命ゆえの陥落に至るまで」と答える（第十九歌）。滅びの宿命を確認し、虚しい奮闘に終わったものの、それに殉じたおのれを肯定して、生死をかけた戦いに臨もうとする姿がとらえられている。

　より複雑な敗者の心理は、十字軍に王国を奪われた過去を持つトルコ王ソリマーノの場合に見られる。戦場で愛する美少年を喪って涙を流し、「おまえが泣くのか、ソリマーノよ？　破壊されてゆく／おのれの王国を乾いた眼で見つめていたおまえが？」と問う一節の、その「乾いた眼」で悲しむべき事態を見ていたという一言が、まず、知的な彼の姿を表現しえている。奮戦虚しく配色濃いなか、彼は「ふと立ち竦」み、自害すべきか逃げるべきかを自問し、思案の末に遁走を決意、「《勝たせてやろう》とついに呟いた《運命に、……》」と言葉を漏らしつつ、たとえ死して霊魂になろうとも敵として蘇ろうと誓う。作者は内省する敗者を描いたのであった（第九歌）。

　彼の最期は、高台で戦況を眺めているところから語り出される。見ていたものは、「人間存在の有様の甚だしいまでの悲劇性」であり、「凄惨きわまりない死の情景」であり、「偶然と運命との大いなる戯れの諸相」であったという。が、やがて体が熱してきた彼は、迷うことなく戦いの渦中へと突き進んでいく。「戯れ」としか言いようのない不条理な現実の認識のなかで、自ら燃焼し尽くそうとしたと言えよう。その姿は、『平家物語』で平知盛が壇の浦の決戦を前に、いかなる名将・勇士であろうとも「運命尽きぬれば力及ばず。されども名こそ惜しけれ」と全軍に檄を飛ばし、戦いの中に生きのびる者、[1]死にゆく者の全てを見終って、[2]「見るべきほどのことは見つ」と言って入水していった姿に、どこか通じている。

ソリマーノの場合、深手を負い、死を前にしては、「幾ばくかの勇気」とそれを消してしまう「不可思議な」「恐怖」とが心中でせめぎ合ったといい、死にゆくさまは、「厳かにして大いなる身ぶりのほかには何もしない」と描写される。覚悟の死が、錯綜する心理とともに語られているのである。

タッソは、イスラム教徒という枠を度外視して、敵味方にかかわらぬ敗者の、現実にありうる姿を表現したかったのであろう。宗教的対立を越えた愛を語ろうとしたように。ここに、異教徒を蔑視する視線は感じられない。聖地を異教徒から奪還した十字軍の功績を語るべく書き始められた叙事詩でありながら、である。当時の宗教的状況は、こうした作品で面白さを前面に出すことを許さず、その上、作者の表現欲求とも本質的に相容れぬものであったのに違いない。できあがってしまった自作を異端書ではないかと自問自答し、葛藤することになる原点が透かし見える。

イタリアの叙事詩三作品は、それぞれに個性的であった。戦いの描写は質こそ違

(1) 具体的には、死にきれず生け捕りの身となった宗盛親子。
(2) 具体的には、孫の安徳帝を抱いて入水した二位尼時子、最後の奮戦を見せた教経など。

え、いずれも非現実的で、読者にインパクトや面白さを与えるべく表現が練り込まれている。しかしその一方で、濃淡の差こそあれ、作中には現実が確かな影を落としていた。戦争は人に生と死を問うもの、それを題材とする文学は、楽しい笑いのみを提供することに終始できない宿命を負っているように思われる。

日本の軍記文学も、そうであろう。『保元物語』の為朝、『平治物語』の悪源太義平、『平家物語』の橋合戦等々、心楽しませてくれる話柄は多い。他方、現実に注がれている目は、たとえば『平家物語』（覚一本）の灌頂巻に、夫や息子を失い、なお生き残っている女性たちのつらい日常を、「嘆きながら、さてこそ過ごされけれ」と綴っている短い一文からも感得されるところであった。[1] 眼前の乱世をつづった『太平記』は、世を憂う思いが強い。

ユカラの『虎杖丸（いたどりまる）』のように、日常を忘れさせる快楽の提供を身上（しんじょう）とする、架空の域を出ない作品は別として、歴史的現実を何がしか意識する表現者が創ったいくさの物語には、戦いの面白さを相対化する視座が内在している。享受者にもまた、それが求められているのであろう。

（1）第五章158頁参照。

第七章

エウリーピデースと世阿弥

――戦いの伝承の劇化――

戦いは、しばしば舞台で演ずる対象となってきた。その具体例として、トロイア戦争などを題材として多くの作品を残したギリシア悲劇作家のエウリーピデースの場合と、『平家物語』に材を得て作能した世阿弥の場合とを比較検討する。作品を創り出す両者の基本姿勢の相違を明らかにしつつ、『平家物語』の別次元のあり方を考える。

【本章で主に取りあげる作品】

トロイア戦争、テーバイ戦争に材を得たエウリーピデース作品

『アンドロマケー』……敗北後にギリシアに連行されたヘクトルの妻が、アキレウスの息子との間に子ができ、正妻に迫害されながらも、それに抗する話。

『ヘカベー』……トロイア王妃のヘクトルの母が、異国の王を信じて預けていた我が子を殺され、その恨みを晴らすべく復讐する。

『ヒケティデス（嘆願する女たち）』……オイディプス王の子の兄弟が王位を争ったテーバイ戦争に取材、討たれた七人の将軍の母たちが息子の遺体の返還を求める話。

『トローアデス（トロイアーの女たち）』……トロイア王妃を見舞った四つの非情な出来事、すなわち娘二人と嫁、孫に対するギリシア軍のむごい仕打ちが語られる。

『エーレクトラー』……アガメムノンの娘が、トロイアから帰国した父を殺した母とその情夫を、弟と協力して討ち果たす。

『タウリケーのイーピゲネイア』……アガメムノンが出征に際し、我が娘を神への生け贄（にえ）としたことが妻の夫殺害の動機であったが、その娘が他の地で生きていたという。

『ヘレネー』……ギリシアからトロイアに連れていかれ、戦争の因になったというヘレネが、実はエジプトにいたとする。

『オレステース』……神託によって母殺しをしたアガメムノンの息子が狂気におちいり、人々の非難の対象となって苦難する話。

『ポイニッサイ』……オイディプス王の子は相打ちして二人とも死に、叔父が王となるが、その息子が国の穢れを晴らすために、自ら生け贄となっていく。

『アウリスのイーピゲネイア』……アガメムノンが神への生け贄とすべく呼び寄せた娘が、ギリシアのためにと自らすすんで身を差し出す。

『平家物語』に材を得た世阿弥作品

『忠度』『実盛』『頼政』『清経』『敦盛』

アイスキュロス[1]（前五二五〜四五六）は、ペルシア軍をアテナイが紀元前四八〇年にサラミスの海戦[2]で壊滅させた八年後に『ペルサイ（ペルシアの人々）』を発表、敗れたペルシア王の母や兵士の妻たちの嘆きを舞台で演じさせ、自国の勝利の必然性を誇らしく称揚（しょうよう）した。日本では、一三九一年の明徳の乱[3]の直後に成立したと見られる軍記作品の『明徳記』をもとに能『小林』（作者未詳）が創られ、幕府に叛（そむ）いた山名氏清（うじきよ）の非を、家臣の小林義繁（よししげ）[4]の諫言（かんげん）を介して語らせ、共に勝者の視点に立った作品が創られていた。

が、真作十八編のうち十一編まで戦いを素材とした作品を残したエウリーピデース[5]（前四八〇年代〜四〇六）の場合は、それほど単純ではなく、『平家物語』に依拠して作能した世阿弥（一三六三、四〜一四四三、三年か）の関心は、敗者の方にあった。それぞれの作品のありようを、まず、前者から見ていこう。

一　戦争被害者への目――女性たち――

エウリーピデースは、トロイア戦争から九作品を、テーバイ戦争から二作品を書いた。『イリアス』の語る前者の戦いは、ヘレ、アテネ、アプロディテの女神たちが美を競い合い、アプロディテがその審判者となったトロイアのパリスに、スパルタ王メネラオスの后ヘレネを与えて勝利を収めたところに因があったとされる。ギ

（1）　ギリシア悲劇の確立者。代表作は「オレステイア」三部作。
（2）　ギリシアのアッティカ半島とサラミス島との間の海域であった戦い。アイスキュロスも参戦。
（3）　守護大名として勢力のあった山名氏清らが室町幕府に対して起こした反乱。氏清は戦死。
（4）　伝未詳。
（5）　アイスキュロス、ソポクレースの後に登場した悲劇作家。『戦史（歴史）』を書いたトゥーキュディデースと同時代人（第五章139頁参照）。

後注1

リシア軍は、ヘレネを奪い返すべく、十年間もトロイアの地で戦い続けたと伝わる。テーバイ戦争は、オイディプス王の二人の息子によるテーバイ国[(1)]の王権をめぐる戦い。王位にあるエテオクレースを、アルゴス国[(2)]の支援を得たポリュネイケースが攻撃、二人は相打ちによって死に、叔父のクレオーンが即位する。

エウリーピデースの後半生は、前四三一年から四〇四年まで続いたペロポネソス戦争[(3)]、つまり自国のアテナイがスパルタに敗北するに至る長い戦いの時代に覆われていた。この開戦を契機に、彼の悲劇は「戦争とその悲惨な結果を扱ったものが増えてくる」と指摘されている[後注2]。眼前の現実が影を落としてくるのである。その時代に創られた最も早い作品らしいのが『アンドロマケー』で、前四二五年ころの作という(以下、固有名詞の表記は、岩波書店刊『ギリシア悲劇全集』に従い、長音で示す。例・「ヘレネ」→「ヘレネー」。各作品の制作上演年代、本文引用も同書による)。

その内容は、トロイアーの英雄ヘクトールの妻アンドロマケーが、奴隷としてギリシアに連行され、アキレウスの息子との間に子をもうける、そのため、正妻のヘレネーの娘から命までねらわれる身となってしまい、のちに自らの行為を恥じたその娘の方は、もとの婚約者で今は逃亡者となっているオレステースによって館から連れ出され、アキレウスの息子は暗殺される、というもの。オレステースが逃亡者となっているのは、トロイアーから凱旋(がいせん)将軍として帰国した父のアガメムノーンを母のクリュタイメーストラーが恋人と共に殺害、その仇(かたき)を討つべく母を殺し、母国

(1) 中央ギリシアのヴィオティア県の県都ティーヴァにあった都市国家。アテナイやスパルタと覇権を争う。
(2) ペロポネソス地方東北部のアルゴリタ県にあった都市国家。
(3) 第五章139頁注(3)。

から追放されているからであった。(4)

この作品の最終場面で、作者は三つの悲しい現実をコロス（合唱隊）に歌わせている。一つはトロイアーの滅亡、二つはオレステースの母殺し、三つはギリシアにも及んだ戦争の災禍。注目すべきは、アイスキュロスの『ペルサイ』とは違い、戦争の勝者と敗者、双方の不幸に言及していることであり、ここで歌われるギリシア側の不幸は、「逝きし子らを弔う／嘆きの歌声は絶えることなく、夫を失った妻たちは／家を離れて」と、愛する者を失った女たちの悲しみである。主人公も愛する人を殺され、敵国に連れてこられた身であった。

ほぼ同時期の作に『ヘカベー』がある。アンドロマケーの姑のトロイアー王妃ヘカベーが、二人の子供を殺され、悲嘆にくれながらも、敵討ちを果たすストーリー。殺された一人は、戦死したアキレウスの墓前に生け贄として捧げられた女の子、もう一人は、戦争を避けてトラーキアー(5)の王に託されていた男の子で、母国が敗れるや殺害される。ヘカベーは、その男の子の復讐をする。

舞台は、トロイアーの女たちが捕虜として収容されている幕舎。コロスは彼女たちによって構成され、ヘカベーの悲しみ、そして自らの不安が歌われる。しかも彼女らは多く、ヘカベーと同じ母たる身、「ああ、わが子らよ、／父たちよ、（中略）／わたくしは見知らぬ国に奴隷となってゆく身」と嘆く。また一方、ギリシア側の女たちの悲嘆が、「家の内に籠ったまま、涙ながらに泣き暮し、／子供に死なれた

(4) 関係図

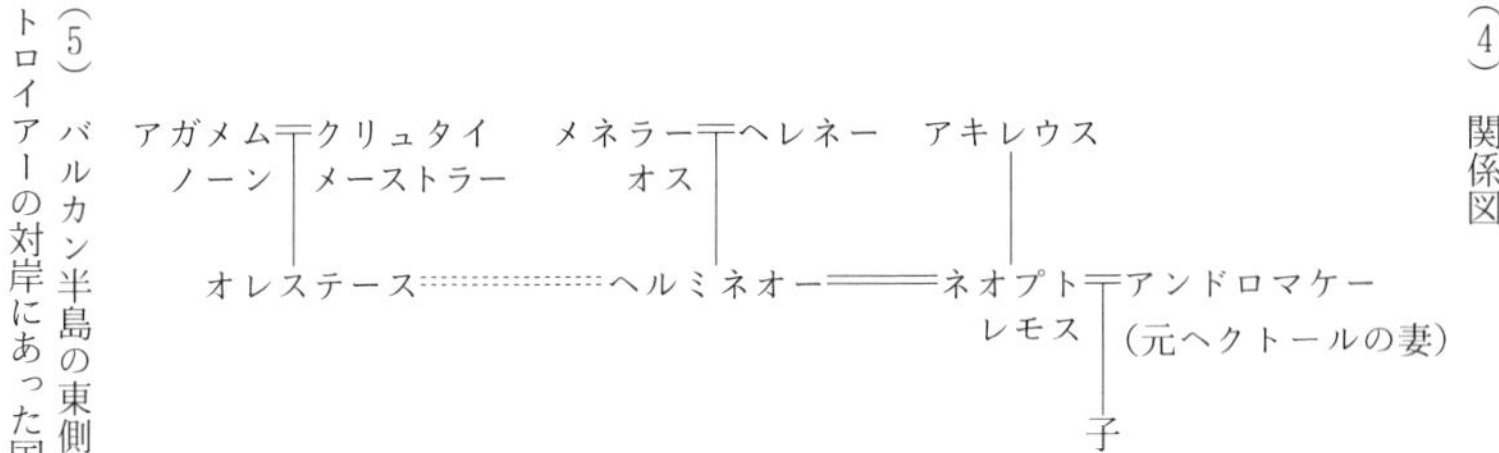

(5) バルカン半島の東側、トロイアーの対岸にあった国。

母親は白髪の頭を拳で打ち」と語られる。前作同様、敗者側の女性の悲惨さに焦点を合わせながら、戦争被害者という共通性から勝者側の女性にも視野を拡大している。そして、男の子の復讐に燃えるヘカベーは、トラーキアー王をだまして子供と共に幕舎に呼び寄せ、コロスの女たちと共謀して子を殺し、王の目をつぶす。

『アンドロマケー』では、後半、アンドロマケーがまったく登場せず、『ヘカベー』では、前後半で主人公の性格が弱者と強者とに二分されており、劇作の未熟さが感じられる。それはそれとして、『イリアス』中の二人の姿と比べた場合、強烈な個性が打ち出されている点、雲泥の差がある。アンドロマケーは、自分を殺そうとするヘレネーの娘に強く抗弁して譲らないし、ヘカベーは敵討ちを断固として敢行する。演劇ゆえの性格づけがなされたのであろう。

テーバイ戦争に取材した『ヒケティデス（嘆願する女たち）』も、右二作と重なる時点の制作で、やはり女性の存在が大きい。ポリュネイケースと共にテーバイを攻めて戦死したアルゴスの七人の将軍の母たちが、放置されている息子の遺体を引き取らせてほしいと、アテーナイ王のテーセウス(1)に仲介を依頼、その尽力で願いは果たされるが、七将の妻の一人は、夫の火葬の火に身を投じて死ぬ。ストーリー展開は一方向で統一されており、劇的起伏に乏しいものの、右二作にあったような分裂は感じられない。

コロスを形成するのは七将の母たちで、その意を汲んで行動するのがアルゴス王

（1）アテーナイの偉大な英雄として伝わる王。

のアドラーストス。彼に連れられて女たちは、テーセウスの老母のもとで悲痛な心中を披瀝（ひれき）、心動かされた老母の、わが息子への説得でことは進む。母どうしの思いの共有が作品の基盤に据（す）えられているわけである。

しかもこの作品には、戦争への懐疑が込められている。アドラーストスは、テーバイ攻撃の非をテーセウスに責められ、自らの軽率さを認める。「若者たちの熱気に押されて分別（ふんべつ）を忘れて」と後悔し、子の遺骸を前に泣く母らを目にして「あさましいわが身よ」と吐露、舞台から姿を消す直前には、「あわれな人間たちよ、／なぜ、槍を手に持ちお互いに殺し合いをするのか」と問いかける。テーセウスの言中でも、「若者たちに引きずられ」、「大義もなしに戦争を重ね」てゆく場合、彼らのねらいは自らの出世欲だったり、「権力」への渇望（かつぼう）だったりで、民衆が受ける被害は念頭にないと語られる。

この戦争推進者への非難は、当時の政界で主戦派を率いていたクレオーン[2]（?～前四二二）への批判が込められている可能性が高い。その批判を、喜劇作者アリストパネース[3]（前四四五?～前三八五?）は、堂々と自らの作『騎士』[4]で開陳していた。

七将の息子、つまり母たちには孫に当たる子供たちは、十年後にテーバイを攻略したと伝えられる。彼らがその仇討（かたきう）ちを口にする場面で、コロスの女性集団は、「いまだ、この不幸はやむことがないのか。／あわれ、人の世のわざわいよ。私には／嘆きも悲しみもこれで十分」と歌う。戦いを忌避（きひ）する思いが根底にあり、「後

（2）劣勢に立ったスパルタ側からの講和申し込みの受諾に強硬に反対、戦功もあげるが、最後は戦死。

（3）社会に対する辛辣（しんらつ）な諷刺を作中に折り込み、エウリーピデースもその対象となっている。作品に『女の平和』『蜂』など。

（4）上演は、クレオーンが対スパルタ強攻策を主張し、戦功をあげた翌年の前四二四年。クレオーンに擬された人物が、下品で悪辣（あくらつ）な奴隷として登場。コロスはアテーナイの騎士たち。

年の『トローアデス（トロイアーの女たち）』を生み出すのと同じ精神がここには働いているという[後注3]。

その『トローアデス』は、前四一五年の作品。前年、アテーナイ軍はスパルタ寄りのメーロス島[(1)]を制圧、成年男子をすべて処刑し、婦女子を奴隷にするという暴挙に出た。同じ年、大敗北を喫することになるシケリアー（シチリア）島への遠征も決定された。本作は、「メーロス島民への過酷な仕打ちを下敷きにしたとしか思えない」と評される[後注4]。自国軍の犯した残虐行為への非難は、アンドロマケーが自分の幼子が城壁から突き落とされると知り、「おお、夷狄にこそふさわしい蛮行を考え出したギリシア人よ」と言い、ヘカベーが幼子の遺体を前に、「おお、分別よりも武力を恃むギリシア人よ」と口にしたりする、その表現に読み取れよう。

作中では、ヘカベーを次々に襲った四つの非情なできごとが語られる。娘のカッサンドラーは敵将アガメムノーンの妾として連行され、末娘のポリュクセネーはアキレウスの墓前の生け贄に、嫁のアンドロマケーはアキレウスの息子の奴隷に身を落とし[(2)]、孫の幼子があえない最期を遂げる。彼女自身は、炎に包まれたトロイアーの城を目にしつつ、捕虜の女たち（コロス）とともに、ギリシア行きの船に乗せられる。

当該作品には「筋もない、一種の反戦劇」という評価がなされているが[後注5]、観衆の歓心を買うための意表をつく筋の展開は、戦争の悲惨さをテーマとするからには考

(1) 南エーゲ海の島。「ミロのヴィーナス」が出土した島。

(2) 191頁の関係図参照。

えられないことであったろう。それは『ヒケティデス』にも通じている。この作品と主人公を同じくする前述の『ヘカベー』にはあった、息子の敵討ちを敢行するごとき強烈な個性は、ここでは影が薄い。あるのは、打ちひしがれた戦争被害者たる女性の迷える姿である。コロスが同じ嘆きを共有する女たちであることも、看過できない。

　実は、戦いに取材したエウリーピデースの全十一作品のうち、滑稽さを売りものにするサテュロス劇(3)の『キュクロープス』(4)を除き、コロスはすべて女性である。ここに取りあげた四作品の中心にいるのは女性たちであった。戦争悲劇の作出は、彼の場合、自らの意志とは関係なく運命に翻弄される身となった彼女たちに目を注ぐことに、直結していたのであろう。

二　神話伝承の否定——戦いの因への懐疑——

神ゼウスに祈りを捧げる『トローアデス』のヘカベーは、「推し量りがたいお方、／ゼウスさまとは自然の理、それとも人間の知恵のまたの名でしょうか、／そのいずれにもせよ、あなたに祈りを捧げます、音もなく道をたどって、／人の世のことすべてを、正義に従ってお導きの故に」と言う。ヘレネーを迎えに来たもとの夫メネラーオスはそれを聞き、「神々への祈りにしては、なんとも奇妙な文句」と評

(3)　酒神ディオニューソスの陽気な従者で、半分は人間、半分は山羊の体をもつサテュロス役がコロスをつとめる悲喜劇。

(4)　オデュッセウスが漂浪の途次で出会った一つ目の巨人を題材とする。

する。皮肉すら込められているような最後の一句には、神への疑いが伏在しているからであろう。

神に対する彼女の不信や非難は、これに先立っても語られ、右のやりとりに続き、メネラーオスの面前で繰り広げられるヘレネーとの論争場面では、戦いの因となったという三女神の美の競い合いという神話そのものすら否定してみせる。それは、ゼウスが白鳥となってレーダー(1)に身ごもらせたのがヘレネーだったという神話をも、アンドロマケーの口を介して否定させることにつながっている。

ギリシャ悲劇の素材は、周知の神話伝承が基本で、作者の創造力が問われるのは、「いかに既知(きち)の結末に至るまで場面と展開をはこんでいくか」という点にあるとされる。後注6 アイスキュロスの『アガメムノーン(2)』や、ソポクレース(前四九七〜前四〇六)の『オイディプース王(3)』が、それを究めた好例であろう。ところが、エウリーピデースの場合、右のように神話伝承を否定するような言辞が、『トローアデス』上演前後の時期に、多く見られるようになる。

その一つ、前四一六〜四一四年ころの作という『ヘーラクレース』は、冥界(めいかい)から帰ってきたヘーラクレース(4)が、地上で権力を奪い彼の妻子を迫害していた男を倒すものの、狂気の神に狂わされて自分で妻子を殺害、最後はテーセウス(5)に説得されてアテーナイへ赴くというもの。テーセウスは、つらい運命に耐えるよう説得する中で、神々も同じように自らの過(あやま)ちに耐えているという神話を二つするが、ヘーラク

(1) スパルタ王テュンダレオスの妻。
(2) トロイアーから帰国したアガメムノーンが、妻のクリュタイメーストラーとその情夫のアイギストスに殺される悲劇。
(3) 神託通り、実の父を殺し、実の母と結ばれてしまったオイディプース王の悲劇。
(4) ゼウスとアルクメネの子。諸方を遍歴しつつ、猛獣や怪物を退治したと伝える最大の英雄。
(5) 192頁注(1)。

レースは、それらを「ありうると思ったことがない」、「これからも決して信じないであろう」、「詩人どもの作り話だ」と受けつけない。

前四一〇年代後半の作とされる『イオーン』は、アテーナイ王の娘クレウーサが神アポローン(6)に犯されて生んだ子イオーンが、捨て子の身から発見されて国王になる物語。その中で、アテーナイの始祖は「土より生まれたエリクトニオス」だという神話を繰り返し語っておきながら、イオーンに王位を譲ることになる義父クスートスは、出生の秘密を知らぬイオーンの、「わたしは大地から生まれた」のかという問いかけに、「土が子供を産むことはない」と切り捨てる。作中における自家撞着を、あえて持ち込んだように見える。

前述の『トローアデス』上演の二年後、前四一三年に書かれた『エーレクトラー』は、トロイアーから帰国したアガメムノーンを、妻のクリュタイメーストラーと情夫のアイギストスが殺したのを知っている娘のエーレクトラーが、弟のオレステースと協力して二人を殺害した話の劇化。アイギストスの父は、アガメムノーンの父の弟であったが(7)、位を奪うべく兄の妻に通じて王権の護符たる「金毛の子羊」を手に入れたことが両家の確執の始まりで、その事件の時、ゼウスは太陽を西から東へ逆行させたと伝わる。コロスはそのことを歌いながら、「話はこう伝わるが、／わたしはほとんど信じない」と言ってしまう。

クリュタイメーストラーの夫殺しの動機は、トロイアーへの出帆をはばむ風向き

(6) 第一章25頁注(7)。
(7) 関係図

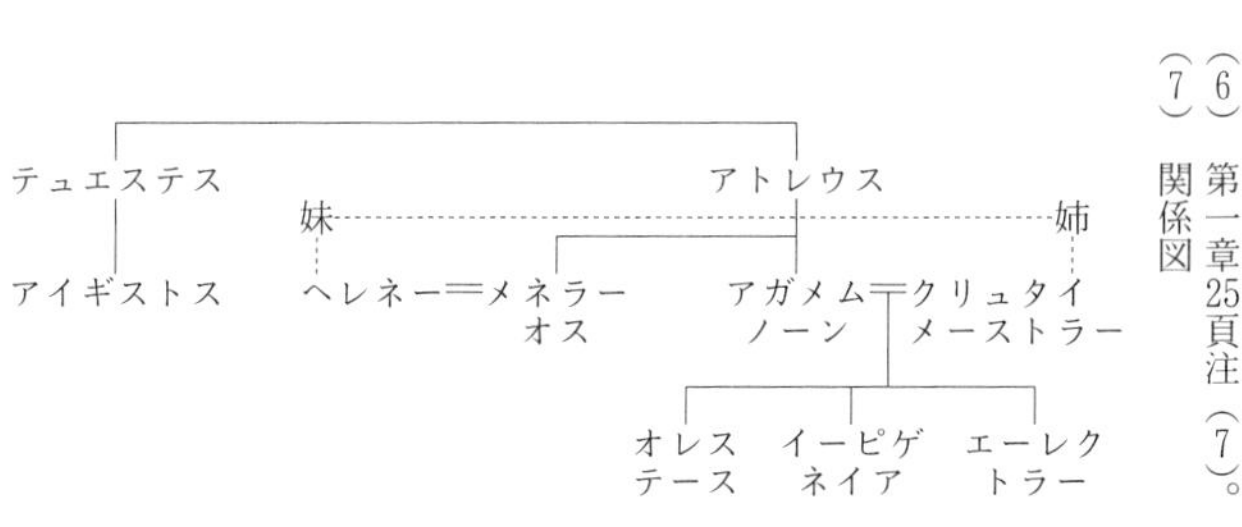

を変えるべく、娘のイーピゲネイアを生け贄として女神アルテミス[1]に捧げた行為を恨んだゆえだったとされるが、そのイーピゲネイアが殺されたのではなく、クリミア半島のタウリケーの地で生きていたと語るのが、前四一四年か四一三年の作とされる『タウリケーのイーピゲネイア』。作中、イーピゲネイアは、人身御供を好むアルテミスのような神を、「ゼウスのお后レートー[2]が（中略）お産みになるわけがない」と言い、自家の祖先伝説、タンタロス[3]がわが子のペロプスを料理して神々の食卓に供し、憐れんだ神が生き返らせてやったという話を、「でっち上げだと考えています」と否定する。

　そうした一連の流れの中で、前四一二年、戦争の因になったというヘレネーは、実はトロイアーに連れて行かれたのではなく、エジプトにいたとする『ヘレネー』が創られた。常識をくつがえす「異端的なヘレネ伝説」を取りあげたもので、多くの観衆に「驚愕と新奇の念」を感じさせたに違いないとされる。[後注7] ヘレネーは、アテーナイの敵スパルタ出身ということもあって、悪女イメージが定着していたが、ここで誠実な女に一変する。

　トロイアーにいたのは、女神ヘーラーが送り込んだ「幻のヘレネー」で、本当のヘレネーは、エジプト国王のもとにおり、やがて帰国途中のメネラーオスに発見され、スパルタに帰ったという。彼女は、戦いの渦中にいたのは「わたしの名」、「身」は神に運ばれてここにいると語り、「数多の苦しみをもたらす、わたしの名ゆえに」

（1）純潔と狩猟の女神。ゼウスとレートーの子。

（2）アポローンとアルテミスの母。嫉妬したヘーラーに出産の邪魔をされる。

（3）ゼウスの息子。その行為は、神々の洞察力を試すものであったが、神を冒瀆した罪で、永遠の飢えと渇きに苦しめられているという。

とも、「わたしの姿は／ダルダニア（トロイアー・私注）の城を滅ぼした、／呪われたアカイアびと（ギリシア人・私注）らをも滅ぼした」と、敗者のみならず勝者にも及んだ災禍を嘆く。双方への視線は、『アンドロマケー』以来、一貫するものであった。なぜ二つの地にいられたのかというメネラーオスの問いには、「名は、どこにでもあることができよう」と答える。幻想にだまされて戦争は始まったと言いたかったのであろう。

　真実を知ったメネラーオスは、「われらは神々に欺かれていたのだ、／雲の像を手にして」と言い、それを聞いた使者の男は、「神さまは、なんと千変万化なもの」と驚嘆する。またコロスは、「神とは何か、神でないとは何か、その間とは何か」と問いかけ、幻のために行われた戦争を憐れんで、「もしも血に染む戦いが／争いの決着をつけるものならば、／人間の国々から争いの消える日はけっしてあるまい。（中略）あなたをめぐる争いは、ヘレネーよ、／言葉で正すこともできたのに」と歌う。前年の秋、アテーナイのシケリアー遠征軍が全滅していた。厭戦、反戦の思いが作者の中に高じていたと思われる。

　この「名前と実体の乖離」という問題意識は、この時期に集中して現れていると言われ[後注8]、前述の『タウリケーのイーピゲネイア』とは、劇構成の類似性まで逐一指摘されている。[後注9]クリュタイメーストラーの夫殺害の動機となったイーピゲネイアは、生け贄に供されたのではなく、実はタウリケーで生きていた、という内容は、幻想が恨みを誘発し、凶行に結びついたのだと言っているに等しく、トロイアー戦争の因は幻惑(げんわく)だったとするのに通ずるのである。当時の作者の胸中を支配していた想念を、表徴(ひょうちょう)していよう。

『ヘレネー』の末尾は、神の不可解さ、理不尽さを歌う「神の力の顕現(あらわれ)は、形もさまざまで、／神々は多くのことを、予期せぬ方へ、完成したまう。／期待したことはなしとげられず、／期待せぬことにも、神は道を見出したまう。／そのように、この出来事も終った」[1]というコロスの歌唱で結ばれる。同形態の結びは、初期作品の『アルケースティス』（前四三八年）から、『メーディア』[2]（前四三一年）、『アンドロマケー』、『ヘレネー』と継承され、死後の上演となった『バッカイ』[3]（前四〇五年）まで続く。生涯、彼は神への不信感を抱き続けていたのに違いない。

ところで、神の怒りを買って狂気におちいらされ、罪を犯すことになる人物を描く作品に、ソポクレースの『アイアース』（女神アテーナーがトロイアー戦争の英雄アイアースを狂わせる）があり、エウリーピデースには、『ヒッポリュトス』（女神アプロディーテーが国王の后を狂わせ、義理の息子のヒッポリュトスに恋させる）、『ヘーラクレース』（前述）、それに、『バッカイ』（内容は後述）がある。二人の作者の違いは、人の心を狂わせた神に対する懐疑、あるいは非難があるかどうかである。ソポクレースには、それがない。

エウリーピデースの場合、『イオーン』でも、クレウーサに子供をはらませた神

（1）夫の身代りになる者がいてくれれば、夫は生き延びられるという神託を信じて死んだ妻のアルケースティスが、ヘーラクレースの力で生き返る話。

（2）メーディアが自分を裏切り他の女性と結婚したイアーソンを恨み、その女性と、イアーソンとの間にできた我が子をも殺してしまう話。第三章73〜74頁、第五章153頁参照。

（3）ディオニューソス信仰に染まった狂気の女性集団バッカイの話。内容は後述。

アポローンの行為を難じ、『エーレクトラー』では、母殺しに苦悩するオレステースに、その行為をうながしたアポローンの神託の「正義」が「わたしにはわからない」と言わせ、彼を主人公とする『オレステース』（前四〇八年）では、神託自体の是非が幾重にも問われている。同じ題材を扱ったアイスキュロスの『エウメニデス』[4]や、ソポクレースの『エーレクトラー』[5]には、神への不信感が表明されることは決してない。

死の翌年に上演された『バッカイ』は、ディオニューソス神を信じず、追放までしようとした国王が、その信仰に染まり、かつ神に狂わされた母によって殺される話。母は女性ばかりの信仰集団バッカイに属し、常日ごろ信仰のあかしたるテュルソスの棒[6]を持っていたが、最後に国を出ていく時、「テュルソスを思い出させるもののない、／そういうところに私は行きたい」と言う。愛する息子すら殺させた神の無慈悲さを思い、信仰を捨てたのであった。そして、先に紹介した末尾の詩句につながっていく。

エウリーピデースにとって、神は、『トローアデス』中のヘカベーの言葉が示唆しているように、「人間の知恵」が創り出したもの、あるいは「自然の理」と考えられていたのであろう。人間社会における不条理な現実を推し進める力、と言い換えた方がいいのかも知れない。ともあれ、神話伝承も神も信ずるに足らず、トロイアー戦争は幻のヘレネーの奪い合いにすぎなかったと語ることで、今日の問題にも

（4）母殺しの罪ゆえに復讐の女神に追われてアテーナイに来たオレステースが、アテーナ女神の意図により裁判で勝ち、復讐の女神は、恵み深い女神（エウメニデス）に変わる話。

（5）エーレクトラーのもとに、成長して守役の男と共に帰って来たオレステースが、クリュタイメーストラーとアイギストスを殺す話。

（6）茴香（フェンネル）の茎に木ヅタの葉の束を差し込んであるという。また、ツタ、ブドウの葉を巻き、松露（キノコ）を頭につけた杖とも。

つながる、戦いは往々にして仮想敵を妄想するなかで始まるという、その愚かしさを伝えようとしたのであったろう。

三　献身のテーマ

前四一二年にエウリーピデースが舞台に上がらせたエジプトのヘレネーの姿は、再び目にできない。以前どおりの悪女イメージのヘレネーが、『オレステース』や『アウリスのイーピゲネイア』（死後、前四〇五年上演）で復活していくのである。

前四〇九年の上演かとされる作品に、テーバイ戦争を取りあげた『ポイニッサイ』[1]がある。この戦争は、オイディプース王が自らの母とも知らず身ごもらせたイオカステーとの間の二人の子息による、テーバイ国をめぐる戦いであった。ソポクレース作の『オイディプース王』では早くに自死していたイオカステーが、まだ生きている設定となっている。ここで大きくクローズアップしてくるのが、国の問題である。

援軍のアルゴス勢[2]を従えたポリュネイケースが、エテオクレースの守る城を包囲した状況下で、イオカステーは兄弟の仲介をすべく、彼を城内に呼び寄せて説得を試みる。そのやりとりのなかで、「いちばん知りたい」こととして、「祖国を失くす」とはどういうことかと尋ねる。祖国を追われた立場への問いかけであった。相手の

（1）コロスが、アポローン神に仕える為にポイニーケー（フェニキア）から来た乙女たちで構成されているところからの名称。

（2）190頁注（2）。

答えは、当然、不自由さであったり、卑屈（ひくつ）な生き方をせねばならぬことだったりするが、聞き終えたイオカステーは、「どうやら、祖国というものは、死すべき身にとって、何ものにもかえがたい味方。そういうことのようですね」と言う。失ってはならぬものとして祖国が位置づけられ、愛国心を称揚（しょうよう）する指針が示されているに等しい。

イオカステーは、エテオクレースに対しては、「僭主（せんしゅ）たり続けることと、この国を／救うこととの二つ」のうち、どちらを取るのかと迫り、亡国への道をふさごうとするが、相手に拒否されて、戦いは避けられぬものとなる。

テーバイを亡国から救ったのは、一人の少年メノイケウスであった。エテオクレースの死後に即位するクレオーンの息子たる彼は、国の穢（けが）れを取り除くためには、祖先の殺したドラゴーン[3]のために、彼を生け贄（にえ）にしなければならぬという予言者の言葉を聞き、毅然（きぜん）とそれを実行したからであった。わが子を国から逃がそうとする父を欺（あざむ）いて、「私はこの国を救うために出て行く。この土地のために命を投げ出すのだ」と言って死地に赴く。メノイケウスは、作者が独自に創造した人物とされており[後注10]、その献身的行為を通じて愛国心が強調されていることは間違いない。

国の存亡を問題とする劇の作出は、ペロポネソス戦争が進行し、アテーナイの劣勢が顕著（けんちょ）となっていくなかで、母国への思いが高揚（こうよう）したからかと思われる。ほぼ同時期に書かれた『アウリスのイーピゲネイア』でも、国のために進んでわが身を犠

（3）テーバイ国の創設者カドモスが、この地の泉を護る竜を殺し、その歯を大地に蒔（ま）いたところ、兵士が生え出て争いが始まったという伝承による。

牲にする行為を強調して描く。執筆したのは、エウリーピデースがアテーナイからマケドニア(1)に移住した前四〇八年前後のころ、着手したのはアテーナイで、完成はマケドニアでと考えられている。(後注11) 二年後に彼は没し、四年後にアテーナイは降伏した。

　アウリスはトロイアー遠征軍の集結していた港、そこにイーピゲネイアは父のアガメムノーンからアキレウスと結婚させるという名目で、母と共に呼び出される。二人のもとに偶然現れたアキレウスは、自分が利用されたことに怒り、姫の命は守ると約束する。その一方で、アガメムノーン自らが頼んでくれれば、「私はギリシア人に名前を貸し与えただろう、／イーリオン（トロイアー・私注）遠征がそれで可能になったのであれば。／私は遠征の仲間の助けになるなら拒みはしなかっただろう」と言う。詰まるところ彼は、ギリシアのためなら自分が利用され、結果的に少女の命が失われても、それでよしとしている。この言葉と照応するように、姫の命を守る姿勢を最後まで貫くということを、彼はしない。

　妻に問い詰められて事実を認め、娘から命乞いされたアガメムノーンは、苦しい心中を吐露する。自ら恐ろしいと思うことをするのは「私の義務だからだ」と言い、逆風で出帆できずにいる軍勢の苦境を語り、非情な神託に従う以外にないと説く。そして、自分は、ヘレネーを取り戻そうとする弟のメネラーオスに仕えているのではなく、「ギリシアに仕える身」、だから「ギリシアのためにおまえを犠牲にしなけ

（1）ギリシアの北方、バルカン半島のエーゲ海に面した地。現在は大部分がギリシアに属す。

ればならない」と娘に語りかけ、外国人に力ずくで女を奪われることのないよう、「娘よ、おまえと私は力を尽すのだ。ギリシア人であるからには」と、共に国に奉仕することを求める。

やがて、生け贄の中止を味方に説得できずに帰ってきたアキレウスを前に、イーピゲネイア自らが死ぬ決意を表明する。「私の望みは」「誉れある行動をとること」であり、祖国の未来が「私にかかってい」るとも、自分が生まれてきたのは「全ギリシアのため」とも語る。「なんという崇高な精神」とアキレウスは称賛し、神もその心を称えて救ったのであろう、生け贄の祭壇から彼女の姿は消え、代わりに牝鹿が横たわっていたという。国に対する献身をテーマとして構成されていることは明らか。それは、五、六年前の作『タウリケーのイーピゲネイア』では、見られなかったことであった。

献身的行為そのものを扱ったものには、夫の身代わりとして死ぬ妻の話の『アルケースティス』(2)(前四三八年)、弟たちを生かすため、進んで神の生け贄となるヘーラクレースの娘を描く『ヘーラクレイダイ』(3)(前四三一〜四三〇年)があり、『ヘカベー』では、アキレウスの墓前に生け贄とされる少女ポリュクセネーの、自己犠牲を惜しまない姿が描かれていた。が、国への献身は晩年に初めて現れるテーマ、戦況の悪化が止むに止まれぬ思いを起こさせたのであったろう。

しかし、『トローアデス』のヘカベーは、幼い孫の遺体に向かって「祖国のため

(2) 200頁注(1)。
(3) ヘーラクレースの死後、その遺児たちが政敵だったアルゴスの王に追われてアテーナイに逃げ込み、アテーナイ王がアルゴス王との戦いに勝って助かった話。

に死んだのであれば、／おまえもしあわせだったといえよう——むろん、こうしたことにしあわせがあるとしてだが」と語っていた。祖国のための死をも相対化する視座、複眼的視座を、本来、作者が持っていたことを忘れてはなるまい。二人のヘレネーを作出し、勝者側の不幸をも舞台で語らせていたことと通底している。

エウリーピデースは、過去の伝承を素材としながらも、戦争の継続する現実に触発された種々の思念を、模索しつつ、作品に投影させた悲劇作家であった。

四　世阿弥の前提——発想の原点——

アリストテレースは、『詩学』の中で「悲劇作品は一様に、視覚的装飾、性格、筋、語法、歌曲、思想」を持っているとした上で、「筋は悲劇の原理であり、いわば魂」、「二番目にくるのは性格（登場人物の・筆者補足）」、「三番目にくるのは思想」、「四番目にくるのは語法」すなわち「言葉による意味伝達」、「残った要素のうち、歌曲は感覚的な魅力を添えるもののなかでもっとも重要」、「視覚的装飾は観客の心をひきつけるものではあるが、技法をもっとも必要としないものであり、詩作にはもっとも縁遠いもの」と、それぞれを位置づけている。

世阿弥は能作者である以前に、演者であった。『風姿花伝』[1]の冒頭には、当芸が「天下安全のため」かつ「諸人快楽のため」のものであり、その達人とは「言葉卑

（1）父観阿弥の遺訓を伝える世阿弥最初の著。通称花伝書。

しからずして、姿幽玄ならん」者を言うとある。体系的な芸道の習得を説く『至花道』[2]では、「二曲」つまり「舞歌」、「音曲と舞」の稽古から始めて、舞台で演ずる多様な人物の姿態の基本となる「老体・女体・軍体」[3]の三体の習得に進めと説く。すなわち、『詩学』で最後に回されていた二つの要素こそ、世阿弥にとっては始発点であったことになろう。[後注12]

エウリーピデースは戦争被害者としての女性に特別な視線を向けていたが、同じことが世阿弥の場合にも言えそうである。たとえば、わが子の敦盛の死を熊谷直実からの書状で知る平経盛夫婦を題材とした廃曲の作品『経盛』[後注13]の妻の演技について、「此女、思ひ入れてすべきを、皆浅くする也。人の謡ふまでうつぶき入て、其うちよりくどき出だすべし」とか、「泣き泣き女問うことなれば、ほろりと云て、さるから（その一方で）けなげに有べき所に眼を着けて言ふべし」と、忠告している（『申楽談儀』[4]）。子を亡くした母の悲しみを想像し、充分に忖度して演じよと説いているわけである。

能以前の曲舞[5]の曲に、平維盛の北の方が鎌倉に連行されたわが子の六代の安否に心をわずらわせる『六代ノ歌』があるが、[後注14]その一節、「何をか種とおもひ子の」の「おもひ子」の力点の置き所を具体的に指示、「心を静めて」謡うよう、うながしてもいる（同）。世阿弥は、討死した平通盛とそのあとを追って入水した小宰相の夫婦を扱った井阿弥の原作『通盛』に添削の手を加えたと言い（同）、自らは、入水

（2） 一四二〇年の著。

（3） 武士の姿。

（4） 世阿弥の子の元能が、父の晩年の芸談を編集した書。

（5） 平安末期に流行した白拍子の芸の流れを引き、拍子を主とする音曲に合わせて語り舞った芸という。

した平清経とそれを恨む北の方とを対峙させた『清経』を創った。こうしたところに、戦いで引き裂かれる人間関係を、受け身とならざるを得ない女性の側に身を寄せて見ている目が感得されるのである。戦いの勝者ではなく敗者こそ、彼の創作意欲を掻き立てるものであったのだろう。

　戦争被害者と見られたからであろう、当時は十代で討たれていった若者たちも多く舞台の素材となっていた。世阿弥は『敦盛』を残したが、同時代の作品として、現行曲に『朝長』『知章』[後注15]があり、廃曲ながら『申楽談儀』に「笠間の能」とある『安犬』[後注16]、散逸曲で同書に内容記述がある、勘当された子が「親の合戦すと聞て、由比の浜にて合戦して、重手負ひたる」「初若の能」、と、数えることができる。西欧の叙事詩では、戦場における少年の死を取りあげる頻度が少なく（第一章参照）、ギリシア悲劇でもそれを主題とするものはない。日本の場合、軍記物語の段階から引き継がれてきた重いテーマであった。

　『朝長』は源義朝の次男で、平治の乱で重傷を負い、父と逃避行を共にする途中で自ら命を絶つ。『知章』は平知盛の子、一の谷の合戦で父を逃がすために敵将に組打ちを挑み、命を落とす。この二曲は夢幻能[1]であるが、『安犬』と「初若の能」は現在能[2]。前者は、鎌倉公方[3]に叛いた下野国の小山一族の少年、十四歳の安犬丸が、母のもとに逃れたものの、奮戦むなしく連行されていく過程を描く。応永四年（一三九七）、鎌倉に送られた小山氏の子供二人が海に沈められたといい（『鎌倉大草紙』[4]）、

（1）夢幻の中に故人や物の精が現われて演じる筋の能。
（2）現在進行形の筋で展開する能。
（3）室町幕府の鎌倉府長官として関東を支配していた足利氏の称。
（4）室町前期の関東諸豪族による争乱などを伝える軍記物語。

それに取材した際物的作品とされる。シテ[5]は母で、わが子への思いが縷々語られ、最後の奮戦場面とそれとが、二つの山を形成する。世阿弥は際物性を嫌ったのか、「今程、不相応か」と語ったよしである（『申楽談儀』）。後者については、初若が捕らわれ、親がそれと気づく場面まであったことが知られる。

いずれの曲も、親子関係をベースとし、少年の悲劇が核とされている。廃曲の能『小林』[6]で瞽女[7]が石清水八幡の回廊で歌っていたとある歌詞中の「小次郎殿」は、作品の原典『明徳記』で、『平家物語』の敦盛話を模して語られている山名小次郎氏義のことと考えられ、彼も十七歳で養父氏清に殉じた若者であった。世阿弥の『敦盛』も、当時のこうした社会的嗜好を反映したものだったことになろう。もっとも彼の作品は、後述するように、非業の死への同情を喚起しようとするものではなかった。

世阿弥も戦争の時代を生きた。二十代末に明徳の乱（一三九一年）を、三十代末に応永の乱[8]（一三九九年）を、五十代で上杉禅秀の乱[9]（一四一六年）を経験している。しかし、エウリーピデースの場合と違い、現実の戦争の投影を、作品に探すことは難しい。自身の戦争体験は、佐渡配流となった時のことを小謡にして、「配処も合戦の巷になりしかば、在所を変へて」と表現しているにすぎない（『金島書』[10]）。

直近の戦乱を取りあげた前述の『小林』は、世阿弥の確立した軍体の能に先行する修羅能[11]の面影を残すという。[後注17] 戦因を反乱者の野心に見るこの作品は、『安犬』以

（5）主役。

（6）189頁参照。

（7）物語を語る盲目の女性。

（8）足利義満に対して大内義弘が起した反乱。

（9）鎌倉公方足利持氏に対して起した反乱。

（10）一四三六年成立の最後の著。配流されたのは、将軍足利義教の怒りに触れた為かという。

（11）戦いの場面を主とする能。

上に際物的であり、おそらく世阿弥の価値観とは相容れぬものだったに相違ない。『風姿花伝』の「修羅」の項で、「源平などの名のある人の事を、花鳥風月に作り寄せて、能よければ」面白い、と記し、『三道』(1)では、軍体の能の作り方について、「源平の名将の人体の本説（典拠となる物語）ならば、ことにことに平家の物語のまゝに書くべし」と記すのが世阿弥であった。彼にとって眼前の戦乱は表現に価するものではなく、過去から洗練の度を増して語り伝えられた「名のある」人物を、醜悪な戦いの現実から遊離した「花鳥風月に」ことよせて舞台で演ずること、それが理想だったのである。

そうした立場からすれば、エウリーピデースに見られたような、人は何ゆえに戦うのかという根源的な問いを内在させた作品を書くはずはなく、戦争か平和かの、また国家や献身のテーマも、胸中に浮かぶはずはなかったであろう。世阿弥には、戦争はどのように意識されていたのであろうか。

世阿弥は禅に傾倒し、対立概念を止揚する『維摩経』(2)の「不二」思想の影響下にあったとされる。[後注18]『風姿花伝』の「別紙口伝」では、経文の「善悪不二邪正一如」を引用しつつ、良し悪しは「時ニヨリテ」定まるものゆえ、「時ニ用ユルヲ以テ花ト知ルベシ」と説いて、「メヅラシキガ花」の発想の原点を示唆する。『遊楽習道風見』(3)では、『般若心経』(4)の「色即是空、空即是色」を引用し、さらに「有無二道をとらば、有は見、無は器なり。有をあらはす物は無也」といった論を展開、いずれ

(1) 能の作り方を説いた一四二三年成立の書。

(2) 在家長者の維摩詰が、空観に基づきつつ、一切の万法は不二の一法に帰すことを説く経典。

(3) 『至花道』に続く習道論書で、一四二三年ころ成立。

(4) 悟りの智恵を説く『般若経』の心髄を二六二字で簡潔に説いた経典。

も、善と悪、邪と正、色と空[5]、有と無という相対的関係を止揚する思索の方向性が顕著に見られる。

『拾玉得花』[6]では、ある人の「如何無常心」という問いに「飛花落葉」と答え、「如何常住不滅」という問いにも「飛花落葉」と答えたという問答を紹介する。この世の、つまりは宇宙の法則が無常であるという認識を直截に表現したものであり、世阿弥もその認識に基づいて物事を見ていたわけで、「時ニヨリテ」定まる「花」の論は、まさにそこから生まれたのであった。

とすれば、戦争という対象も、是非の枠を超えた、転変してやまない無常の現象の一斑として見ていたのではないか。それは、第四章で論じた、宇宙の運行を巨大な回転する時間軸で捉えるインドの叙事詩『マハーバーラタ』の「バガヴァッド・ギーター」の思想につながるように考えられる。エウリーピデースと世阿弥との違いは、西洋と東洋との思惟方法における本来的異質性を象徴していると言っていいのであろう。そして、「時ノ花」を求めることは、戦いの現実を彼方へ押しやることに通じていたように見える。

五　『平家物語』との位相差

戦いの伝承を劇化した世阿弥の作品は、『申楽談儀』に「世子作」と記す『忠度』

（5）物質的存在のこと。
（6）問答体の能楽論書で、一四二八年成立。

『実盛』『頼政』『清経』『敦盛』の五作で、『三道』ではこれらを軍体の能に分類する。同時代作品には前節で触れたもののほかに、修羅能では『申楽談儀』記載の『重衡（笠卒都婆）』『八島』後注19、『能本三十五番目録』(1)に載る『維盛』があり、修羅能以外に、『盛久』『鵺』『静』や、鬼界が島流罪の少将成経を扱った『申楽談儀』に言う「少将の能」も、かつてはあった。

　軍体は、老体・女体とともに最重視される「物まねの人体」で、「勢へる人体の学び」と説明されている（『至花道』）。裸形で示された人形図では、鉢巻きの烏帽子姿に太刀を帯び、軍扇を持つ（『二曲三体人形図』(2)）。廃曲作品の『維盛』では、詞章に、出家したはずの維盛の亡霊が「軍体」で現れたとあり、後注20 武具を身に着けた姿を言ったものなのであろう。

　その軍体姿で狂い舞う維盛は、「一門の棟梁」たる立場ゆえ「責め一人」に受けて修羅道で苦しんでいると語り、『平家物語』の伝える、妻子への思いに懊悩する貴公子の姿とは懸隔する。比較的『平家物語』の性格を受けつぐのは『重衡』で、犯す意志なくして犯した南都炎上の罪について、「逆罪を犯すこと、まったく愚意のなすなし」と、物語で何度も繰り返される彼の弁明が取り込まれている。とはいえ、頼朝の面前で、歴史の不条理性を口にし、それを甘んじて受け入れようとする重衡の姿までは、この作品から想像できない。わが子を見殺しにして逃げ延びた父親の苦悩を告白する知盛の言葉は、『知章』に継承されているが、海上を泳いで彼

（1）端書きに「世阿弥手跡」「世手跡廿五番」とある一紙の紙。主要部分は金春禅竹筆かという。

（2）一四二一年成立の世阿弥著。

を船まで運んだ馬や、勇壮な知章討死の話柄に挟まれて、印象は薄い。語りと劇という表現形態の相違が、自ずから位相差を生んでいると言えよう。

その位相差は、世阿弥作品でも基本的に等しい。

世阿弥は自作の『忠度』を、「修羅がかり」の能の内の「上花歟」と語った（『申楽談儀』）。一曲の核は、三度も引かれる忠度の歌[3]、「行き暮れて木の下蔭を宿とせば　花や今宵の主ならまし」である。かつて藤原俊成[4]に仕えていたワキ[5]の僧の語り出し、「花をも憂しと捨つる身の」からして、「花」が意識されている。老翁姿で登場する忠度の霊は、植えられた若木の桜に花を手向け、一夜の宿を乞う僧に「花の蔭」こそ最上の宿と答えつつ先の歌を謡い、「と、詠めし人はこの苔の下、痛はしや」と語る。奇遇に感動した僧が読経して弔うと、喜びながら、「夢の告げをも待ち給へ、都へ言伝て申さん」と言っていったん姿を消す。

後場で現れた武具姿の忠度は、『千載集』[6]にわが歌が「詠み人知らず」として入れられたのが第一の「妄執」で、俊成の息子定家に「作者を付けて賜び給へ」と伝えてほしいと頼む。そして、俊成に歌を託して都落ちした時のことと、一の谷で岡部六弥太に討たれた修羅場を演じて見せ、最後を「花は根に帰るなり、わが跡弔ひて賜び給へ、木蔭を旅の宿とせば、花こそ主なりけれ」の言葉で結ぶ。霊は再び桜木の「苔の下」へ、花が根に帰るように帰って行き、今も花を主として宿り続けていることを暗示するかのようである。定家が『新勅撰集』に彼の名を復活させて歌

（3）一の谷で討たれた時、紙に書いて武具に結びつけてあった歌。
（4）忠度が歌の師と仰いだ歌人。都落ちに際し、自歌をまとめた巻物を託した。
（5）主役のシテの相手方。
（6）以下、第二章65頁参照。

を採ったことを見通して作能されているからには、その霊が今や安息を得ているであろうことまで含んだ表現と見なければなるまい。

『平家物語』との差は、六弥太の描き方にある。物語中の彼は手柄をあげたい一心の野卑な人物、名を問われて味方と偽った忠度の言葉をうそと見ぬくや即座に組打ちを挑み、最後の念仏の終わるのを待ちかねて首を打ち落とし、聞き忘れた名前を、歌の書かれた紙片から知るや、首を太刀の先にかかげ大音声で手柄を吹聴する。それに反し能『忠度』の六弥太は、遺骸を前に「痛はしや」と思い、忠度と知ってさらに「痛はしき」と口にする。野卑な人間性は影をひそめ、結果的に融和せる世界ができあがっている。それは、妄執から解放された霊を語るのにふさわしい。「上花」と評価したい作者の思いが、分からなくはない。

それと対照的に、「無念は今にあり」と、最後まで妄執にとらわれ続けている姿を語るのが『実盛』であった。当時の日記に実盛の亡霊出現の事実が伝えられており（『満済准后日記』[1]応永二十一年〈一四一四〉五月十一日条）、それに基づく能は、妄念が癒されていないと解釈せざるを得なかったはずである。『平家物語』は、実盛が富士川の合戦で敗走した恥をそそぐべく、討死覚悟で戦場に臨み、みごとな最期をとげて名を後世に残したと語っていた。汚名を返上した死だったのであり、そこに妄念はない。世阿弥は、「無念」の思いを語るため、義仲に組もうとしたのを「手塚[2]めに隔てられ」たという、物語にはなかった新たな設定をした。

（1）将軍足利義満の寵を得て、幕政にも参画した僧の日記。

（2）義仲の郎等の手塚太郎光盛。実盛を討ち取る。

『頼政』には、悔恨の情が流れている。自ら起こした反乱を「蝸牛の角の争ひ」と言い、「はかなかりける心かな」と嘆ずる。最期の地、「憂し」につながる宇治にことよせて、「渡りかねたる世の中」と謡い、この世の生を「夢の憂き世の中宿」と謡う。平等院も巧みに織り込み、仏の説法の場は「平等大慧」の場、それゆえ自らも救われるであろうと期待をかける。『平家物語』の伝える辞世の歌、「埋もれ木の花咲くこともなかりしに　身のなる果てぞ悲しかりける」は、五句目を「あはれなりけり」という第三者の目から評した言葉にすり変え、末尾の一節として使われるが、この歌に、悔恨の情を曲の基調とさせた源はあったのであろう。

『実盛』でも『頼政』でも、霊となるゆえんの妄念が、作者の手で創り出されている。が、その妄念に、現実に対する何がしかの批評性が込められているかと問えば、否であろう。最終的に霊は救いへと導かれ、すべてが調和せる世界に帰結する。エウリーピデース作品にあった、神の不可解さ、理不尽さを最後に歌うことなど、ありえないことであった。

　夫婦の感情のもつれを描くのが『清経』である。自分を置き去りにして西海で入水した夫を恨む妻と、形見の品として都に送った髪を返そうとする妻の行為を恨む夫。亡霊となって現れた清経と北の方との間で非難の応酬が繰り返される。その亡霊が発する第一声、「聖人に夢なし」[3]は著名な禅僧の言葉、続く「眼裏に塵あって三界窄く」[4]云々もそうで、要は、人は心の迷妄から物事を見誤ると説くもの。そう

（3）『大慧語録』の句。
（4）迷いの世界の三つ、欲界・色界・無色界が狭く見える意。『夢窓国師語録』より。

と分かってはいるものの、「閻浮(えんぶ)[1]の故郷」に帰ってきた「心のはかなさ」を、霊は独(ひと)りごつ。

妻にことの真相を伝えるための場面、船端(ふなばた)に立った清経は、「この世とても旅ぞかし」と思い定め、「よそ目にはひたふる、狂人」と見えたにしても「よし」として、念仏を唱えつつ入水する。それを聞いて、なお恨み言を口にする妻には、「言ふな」と叱咤(しった)して「あはれは誰(たれ)も変は」らぬものとさとす。最後に修羅道で戦うさまを演じて見せるが、消え去る直前に、「これまでなれや、まことは」「頼みしままに疑ひもなく」「心は清経」の名のごとく清く、「仏果を得しこそ有難けれ」と語り終える。清経は、この世を夢幻と切り捨て、「聖人」のごとく「まことは」「仏果」を得たのであった。

相対立する感情を描く点、『敦盛』も同じである。僧として自らを弔ってくれる熊谷の前に現れた敦盛の霊は、「現(うつつ)の因果を晴らさんために」現れたと告げるが、それを「うたてやな」と非難した熊谷は、念仏の「功力(くりき)」は敦盛も自分も救ってくれるものと説く。やがて納得しあった二人は、「日頃は敵(かたき)（ワキ）、今はまた（シテ）、まことに法(のり)の（ワキ）友なりけり（シテ）」と、相和(あいわ)して謡う。両者の対決を再演した終曲場面でも、敦盛は、「敵(かたき)はこれぞ」と熊谷に打ちかかりながら、「敵にてはなかりけり」と覚醒(かくせい)し、「跡弔(と)ひて賜(た)び給へ」と祈って消える。

『清経』『敦盛』両曲には、対立感情を止揚する方向性が意図的に作られており、

（1）閻浮提(えんぶだい)の略で、人間の住む世界。

「不二」思想の影響を想像させる。特に『敦盛』では、『平家物語』が力を入れて語っていた熊谷の思い、わが子を想起して相手を助けようとし、自らの行為に武士たる身のおのれを悔いる、それが全く取りあげられていない。世阿弥は、やはり物語とは違う世界を創造した。

その相違を端的に言えば、歴史性と体験性の後退にあるかと思う。それは全作品を通じて言える。「諸人快楽(けらく)のため」、日常と一線を画する「花」の舞台を演出すべく、不条理な戦いの歴史の現実も、熊谷の内省に凝縮されている過酷な人生体験も、捨象(しゃしょう)される定めにあったのであろう。美的空間構築のための代償であった。そこに現実への批判も、懐疑も、介在する余地はなかった。エウリーピデースとは、敗者への視線を共有するとはいえ、戦いを劇化する基本姿勢が、明確に異なっていたことは疑いない。

エピローグ

東洋と西洋と

私は日本の軍記物語の研究者でありながら、近年、世界の各地で戦争がどのように語りつがれてきたのかに関心が移り、今日に至っている。世界文学のなかに『平家物語』等を置き、その文学性を相対化してみたいと思ったのであった。

当然のことながら、まず手に取ったのは西欧の叙事詩であった。『イリアス』、『ロランの歌』、『ニーベルンゲンの歌』等々。それらに比べ、わが国の叙事詩と言われ続けてきた『平家物語』は、人間をとらえる目がはるかに深く、表現の志向性も異なり、第一章で論じたように同等には扱えないものと思われた。

私が叙事詩を本格的に読み始めた契機として、一年間の特別研究期間を、二〇〇六年に勤務先から与えられ、イタリアのヴェネチア大学で自由な時間を持てたことが大きかった。その時、ギリシアには何としても行きたいと思い、幸いにも勤務先の同僚の仲介により、アテネ大学留学中の教え子の方の運転する車で、ペロポネソス半島を一周することができた。

東南アジアの旅は何度も経験していたが、目に入ってくる風景は、それと全く違っていた。畑がない、森林がない、赤茶けた地表が続く。インドの叙事詩『ラーマーヤナ』には、森に行けば木の実があり、静寂な生活ができるという詩句があるが、そんなことは夢想すらできない。

点在するのはオリーブの木のみ。漂流を続けたオデュッセウスは、オリーブの生えている地を見て、生き延びられると思ったというが、その実感がおのずと伝わってきて、「オリーブの木がある喜びと、オリーブの木しかない悲しみと」という言葉が胸中に沸き、この風土なら戦いが繰り返されたはずとも思った。

帰国後、岩波新書の『いくさ物語の世界――中世軍記文学を読む』を、叙事詩論を折り込んで仕上げたが、担当の女性編集者から、「ギリシア悲劇がありますよね」と問いかけられ、「いずれ世阿弥との比較で考えてみたいと思ってます」と、その場は答えた。その答えがエウリーピデースと世阿弥を論じた第七章で、これが私の長年の模索の終着点となったようである。

トロイア戦争とテーバイ戦争を素材として多くの劇作を残したエウリーピデースは、戦いの功罪を、罪に重きを置きつつ追求した作家であった。主人公は、戦争被害者としての女性たちで占められ、コロスも女性集団で構成されて悲しみを歌う。トロイア戦争の因となったとされる美女ヘレネは、本当はエジプトにいたのであって、二国は幻の奪い合いをしたに過ぎなかったという設定には、今日にも通ずる、仮想敵を作って戦いを始めてしまう人間の愚かしさが暗示されていた。とはいえ、故郷のアテネが滅亡に瀕している状況下では、国のために自己犠牲をいとわぬ人物を、エールと共に舞台に上がらせねば気持ちが収まらなかったのでもあった。

エウリーピデースは反戦の思いから、戦いの生まれる根源が何かを問いかけているし、戦争で受けた暗い癒されない心の傷を、『トローアデス』に代表されるような形で表現した。他方、『平家物語』を基に作能した世阿弥には、前者の問いかけがない。後者については、来世での成仏が約束されて、心の傷痕は舞台に影を残すのみとなる。戦いへの懐疑や否定に至らないのが、世阿弥の世界であった。

世阿弥に限らず東洋には、戦いの現実を不可避的な歴史の実態として受容する精神が、底流として伏在しているように見える。日本の場合、それはインドに淵源を持つ仏教によって維持されてきたのではあるまいか。

第四章で扱ったインドの長大ないくさの物語『マハーバーラタ』の第六巻中の「バガヴァッド・ギーター（神の歌）」は、ヒンドゥー教の聖典とされ、その哲学的教示が西欧にも影響を及ぼし、高く評価されてきた。親族と戦うことに逡巡する主人公のアルジュナを、ヴィシュヌ神の化身のクリシュナが、この世は創造と破壊とを繰り返す無窮の時間に統括されているのだから、迷うことなく戦いに臨めと説得する。

時間の運行は、すなわち無常を意味している。戦争も、無常なる世、転変してやまない世の一斑に過ぎず、たとえ親族を殺そうとも罪に当たるはずはなく、それよりもアルジュナの属する階級クシャトリヤ（王族）の本務の戦闘、それを忌避することこそ罪悪だと説く。

かつてのインド社会で、ヴァルナ（四種姓）は絶対的であった。[1] この作品でも、ヴィシュヌ神自身が、自らの創出した階級は破れないものゆえ、階級の本務に従って行動せよ、と言うのである。大前提にあるのは、社会の現状の容認であり、現実

（1）第四章127頁参照。

を受け入れ、疑わず迷わず、ひたすら盲目的に自分に与えられた仕事に邁進せよと言っているに等しい。その上に立ち、時間論を基軸とする哲学的言辞が弄されていたわけである。

仏教にも、そうした発想が流れ込んでいよう。悟りの境地という諦念そのものが、現実容認を求めていることにならないか。

『平家物語』は、戦争の文学として確かに優れていると思う。殺したくもない相手を殺さねばならぬという、兵士の職務遂行に付随する罪悪性を知って震える心を、熊谷直実の姿に描き込み、犯す意志なくして犯した罪の責任を問われ続けることに抗弁する平重衡の姿を通して、この世の非情なる不条理性を語る。

自分の身代わりとなった息子を見殺しにして逃げ延び、おのれの中に内在する命惜しさに初めて気づいたという平知盛の、自らをおぞましく思う懊悩は、万人共有のエゴを連想させる。その無意識的な我が身大切さは肉体それ自体に潜在し、本人の意志とは無関係に肉体が生を求めていると見、「生き身なれば」どんな逆境でもあの子は生き延びていくであろうと信じたのが、十二歳の一人娘を残して命を絶っ俊寛であった。(1)

管見に及んだ前近代の世界の戦いの物語で、こうした深さを持つ作品は見出しがたい。しかし、そこには一つの欠落がある。源平は戦わずにすんだのではないか、愚かに何ゆえ戦ったのかという、エウリーピデース的な問いかけである。その欠落

(1) 第三章97頁参照。

は世阿弥に共通し、現実受容が先行して、批判的に物事を見る姿勢が薄弱だと、指摘せざるを得ない。

ヴァスコ・ダ・ガマのインド航路開拓の功績を語る、十六世紀のポルトガル叙事詩『ウズ・ルジアダス』では、作者のルイス・デ・カモンイスがガマの出帆（しゅっぱん）を見送る一老人に、「名声と称する虚栄のむなしい野望」に「無知な民衆がだまされる」と言わせ、かつ、「おまえは門前に敵をふやすのだ、とおい異国に敵を求めて」と、戦う行為を糾弾（きゅうだん）していた。(2) 日本の文学作品に、戦いを否定する、このような直截（ちょくさい）な物言いがあったであろうか。

一世紀のイタリアでは、政敵との内戦に勝って独裁者となったかつてのカエサルを描き、自由と独裁との「永劫（えいごう）に続く戦い」では自由に与（くみ）するよう、後世にメッセージを残した『内乱―パルサリア―』が書かれていた。(3) カエサルに似たネロの排斥（はいせき）運動に身を投じ、落命した若き詩人の叙事詩である。

そしてエウリーピデースの活躍した紀元前五世紀のアテネの同時代人に、スパルタとのペロポネソス戦争を煽動（せんどう）する政治家を、徹底的に批判し続けた喜劇作者アリストパネースがいた。セックス拒否を通じて男たちに戦争を終わらせるというコミカルな劇作『女の平和』で知られる彼は、他の作品で、「国民を導くという仕事」は「教養ある人物」や「高潔（こうけつ）な人物向き」ではなく、「愚かで図々（ずうずう）しい人間にふさわしい仕事」と断ずる[後注1]（『騎士』）。(4)

(2) 第四章105–106頁参照。

(3) 第六章174頁参照。

(4) 第七章193頁注（4）参照。

また、自分は従来の喜劇作品とは一線を画する新機軸を打ち出したとして、「粗野で下品な冗談を取り去って、偉大な芸術を」作りだし、「偉大な言葉と思想と」、日常で「聞きなれたものとは違う冗談を用いて」、それを構築したと自負（『平和』）、戦争推進者は、「内紛を収拾もせず、他の市民と協和することもせず」、「おのれの利を欲してそれを掻き立て煽る者」だと非難する（『蛙』）。

西欧において、紀元前からして発せられた明瞭な反戦のフレーズは、間歇泉のごとく、後のちのイタリアやポルトガルの作品に、いや現代にまで所々に噴出しているように、私には感じられる。東洋においては、はたしてどうなのであろうか。少なくとも、『平家物語』を筆頭とする軍記物語や世阿弥作品に、同様な言葉は聞かれない。やはり致し方のない現実としてすべてを受け容れるところから、次の表現行為へ、享受者の心と深く共鳴し合うそれへと、目線が定められてしまっている、と見なければなるまい。

あらためて振り返ってみれば、この問題は、第一章で述べたところの、不条理な現実を容認するにとどまる『平家物語』世界と、それへの異議申し立てを強く打ち出す『イリアス』世界との違いにまでさかのぼり、東洋と西洋との感性の落差に思いは至る。

私は世界文学の中での『平家物語』の位置を見定めたく、種々触手をのばして論稿を書き続けてきたが、常に脳裏にあったのは、他に優る『平家』の文学性であった。それが、古代ギリシア悲劇の時空と出会い、『平家物語』ひいては日本自体を、そして私自身をも相対化する視座を得ることができたように思う。もはやこれ以上、書き続ける必要はないであろう。ここらあたりが私の終着点と、自覚したしだいである。

【後注】

第一章

1　生田弘治（長江）「国民的叙事詩としての平家物語」（「帝国文学」一九〇六年三～五月）。岩野泡鳴「叙事詩としての『平家物語』」（「文章世界」一九一〇年一一月）以来。

2　主として歴史社会学派と称された研究者（永積安明氏ら）によって推し進められ、現時点でもその影響が強いことを、大津雄一氏「『平家物語』とロマン主義」（「軍記と語り物43」二〇〇七年三月）が論じている。同氏著『『平家物語』の再誕―創られた国民叙事詩』（NHKブックス・二〇一三年刊）が、従来の研究を総括的に批判する。

3　宮川昇氏「『平家物語』と西洋古典叙事詩」（「比較文化研究1、3、5」一九八〇、八二、八五年）は、表現形態の類似性を以って積極的に『平家物語』を叙事詩の範疇に加えようとするが、以下で論ずるように、そもそもは、表現衝動の初発段階で一線を画していよう。なお、同氏は、『ロランの歌』等は武勲詩であって叙事詩ではないとしているが、ここでは一九八五年刊『平凡社大百科事典』菅野昭正氏執筆「叙事詩」項に従い、叙事詩として扱った。佐藤輝夫著『ローランの歌と平家物語　後編』（中央公論社・一九七三年刊）は、叙事詩として両作品を比較しているが、語りの表現手法の共通性に主眼が置かれた論で、同一ジャンルに属するか否かに関する問いかけはない。

4　木村彰一訳『イーゴリ遠征物語』（岩波文庫・一九八三年刊）による。以下同。

5　相良守峯訳『ニーベルンゲンの歌（全編）（後編）』（岩波文庫・一九五五年刊）による。以下同。

6　松平千秋訳『イリアス（上・下）』（岩波文庫・一九九二年間）による。以下同。

7　岡道男・高橋宏幸訳『アエネーイス』（西洋古典叢書・京都大学学術出版会・二〇〇一年刊）による。以下同。

8　有永弘人訳『ロランの歌』（岩波文庫・一九六五年刊）による。以下同。

9　右注4の岩波文庫に所収。

第二章

1　引用本文は、北原保雄・小川栄一編『延慶本平家物語』（勉誠社・一九九〇年刊）により、適宜、振り仮名・送り仮名を補う。

2　『本朝世紀』久安五年（一一四九）四月九日条の除目（じもく）記録による。

3　佐々木紀一「以仁王近臣三題」（「米沢国語国文・32号」二〇〇三年六月）。

4　詳細は拙著『平家物語の誕生』（岩波書店・二〇〇一年刊）第三部・第一章の三。

5　詳細は右著、第一部・第一章の三。

6　拙著『平家物語転読』（笠間書院・二〇〇六年刊）第三章の1。

7　詳細は注3拙著、第三部・第二章。

8　詳細は右著、第二部・第三章。

9　詳細は右著、第二部・第二、三章。

10　詳細は右著、第三部・第一章の四。

11　詳細は右著、第一部・第二章の五。

12　長南実訳『エル・シードの歌』（岩波文庫・一九九八年刊）による。以下同。

第三章

1　大津雄一氏「『平家物語』とロマン主義」（「軍記と語り物43」二〇〇七年三月）。第一章に収めた拙論。原題「『平家物語』は叙事詩か」（初出「国文学研究153・154合併号」二〇〇八年三月）。大津氏著『平家物語の再誕――創られた国民叙事詩』（NHKブックス、二〇一三年刊）。

2　松本仁助・岡道男訳『アリストテレース詩学・ホラーティウス詩論』（岩波文庫・一九九七年刊）による。以下同。

3　月本昭男訳『ギルガメシュ叙事詩』（岩波書店・一九九六年刊）による。以下同。

4　岡道男訳『アルゴナウティカ――アルゴ船物語――』（講談社文芸文庫・一九九七年刊）による。以下同。

5　岩本裕訳『ラーマーヤナ（1）（2）』（東洋文庫・一九八〇、八五年刊）の解説。

6　上村勝彦訳『マハーバーラタ（1〜8）』（ちくま学芸文庫・二〇〇二〜〇五年刊）、同訳『バガヴァッド・ギーター』（岩波文庫・一九九二年刊）による。以下同。

7　忍足欣四郎訳『ベーオウルフ』（岩波文庫・一九九〇年刊）による。以下同。

8　全体の完訳はなく、黒柳恒男訳『王書』（東洋文庫・一九六九年刊）と岡田恵美子訳『王書』（岩波文庫・一九九九九年刊）による。以下同。

9　『ラーマーヤナ』第一篇中に、ラーマを十五歳、その父を六十歳と記すのが例外的なくらいである。

10　小林英夫・池上岑夫・岡村多希子訳『ウズ・ルジアダス』（岩波書店・一九七八年刊）による。以下同。

11　中村徳三郎訳『オシアン』（岩波文庫・一九七一年刊）による。以下同。

12　竹山道雄訳『若きウェルテルの悩み』（岩波文庫・一九五一年刊）による。

13　小泉保訳『カレワラ（上）（下）』（岩波文庫・一九七六年刊）による。以下同。

14　高橋哲雄著『スコットランド　歴史を歩く』（岩波新書・二〇〇四年刊）第四章。

15　右注（11）の解説による。

16　日本語訳として若林光夫訳『オシアン論』（養徳社、一九四七年刊）がある。

17　右注（14）同。

18　野口英嗣氏「ジェイムス・マクファーソンの西部・島嶼地方への旅行」、三原穂氏「「オシアン詩群」に対するジョンソンの反発とパーシーの共鳴」（『スコットランドの歴史と文化』日本カレドニア学会編・明石書店・二〇〇八年刊、所収）

19　拙著『いくさ物語の世界』（岩波新書・二〇〇八年刊）第六章。

20　同右。

第四章

1　主に上村勝彦訳『原典訳・マハーバーラタ（1〜8）』（ちくま学芸文庫・二〇〇二〜五年刊）によるが、訳が第八巻の途中で終わっているため、以後は英語版からの山際素男編訳『マハーバーラタ（第一〜九巻）』（三一書房・一九九一〜八年刊）による。

2　ヴィンテルニッツ著（中野義照訳）『叙事詩とプラーナ』（日本印度学会・一九六五年刊）、ドウ・ヨング著（塚本啓祥訳）『インド文化研究史論集』（平楽寺書店・一九八六年刊）、赤松明彦著『書物誕生　新しい古典入門『バガヴァッド・ギーター』』（岩波書店・二〇〇八年刊）参照。

3　注1の山際編訳本による。

4　上村勝彦著『バガヴァッド・ギーターの世界』（ちくま学芸文庫・二〇〇七年刊）第2章。

5　同書、第4章。

6　注2の赤松著、第三章。

7　インドのもう一つの叙事詩『ラーマーヤナ』の場合も、主人公のラーマは、地上の魔王を退治するために天界から派遣されたヴィシュヌ神であるとされ、モンゴルの叙事詩『ゲセル・ハーン物語』（若松寛訳・東洋文庫・一九九三年刊）も、天上界の帝釈天の子が地上に降臨して人民のために活躍する話となっている。藤原定家の著『松浦宮物語』も同種の構図を持つ作品であり、大陸からの影響が推測される。第六章169頁参照。

8　注1の山際編訳本による。

第五章

1　『新日本古典文学大系・保元物語　平治物語　承久記』（岩波書店・一九九二年刊）による。

2　松平千秋訳『歴史（上）（中）（下）』（岩波文庫・一九七一～二年刊）による。

3　個人の戦いに焦点を当てたものとしては、マラトンの戦いに先立つギリシア国内のアイギナ人とアテナイ人との抗争で、前者の隊長が討たれた記事――「隊長エウリュバテス本人も一騎討を試み、三人まで討ち取ったが、四人目の相手となったデケレア出身のソバネスなる者の手にかかって討死した」が、具体的で珍しいくらいである（巻六）。

4　久保正彰訳『戦史（上）（中）（下）』（岩波文庫・一九六六～七年刊）による。

5　松平千秋訳『アナバシス』（岩波文庫・一九九三年刊）による。

6　近山金次訳『ガリア戦記』（岩波文庫・一九六四年改版）による。

7　佐藤輝夫著『ローランの歌と平家物語（後編）』（中央公論社・一九七三年刊）。

8　石野裕子著『「大フィンランド」思想の誕生と変遷――叙事詩カレワラと知識人』（岩波書店・二〇一二年刊）が、叙事詩と国家意識との関連を詳述。

9　本書で言及しなかったものに、モンゴルの『ジャンガル』（若松寛訳・東洋文庫所収）、マレーの『パサイ王国物語』（野村亨訳・同上）などがある。

10　この一節の一部は、『平家物語』から派生したと考えられる『六代御前物語』にそっくり流用されており、人々の心を捉えた一文だったと分かる。

11　拙著『平家物語の誕生』（岩波書店・二〇〇一年刊）。

第六章

1　中村喜和編訳『ロシア英雄叙事詩　ヴィリーナ』（平凡社・一九九二年刊）による。

2　第四章の後注7参照。

3　大西英文訳『内乱―パルサリア―（上）（下）』（岩波文

庫・二〇一二年刊）による。

4　前注の書の解説。

5　脇功訳『狂えるオルランド（上）（下）』（名古屋大学出版会・二〇〇一年刊）による。

6　未翻訳。この作品に先行して、ロラン、ことオルランドの死を語る『モルガンテ』（未翻訳）があった。同作は、『ロランの歌』のロンスヴォー峠の戦いを大胆に改作したもので、フィレンツェの詩人ルイジ・ブルチ（一四三二〜八四）の著。従って、『恋するオルランド』『狂えるオルランド』二作は、時系列的にそれ以前の話となる。三作品の内容を圧縮紹介した書に、トマス・ブルフィンチ（一七九六〜一八六七）の『シャルルマーニュ伝説』（市場泰男訳・現代教養文庫・社会思想社・一九九四年刊）がある。

7　鷲平京子訳『A・ジュリアーニ編　エルサレム解放』（岩波文庫・二〇一〇年刊）による。

8　鷲平京子訳『愛神の戯れ〈牧歌劇『アミンタ』〉』（岩波文庫・一九八七年刊）。

第七章

1　廃曲。『謡曲叢書　第一巻』（博文館・一九一四年刊）、『未刊謡曲集　続四』（古典文庫・一九八九年刊）所収。

2　池田黎太郎氏「『ヘーラクレイダイ』解説」（『ギリシャ悲劇全集5』岩波書店・一九九〇年五月）。

3　橋本隆夫氏「『ヒケティデス』解説」（前掲『全集6』一九九一年七月）。

4　水谷智洋氏「『トローアデス』解説」（前掲『全集7』一九九一年三月）。

5　高津春繁著『ギリシャ・ローマ神話辞典』（岩波書店・一九六〇年刊）。

6　ボナヴェントゥーラ・ルペルティ氏「二つの観点から見た西洋文化と能―（その一）ギリシャ悲劇における素材と能における本説」（『総合芸術としての能』第六号、二〇〇〇年八月）。

7・8　丹下和彦著『ギリシャ悲劇』（中公新書、二〇〇八年刊）第六章。

9　久保田忠利氏「『タウリケーのイーピゲネイア』解説」（前掲『全集7』）。

10　安西眞氏「『ポイニッサイ』解説」（前掲『全集8』一九九〇年九月）。

11　高橋通男氏「『アウリスのイーピゲネイア』解説」（前掲『全集9』一九九二年三月）。

12　世阿弥の著作の本文引用については、『日本思想大系・世阿弥　禅竹』（岩波書店、一九七四年刊）による。

13　『未刊謡曲集　二』『同　二十』『同　続九』（前掲、一九六四〜九二年刊）所収。

14　世阿弥著『五音』所収。

15　両曲とも、「世阿弥手跡」と伝える『能本三十五番目録』に載る。同目録は『世阿弥自筆能本集・影印篇』（岩波書店、一九九七年刊）所収。

16　『謡曲叢書　第三巻』（前掲、一九一四年刊）、『未刊謡曲集　続十五』（一九九五年刊）所収。

17　小林健二著『中世劇文学の研究』（三弥井書店、二〇〇一年刊）第一部・第二篇「能《小林》考」。

18　今泉淑夫著『世阿弥』（吉川弘文館、二〇〇九年刊）「第六　世阿弥と禅」。

19　山中玲子氏「あの世から振り返って見る戦物語」（『軍記物語とその劇化』〈臨川書店、二〇〇〇年刊〉所収）は、『八島』を世阿弥作だろうとするのが「定説」だとするが、『申楽談儀』で「世子作」と記す全二十二曲には含まれておらず、しかもそこからの二百字に満たない直前の記述では、能の作詞法を、『八島』を例に説明している。もし世阿弥の作品なら、記述の流れからして「世子作」に加えないのは不自然。話柄が、敵の錣（しころ）を引きちぎった景清、義経の身代わりとなった継信、義経の弓流し、と三つ混在しているのも、世阿弥らしくなかろう。『日本古典文学大系・謡曲集（下）』（岩波書店、一九六三年刊）の解説は「作者を決定する確実な資料がない」とし、前掲の今泉著も世阿弥作に入れていない。

20　『未刊謡曲集　続七』（一九九〇年刊）所収。

エピローグ

1　岩波書店刊『ギリシア喜劇全集』（二〇〇八〜一一年刊）による。以下同。

初出一覧（誤りを正す等、適宜加筆して、全体の統一をはかった）

プロローグ　戦争と平和と文学と

「図書」（岩波書店）二〇〇三年三月

第一章　原題＝『平家物語』は叙事詩か――対比論的に――

「国文学研究153・154合併号」（早稲田大学国文学会）二〇〇七年三月

第二章　体験としての『平家物語』

「言文・60」（福島大学国語教育文化学会）二〇一三年三月

〈講演の原稿化〉

第三章　原題＝『平家物語』の世界的位置

――『オシアン』との同質性と異質性を通じて――

『中世の軍記物語と歴史叙述』竹林舎・二〇一一年四月刊・所収

第四章　原題＝いくさの物語と時間

――『マハーバーラタ』〈バガヴァッド・ギーター〉の問題を中心に――

「多元文化・1」（早稲田大学多元文化学会）二〇一二年三月

〈佛教文学会と早稲田大学多元文化学会の講演の原稿化〉

第五章　原題＝いくさの物語と苦悩の表現――世界文学のなかで考える――
「多元文化・2」（早稲田大学多元文化学会）二〇一三年三月
〈早稲田大学退職時の最終講義〉

第六章　原題＝戦いの面白さ――世界文学のなかで考える――
「中世文学・59」（中世文学会）二〇一四年六月
〈講演の原稿化〉

第七章　原題＝戦いの伝承の劇化――エウリーピデースと世阿弥の場合――
『いくさと物語の中世』汲古書院・二〇一五年八月刊・所収

エピローグ　東洋と西洋と
「西洋古典叢書・月報121」（京都大学学術出版会刊『エウリピデス悲劇全集5』）
二〇一六年六月

あとがき

本書をまとめる作業を始めたころ、まったく予期しなかったことがあった。『西洋古典叢書』を刊行している京都大学学術出版会から、月報の原稿依頼があったのである。私も名前を存じ上げているギリシア文学研究の第一人者の方からの推薦ということであった。拙論が、その道の専門家から評価されたのだと知り、胸躍る思いがした。本書のエピローグは、その寄稿文に加筆したものである。

予期せずして、もう一つ深い縁(えにし)を感じることもあった。美しい表紙のカバーは、水芭蕉の抽象画で著名な故佐藤多持画伯の風炉先屏風(ふろさき)。私は二十代の初めに水芭蕉曼陀羅の絵を見て心動かされて以来、画伯と親しく交際させていただいた。今回、水面に水芭蕉が群生するようなこの絵が、いかにも世界中で生み出されている文学を暗示するようで、これを使わせもらおうと考え、奥様にお電話をさしあげたところ、故画伯の墓石に刻まれることになっていると知らされたのである。

はからずも本書は、亡き画伯に献呈するものとなった。何かに導かれたような思いに駆られる。そのことを最後に記して、筆を擱くことにしたい。

二〇一七年一月

日下　力

索引

本索引は、本書中で取りあげたところの、戦争を題材とした前近代の作品を対象としたもので、主に本文と脚注より該当事項を抽出した。数字は頁数を示す。

（1）作品・作者名

＊伝承歌を採録した人名も、掲出した。
＊本文で言及しなかった作品・作者名が後注にある場合は、それも掲出した。

【ア行】

【カ行】

【サ行】

【タ行】

【ナ行】

【ハ行】

【マ行】

【ヤ行】

【ラ行】

（2）作中人物・神名

＊怪物等も含む。

【ア行】

【カ行】

【サ行】

【タ行】

【ナ行】

【ハ行】

【マ行】

【ヤ行】

【ラ行】

【ワ行】

著者紹介

日下　力（くさか　つとむ）

1945年、佐渡に生まる。早稲田大学大学院修了。岩手大学教育学部助教授を経て早稲田大学文学学術院教授。現在、早稲田大学名誉教授。

主著：『平治物語の成立と展開』（汲古書院）。『平家物語の誕生』（岩波書店）。『岩波セミナーブックス・平治物語』（岩波書店）。『平家物語転読―何を語り継ごうとしたのか』（笠間書院）。『いくさ物語の世界―中世軍記文学を読む』（岩波新書）。『中世尼僧　愛の果てに―『とはずがたり』の世界』（角川選書）。

「平家物語」という世界文学

2017年3月15日　初版第1刷発行

著者　日下　力

装幀　笠間書院装幀室

発行者　池田圭子

発行所　有限会社 笠間書院
東京都千代田区猿楽町2-2-3〔〒101-0064〕

NDC分類：913.434　　電話 03-3295-1331　Fax03-3294-0996

ISBN978-4-305-70836-6　　モリモト印刷

（本文用紙・中性紙使用）

乱丁・落丁本はお取り替えいたします。
出版目録は上記住所または下記まで。
http://www.kasamashoin.co.jp